ଭିନ୍ନସ୍ରୋତ

ଭିନ୍ନସ୍ରୋତ

ସ୍ନେହ ମିଶ୍ର

BLACK EAGLE BOOKS

2021

BLACK EAGLE BOOKS

USA address:
7464 Wisdom Lane
Dublin, OH 43016

India address:
E/312, Trident Galaxy, Kalinga Nagar,
Bhubaneswar-751003, Odisha, India

E-mail: info@blackeaglebooks.org
Website: www.blackeaglebooks.org

First International Edition Published by
BLACK EAGLE BOOKS, 2021

BHINNA SROTA
by **Sneha Mishra**

Cover Design: **Ramakanta Samantaray**
Interior Design: Ezy's Publication

ISBN- 978-1-64560-169-2 (Paperback)

Printed in the United States of America

ଏମିତି ଅସମୟରେ ... ସ୍ତ୍ରୀ ପୁତ୍ରଙ୍କୁ ଅଧରାସ୍ତାରେ ଛାଡ଼ିଦେଇ କେବଳ ତମେ ହିଁ ଯାଇପାର - ସିଦ୍ଧାର୍ଥ... ତମର ଏତେ ମୋହଗ୍ରସ୍ତ ଜୀବନ ଭିତରେ ଛପିଲା ନିର୍ମୋହୀ ଆତ୍ମାଟିଏ କେମିତି ନିର୍ବାଣର ବାଟ ଖୋଜୁଥିଲା.....

ନା, ବିଶ୍ୱାସ ହେଉନି ।

- ସ୍ନେହ

ଗଳ୍ପ କ୍ରମ

ଲଜ୍ଜା

ସହରରେ କର୍ଫ୍ୟୁ ଜାରି। ମହାନଗରୀ ନ ହେଲେ ବି ବେଶ୍ ବଡ଼ ସହର। ରାଜ୍ୟର ପୁରୁଣା ରାଜଧାନୀ। ଏଠି ଅଳ୍ପେ ବହୁତେ ସବୁ ସମ୍ପ୍ରଦାୟର ଲୋକ ବସବାସ କରୁଥିଲେ ହେଁ ହିନ୍ଦୁ ଓ ମୁସଲମାନମାନେ ସଂଖ୍ୟାବହୁଳ, ପ୍ରାୟ ଅଧାକୁ ଅଧା କହିଲେ ଚଳେ। କର୍ଫ୍ୟୁ ଜାରିଟା ଏଠି ସେମିତି କିଛି ନୂଆ କଥା ନୁହେଁ। ବର୍ଷକୁ ଏମିତି ତିନି ଚାରି ଥର କର୍ଫ୍ୟୁ ଜାରି ନ ହେଲେ ଯେମିତି ଏ ସହରଟାର ବର୍ଷ ପୂରାଣି ହୁଏ ନାହିଁ। କଥା କଥାକେ ଦଙ୍ଗା। ମା' ପେଟରୁ ବାହାରି ଏ ସହରର ମାଟି ଛୁଉଁଛୁଉଁ ଛୁଆ କାନରେ ଆଗ ଏଇ ପଦଟା ବାଜେ। ଆଗେ ମେଢ଼ ଭସାଣି କି ତାଜିଆ ବାହାରିଲେ ଗଣ୍ଡଗୋଳ ହେଇ ଦଙ୍ଗା ହେଉଥିଲା, ଏବେ ବେପାର-ବେଉସାକୁ ନେଇ ବେଶୀ ଝାମେଲା। ଏପାଖ ସେପାଖ ଦୁଇ ଜଣଙ୍କ ଭିତରେ ଟିକିଏ କଥାକଟାକଟିରୁ ସିଧା ଲଙ୍କାକାଣ୍ଡ, ଯେମିତି ଦୁନିଆଁଯାକରେ ଆଉ କୋଉଠି କଥା କଟାକଟି ହୁଏନାହିଁ ! ପୁରୁଖା ଲୋକେ କହନ୍ତି, ରାଜାରାଜୁଡ଼ା ଅମଳରେ ଦିନେ କୁଆଡ଼େ ଏଠିକାର ଶାସକଙ୍କ ଉପରେ କୌଣସି କାରଣରୁ ଜଣେ ପୀର ବାବା ଭାରି ଖପ୍ପା ହୋଇଗଲେ, ଆଉ ଏଠି ସବୁ ଦିନ ହିନ୍ଦୁ-ମୁସଲମାନ ଗଣ୍ଡଗୋଳ ଲାଗି ରହୁ ବୋଲି ଅଭିଶାପ ଦେଲେ, ସେଇ ଦିନଠୁ ଏମିତି ହେଇ ହେଇ ଯା' ଭିତରେ

ସହରଟା ରାଜ୍ୟର ସବୁଠାରୁ ଦଙ୍ଗା ଶଙ୍କୁଳ ଜାଗା ରୂପେ କୁଖ୍ୟାତି ଅର୍ଜନ କରି ସାରିଲାଣି। ତେବେ ଆଶ୍ଚର୍ଯ୍ୟର କଥା, ଏଇ ଶବ୍ଦଟା ଶୁଣିଶୁଣି ଧୈର୍ଯ୍ୟ ହେଇଗଲେ ବି ଦେହସୁହା ହେଇ ଯାଉନି। ଭୟର ମାତ୍ରା ଛାତି ଭିତରେ ବଢୁଚି ସିନା, କମୁ ନାଇଁ।

କବାଟ ପାଖରେ କଣ ଖଡ୍‌ଖାଡ୍ ଶୁଭିଲା। ସୁପ୍ରୀତି ଟିକେ କାନେଇଲା। ବାନାମ୍ବର ଆସିଲାକି ? ବାନାମ୍ବର ଏ ଘରର ପୁରୁଣା ଚାକର। ମା'ଛେଉଣ୍ଡ ହେଲା ଦିନଠୁ ଏଇ ଘରେ ତା'ର ମୁଣ୍ଡ ସହିତ ମନକୁ ବି ବିକି ଦେଇଥିଲା। ମଝିରେ ତା' ପିଲା କୁଟୁମ୍ବଙ୍କ ସାଙ୍ଗରେ ଗାଁରେ ରହିଲା କିଛି ବର୍ଷ। ତାକୁ ଆରେଇଲାନି, ପୁଣି ଚାଲି ଆସିଲା। ସୁପ୍ରୀତିର ଶାଶୁଘରେ ଭାଇ ଭାଗ ବଣ୍ଟୁଆରାରେ ବାନାମ୍ବର ଆପଣାଛାଏଁ ସୁରସେନଙ୍କ ପାଖରେ ନିଜକୁ ବାଣ୍ଟି ଦେଲା। ସୁରସେନ ତା'ର ସ୍ୱାମୀ, ବାନାମ୍ବରର ଅତି ଆଦରର ସାନବାବୁ। ତା' ସ୍ୱାମୀ ଓ ଦୁଇ ପୁଅ ଝିଅଙ୍କର ଛୋଟିଆ ସଂସାରର ଭିତର ବାହାର ସବୁଥିରେ ବାନାମ୍ବର ଗୋଟେ ଅଙ୍ଗ। ଏବେ ତା ପିଲାଙ୍କର ଛାଇ। ସାଇ ମୁଣ୍ଡ ପଡ଼ିଆକୁ ଗଲା ନା କ'ଣ ? ଯେତେଥର ତାକୁ ବାରିପଟ ପାଇଖାନାକୁ ଯିବାକୁ କହିଲେ ବି ତା' ପୁରୁଣା ଅଭ୍ୟାସ ସେ ଛାଡ଼ି ପାରୁନାଇଁ। ବାକି ଦିନ କଥା ଅଲଗା। ଏମିତି ଅବେଳରେ ଘରୁ ଗୋଡ଼ କାଢ଼ିବା କଥା ନୁହଁ। ଚାରିଆଡ଼ ମଶାଣିପଦା ପରି ଲାଗୁଛି। ତିନି ଦିନ ହେଲା ଘରେ ଗୋଟେ ପ୍ରକାର ସ୍ଥାଣୁ ଅବସ୍ଥା। ଆଳୁ ପିଆଜ ଟିକେ ବି ଆଉ ନାହିଁ। ସକାଳୁ ଦୁଇ ଘଣ୍ଟା ପାଇଁ କର୍ଫ୍ୟୁ କୋହଳ ହେବ। ସେତେବେଳେ ଦୋକାନକୁ ନ ପଠାଇଲେ ନ ଚଳେ। କେତେବେଳୁ ଗଲାଣି ଯେ ଗଲାଣି। ବ୍ୟସ୍ତ ହୋଇ ସୁପ୍ରୀତି ବାରିପଟ କବାଟ ପାଖରୁ ଦୁଇ ତିନି ଥର ଫେରି ଆସିଲାଣି।

ସାମ୍ନା ଗେଟ୍‌ର ଲୁହା କଡ଼ିଟା ଝଣ୍‌ଝାଣ୍ ହେଲା ପରି ଶୁଭିଲା। ସୁପ୍ରୀତି ସିଆଡ଼େ କାନେଇଲା। ଇଏ ଆସିଲେ କି ଆଉ ! ସକାଳୁ "ସାମ୍ପ୍ରଦାୟିକ ସଦ୍‌ଭାବନା" କମିଟିର ବୈଠକ ଥିଲା। ଏଯାଏଁ ଫେରି ନାହାନ୍ତି। ରାତି ଆସି ପାହିବା ଉପରେ ହେଲାଣି। ସୁପ୍ରୀତି ଭିତରେ ଭିତରେ ଡରିଗଲା। କାହାକୁ ଭଲା ଫୋନ୍ କରି ପଚାରିବ। କେହି ଫୋନ୍ ଉଠାଇବା ଅବସ୍ଥାରେ ବି ନଥିବେ। ମନେମନେ ଟିକେ ବିରକ୍ତ ହେଲା। ଏମିତି ଡର ଭୟରେ ମଣିଷ ଆଉ କେତେ ଦିନ ରହିବ ଯେ'। ନିଜ ସୁରକ୍ଷା କଥା ଦେଖୁଦେଖୁ ବେଳ ଗଡ଼ିଯିବ,

ଆଉ ଅନ୍ୟ କାହା କଥା ଭାବି ସୁଦ୍ଧା ହେବ ନାହିଁ। ସୁରସେନ୍‌ଙ୍କୁ ସେ କେତେ ଥର କହିଲାଣି, ଏ ଜାଗା ଛାଡ଼ି ଚାଲିଯିବାକୁ। ଭାଇଜାକ୍‌ରେ ତା' ଭାଇ ଅଛି। ଯୋଉଠି ହେଲେ କିଛି ଧନ୍ଦା କରି ଦୁଇ ପଇସା ରୋଜଗାର କଲେ ହେଲା। ସେଇ ପ୍ରସଙ୍ଗ ଉଠିଲେ ସୁରସେନ୍ ଚିଡ଼ିଯାଆନ୍ତି। ବେଳେବେଳେ ବେଶ୍ ବଡ଼ ପାଟିରେ ବୁଝାଇଲା ପରି କହନ୍ତି, "ବୁଝିଲ, ଭାଇ କଥାରେ ପଡ଼ି ଏମିତି ପାଗଳାମି କରନାହିଁ ! ନିଜ ଜାଗା ଛାଡ଼ି କେହି କେବେ ଯାଏ ନାହିଁ। ତା'ଛଡ଼ା ଭୂଗୋଳ ବଦଳେଇ ଦେଲେ ବି ଇତିହାସ ତ ବଦଳିଯିବନି। ଭାଇଜାକ୍‌ରେ ଗଣ୍ଡଗୋଳ ହେଉ ନାହିଁ ନା ଆଉ ହେବ ନାହିଁ ?"

- "ନିଜ ଜାଗା ବୋଲି ଏମିତି ନିରୁତା ଥାନଟିଏ ଦୁନିଆଁରେ କାହା ପାଇଁ ନାହିଁ, ବୁଝିଲ ? ଲୋକ ଯଦି ତମ ନିଜର ନହେଲେ ଜାଗାଟାରେ ଭଲା କ'ଣ ଅଛି! ଯୋଉଠି ମଣିଷପଣିଆ ନାହିଁ, ସେଇ ଜାଗା ଖାଲି ମାଟି ଟେଳାଏ। ଜିଆ-ଜୋକ ବି ସେଇ ମାଟି ଉଖାରିବାକୁ ଡରିବେ। ତମର ଏଠା ଛାଡ଼ି ଯିବାର ଇଚ୍ଛାନାହିଁ, ସେକଥା କହୁନ ! ଏଠିକା ସଭା ସମିତି କାମ ଛାଡ଼ି ତମେ ଆଉ କୁଆଡ଼େ ଯିବ ନାହିଁ, ମୁଁ ଠିକ୍ ଜାଣେ।" ସୁପ୍ରୀତି ଓଲଟା ଯୁକ୍ତି ବାଢ଼େ।

- "ହଉ ହେଲା। ଏଥର ଭାଇଜାକ୍ ଯାଇ ଘରଜୋଇଁ ହେବି, ଏଥର ଖୁସି ତ ?" ସୁରସେନ୍ ମୃଦୁ ପରିହାସରେ କହନ୍ତି।

ସୁପ୍ରୀତି ଅଗତ୍ୟା ଚୁପ୍ ରହେ। ଜିଦ୍ ଧରି ସେଇ କଥାର ପିଛା ଆଉ ଧରେ ନାହିଁ। ଚୁପ୍ ରହିବାର ବି କାରଣ ଅଛି। ବ୍ୟବସାୟ, ସଭା ସମିତିର ଯେତେ ଭିଡ଼ କାମ ଥାଉ ନା କାହିଁକି, ସେଇ ବାହାନାରେ ସୁରସେନ ପରିବାର ଦାୟିତ୍ୱକୁ କେବେ ଆଡ଼େଇ ଦେଇ ନାହାନ୍ତି। ପିଲାଙ୍କୁ ବୁଲାଇବା, ତା'ର ପସନ୍ଦ-ଅପସନ୍ଦ ଜାଣିବା ଓ କରିବାଟାକୁ ଘରର ଯାବତୀୟ ସୁବିଧା-ଅସୁବିଧା ଭିତରେ ବି ଭୁଲନ୍ତି ନାହିଁ। ତା' ଚାରି ପାଖର ପୃଥିବୀଟା ନିଜର ମନ ମୁତାବକ ନ ହେଲେ ବି ନିଜର ଛୋଟିଆ ଦୁନିଆଁଟା ସେଥିପାଇଁ ତାକୁ ବେଖାପ ଲାଗେନି। ସେଇଥିରେ ଖୁସିରେ ମନକୁ ମନେଇ ନେବାଟା ବୁଦ୍ଧିଆ କାମ, ସୁପ୍ରୀତି ଭାବେ।

"ଏ ମା', ବାଦଶା ଚାଚା ଆସିଲାଣି, ପାଉଁରୁଟି ଆଣିବୁ ଯା", ଛଅ ବର୍ଷର ଝିଅଟା ନିଦରେ ବିଳିବିଳେଇ ହେଲା ପରି କହିଲା। ଅଭ୍ୟାସରୁ ରାତି ପାହିବାଟା ଜାଣି ଗଲାଣି। ବାଦଶା' ବେକେରୀର ତଟକା ପାଉଁରୁଟି ତା'ର

ନିତିଦିନିଆ ଜଳଖିଆ। ପାଉଁରୁଟି ଠେଲା ଗାଡ଼ି ଧରି ହର୍ଣ୍ଣ ବଜେଇ ବଜେଇ କାଇଜାଦ୍ ମିଆଁ ଦୁଆର ମୁହଁରେ ନ ପହଞ୍ଚୁଣୁ ତା' ଝିଅର ନିଦ ଭାଙ୍ଗି ଯାଏ। ଦେହ ପା' ଅସଜ ହେଲେ କାଇଜାଦ୍ ମିଆଁ ଆସେନାଇଁ ତ ତା' ଝିଅର ବି ନିଦ ଭାଙ୍ଗେନାଇଁ। ତା' ପର ଦିନ କାଇଜାଦ୍ ପାଖରେ ଫେରାଦ୍ ହେଲେ ହସିହସିକା ମିଆଁ କହେ- "ଆରେ ବେହେନଜୀ, ୟେ କୋଇ ଆମ୍ ଲଡ଼୍କୀ ଥୋଡ଼ି ହେ ନା, ୟେ ତୋ ଖୋଦ୍ ବାଦଶା' ଚାଚା କା ସୁଲତାନୀ ଭତିଜୀ, ସମଝଗୟେ ନା ଆପ୍ ?" କାଇଜାଦ୍ ସାଙ୍ଗରେ କିଣା ବିକାର ସ-ର୍କ ହେଲେ ବି ତା' ନିତିଦିନିଆ ରୁଟିନ୍ କାମରୁ ଖଣ୍ଡେ। ଖାଲିଖାଲି ଲାଗୁଛି। ତିନି ଦିନ ହେଲା ତା' ଗାଡ଼ିର ହର୍ଣ୍ଣ ବାଜି ନାହିଁ। ଏଟା ହିନ୍ଦୁ ଇଲାକା, ସେଇଥିପାଇଁ କାଇଜାଦ୍ ଆସୁନାହିଁ, ନା ଆସୁଆସୁ...? ସୁପ୍ରୀତିର ଛାତି ଭିତରଟା ଧଡ଼କି ଗଲା। "ଆଉ ଟିକେ ଶୋଇପଡ଼" କହି ସେ ଝିଅର ମୁଣ୍ଡକୁ ଆଉଁସି ଦେଲା। ଆଉଁସୁଆଉଁସୁ ହାତଟା ଅଟକି ଗଲା। ନା, ହେଇ ନଥିବ। କାଇଜାଦ୍ ଏ ଇଲାକାରେ ମୁସଲମାନ ନୁହେଁ, ସେ ଘରେ ଘରେ ପିଲାଙ୍କର ବାଦଶା' ଚାଚା। ୟା'ର ତ ଫେର୍ କିଛି ଗୋଟେ ମାନେ ଅଛି ! ସୁପ୍ରୀତି ମନକୁ ବୁଝାଇଲା।

ଝରକା ଫାଙ୍କରେ ବାହାରକୁ ଅନେଇଲା ସୁପ୍ରୀତି। ଫଜେରା ଫାଟିବାକୁ ଆଉ ଘଡ଼ିଏ ବାକିଅଛି। ଅନ୍ୟ ଦିନ ପରି ବାରିପଟ ଆମ୍ବ ଗଛରେ ପକ୍ଷୀ ମେଳା ବସି ନାଇଁ। କର୍ଫ୍ୟୁ ଜାରି। ଏକୁଟିଆ ବୁଲିବାରେ କିଛି ଅସୁବିଧା ନାହିଁ। ଗୋଟିକିଆ ହେଇ ଦୁଇ ଚାରିଟା ଚଢ଼େଇ ଏ ଡାଳରୁ ସେ ଡାଳ ଡେଇଁ କିଚିରିମିଚିରି କରୁଥାନ୍ତି। ଶଙ୍ଖଧ୍ୱନିଠୁ ଆଜାନ୍ ଯାଏ, ସବୁ କାନକୁ କର୍ଫ୍ୟୁର ଧୂଆଁରେ ରୁନ୍ଧିହେଲା ପରି ଶୁଭୁଛି। ଗୋଟେ ଦୁଇଟା ଦେଶୀ କୁକୁର ଏ ଗଳିରୁ ସେ ଗଳି ହାବିଲ୍‌ଦାରିଆ ପହରା ଦେଲା ପରି ବେଶ୍ ଦମ୍‌ରେ ଭୋ ଭୋ ହେଇ ଯା'ଆସ କରୁଥାନ୍ତି। ଆଖି ପୋଡ଼ିଲାଣି। ଦିନବେଳେ ଘଡ଼ିଏ ଆଖି ବନ୍ଦ କରି ବିଛଣାରେ ଗଡ଼ିଥିଲା କହିଲେ ଚଳେ। ସୁରସେନ୍ ବି ଆସିଲେନି। ତାଙ୍କୁ ଆହୁରି ଅସ୍ଥିର ଲାଗିଲା। ପାହାନ୍ତା ପହରୁ ଏ ବାନାଟା ବି ଏପାଖ ସେପାଖ ହେବା କ'ଣ ଦରକାର ! ଗଳି ମୁଣ୍ଡରେ ଯାଇ ସହରଯାକର କୋଉଠି କେତେ ହାଣକାଟ ହେଲା, ସବୁ ଖବର ବୁଝୁଥିବ। ବୟସ ଆସି ଅଧାରୁ ବେଶି ହେଲାଣି; ହେଲେ, ଗପୁଡ଼ି ପ୍ରକୃତିଟା ତା'ର ଆଉ ଗଲା ନାଇଁ। ବାରି ପଟେ ଖସ୍‌ଖସ୍ ଆବାଜ୍ ଶୁଭିଲା। କାହାର ପାଦ ଶବ୍ଦ। ବାନାର ପାଦ ଏତେ ସନ୍ତର୍ପଣ

ନୁହଁ । ବେଶ୍ ଓଜନିଆ ଛିପିଲା ପାଦ ଶବ୍ଦ । ବାରିପଟ କବାଟ ମେଲା ଅଛି । ସୁପ୍ରୀତି ଭୟରେ ଝାଳେଇ ଗଲା । ସାହସ ଜୁଟାଇ ବେଶ୍ ଦମ୍ଭରେ ଭିତର ବାରଣ୍ଡାର କବାଟକୁ ବନ୍ଦ କରିବାକୁ ପାଦ ବଢ଼ଉବଢ଼ଉ ଦେଖିଲା, ବାନାମ୍ବର କାନ୍ଧରେ କ'ଣ ବୋଝଟିଏ ଲଦି ଝରକା ପାରି ହେଇ ବାରିପଟକୁ ମୁହାଁଉଛି । କୋଉଠି ଲୁଟ୍‌ପାଟ୍ ଜିନିଷ ବୋହି ଆଣିଲା କି ଆଉ ! ୟାକୁ ଆଉ ପାରିହେଲା ନାହିଁ, ଦୁନିଆଁଯାକର ଝାମେଲା ଆଣି ଘରେ ପୂରାଇବ ! ବିରକ୍ତ ହେଇ ବାରିପଟ ଦୁଆର ମୁହଁକୁ ଲମ୍ବା ପାହୁଣ୍ଡ ପକେଇ ଆଗେଇଲା । ଅଧ ବାଟରେ ଦେଖିଲା, ବାନାମ୍ବରର କାନ୍ଧରେ ଝିଅଟିଏ । ଅଚେତ । ମୁହଁରୁ ବୁର୍ଖା ଖସି ଯାଇ ବେକରେ, ପକ୍ଷୀର କଟା ଡେଣା ପରି ଝୁଲିଛି । ଏରୁଣ୍ଡିବନ୍ଧରେ ମୁଣ୍ଡ ନୁଆଁଇ ବାନାମ୍ବର ଭିତରକୁ ପାଦ ଦଉଛି ।

"ବାନାମ୍ବର !" ନିଜ ଅଜାଣତରେ ଚିତ୍କାର କରିଉଠିଲା ସୁପ୍ରୀତି । ସନ୍ଦେହ, ଆଶଙ୍କା, ଭୟ ଓ ରାଗର ମିଶ୍ରିତ ରାସାୟନିକ ପ୍ରକ୍ରିୟାଟିଏ କ୍ଷଣିକ ପାଇଁ ତା'ର ସାରା ଦେହଟାକୁ ଓଲଟପାଲଟ କରିଦେଲା । ଫଳାଫଳକୁ ଅପେକ୍ଷା ନ କରି ବାନାମ୍ବର ଝିଅଟିର ମୂର୍ଚ୍ଛିତ ଦେହକୁ ଅଗଣାରେ ଶୁଆଇ ଦେଲା ।

"ବୋହୂମା, ପାଣି..." ବାନାମ୍ବର ଅନୁଚ୍ଚାରିତ ସ୍ୱରରେ କହିଲା ।

କିଛି ବୁଝିବା, ଜାଣିବା କି ପଚାରିବା ଆଗରୁ ନିଜ ଅଜାଣତରେ ସୁପ୍ରୀତି ତାଳେ ପାଣି ଆଣି ଝିଅଟିର ରକ୍ତାକ୍ତ ମୁହଁରେ ଛାଟିଲା । ଝିଅଟିର ଗୋଡ଼ଠୁ ମୁଣ୍ଡ ଯାଏଁ ତା'ର ଆଖି ଦୁଇଟା ଆପଣାଛାଏଁ ପହଁରି ଗଲା । ଗୋରା ତକତକ ମୁହଁ, ଗାଲ, ଛାତି, ପିଠି ଉପରେ ଆଞ୍ଚୁଡ଼ା ଦାଗ । ଛାତି, କାଖ, ବେକତଳର ଛିଣ୍ଡା କମିଜ୍ ଖଣ୍ଡକ ଏପାଖ ସେପାଖ ହେଇ ତା' ଦିହଉପରେ ଛାଇ-ଆଲୁଅର ଖେଳ ଦେଖାଉଥାଏ । ଆଖି ତଳେ କଳା ଅନ୍ଧାର । ଛିଣ୍ଡା ବୁର୍ଖା ରକ୍ତ ଜୁଜୁବୁଡୁ । ସଲ୍‌ୱାର କମିଜ୍‌ର ତଳ ପାଇଜାମା ନାହିଁ । ଆଣ୍ଠୁ ଦୁଇଟା ଘଷିହେଇ ତାଳ ପରି ଫୁଲିଯାଇଛି । ଜଙ୍ଘ ସନ୍ଧିରୁ ରକ୍ତ ବୋହି ଆଙ୍ଗୁଠି ସନ୍ଧିରେ ଜମାଟ ବାନ୍ଧିଛି । ଫଡ଼ାଫଡ଼ା ହେଇ ତା' ରକ୍ତାକ୍ତ ଦେହରେ ଲଟକିଥିବା କୁର୍ତ୍ତିକୁ ଜଙ୍ଘ ଉପରୁ ଟିକେ ଅଣେଇ ଟେକି ଦେଲା ସୁପ୍ରୀତି । ଶିହରି ଉଠିଲା ସେ ! ସତର ଅଠର ବର୍ଷର ବିକ୍ଷତ ବସନ୍ତ ! ରକ୍ତ କାଦୁଅରେ ଲଟପଟ ତା' ପାଦ ଉପରେ ସୁପ୍ରୀତି ହାତ ବୁଲାଇଲା । ପ୍ରଚୁର ରକ୍ତସ୍ରାବ ଯୋଗୁଁ ବରଫ ପରି ହେମାଳ ହେଇ ଯାଉଛି ତା'ର ପାଦ ଦିଓଟି । ସେମିତି ଅନୁଚ୍ଚାରିତ ସ୍ୱରରେ କହିଲା ସୁପ୍ରୀତି-

"ବାନାମ୍ବର, ଟିକେ ନିଆଁ..."

ବାରିପଟୁ କାଠି କୁଟା ଦି'ଚାରି ଖଣ୍ଡ ଆଣି ବାନାମ୍ବର ନିଆଁ ଧରାଇଲା। ଯନ୍ତ୍ର ଭଳି ତୁଳା ଆୟୋଡ଼ିନ୍ ନେଇ ଆସି ଝିଅଟିର ଦେହ ଉପରେ ହାତ ଦେଲା ସୁପ୍ରୀତି। ଯନ୍ତ୍ରଣାରେ କୁଛେଇ ହେଲା ଝିଅଟି।

ମୁହଁରେ ବାରମ୍ବାର ପାଣି ଛାଟିବା ପରେ ଝିଅଟା ଟିକେ ଏକଡ଼ ସେକଡ଼ ହେଲା। ଅଗଣାରେ ଶୁଖୁଥିବା ପିନ୍ଧାଲୁଗା ଭିତରୁ ତା' ସୂତା ଶାଢ଼ି ଖଣ୍ଡେ ଟାଣି ଆଣି ଝିଅଟାର ଛାତିରୁ ଜଙ୍ଘ ଯାଏଁ ବେଢ଼େଇ ଦେଲା ସୁପ୍ରୀତି। ପୁଣି ସେମିତି ବିଜୁଳି ବେଗରେ ଯାଇ ଗରମ କ୍ଷୀର କପେ ନେଇ ଆସିଲା। ବାନାମ୍ବର ଲୁଗା ବୁଜୁଲାରେ ତା' ପାଦରେ ନିଆଁ ସେକ ଦେଲା। କାହାରି ମୁହଁରେ କଥାନାଇଁ। ଦୁହେଁ ଚୁପ୍‌ଚାପ୍। ଗଳିର ବୁଲା କୁକୁର, ଗୋଟିକିଆ ଚଢ଼େଇର କିଚିରିମିଚିରି, ସକାଳୁଆ ପବନ, ସବୁ ସ୍ତବ୍ଧ- ସବୁ ନିଥର। କର୍ଫ୍ୟୁ ଭୟରେ ନୁହେଁ, ମଣିଷ ଭୟରେ। ତୁଳାରେ ଆୟୋଡ଼ିନ ଲଗାଉଥାଏ ସୁପ୍ରୀତି। ବାନାମ୍ବର ନିଆଁ ସେକ ଦେଉଥାଏ। ଉଷୁମ ସ୍ପର୍ଶରେ ଝିଅଟା ଧୀରେ ଧୀରେ ଚେତା ପାଉଥାଏ। କେତେ ସମୟ ଗଡ଼ିଗଲା। ସୁପ୍ରୀତି ମୁହଁ ଖୋଲିଲା-

"କୋଉଠି...?"

- "ସେଇ ପଡ଼ିଆ ମୁଣ୍ଡର ବତୀ ଖୁଣ୍ଟ ପାଖରେ, ବୋହୂମା'।

ସେଠି ପଡ଼ି ସୁକୁସୁକୁ ହେଉଥିଲା। ଧିଅ ସହିଲାନି ବୋହୂମା... ଘେନିଆଇଲି..."

- "ସେଠି କେହି ନଥିଲେ ?"

"କାଉ କୋଇଲିର ଚିହ୍ନ ନାଇଁ ସେଠି। ନିଛାଟିଆ ଖେଳ ପଡ଼ିଆଟା।"

- "ଘଟଣାଟା କାଲି ରାତିର...।" ନିଜକୁ ନିଜେ କହିଲା ପରି ସୁପ୍ରୀତି କହିଲା।

- "ସେଇୟା ବୋହୂମା, କୋଉ ପାଗଳ ପଶୁ ପଲର କାମ... ସବ୍ ସୈତାନ୍ କାହାଁକା।" ବାନାମ୍ବର ଦାନ୍ତ କାମୁଡ଼ି କହିଲା।

ଝିଅଟିର ଆଖି ପତା ହଲିଲା। ଧୀରେ ଧୀରେ ଆଖି ପତା ଖୋଲିଲା। ସ୍ଥିର ହେଇ ଉପରକୁ ଚାହିଁଲା। ସୁପ୍ରୀତି ଓ ବାନାମ୍ବର ତାକୁ ସତୃଷ୍ଣ ଆଖିରେ ଚାହିଁ ରହିଲେ। ପୁଣି ତା' ଆଖି ପତା ପଡ଼ିଗଲା। ଏଥର ଓଠ ଥରିଲା। କ'ଣ କହିବ କହିବ ହେଉଥାଏ। ତା'ପାଦର ଶୁଖିଲା କାଦୁଅକୁ ବାଁ ହାତରେ

ଝାଡୁଝାଡୁ ଡାହାଣ ହାତରେ ଅଭୟ ମୁଦ୍ରାରେ ବାନାମ୍ବର କହିଲା, "ଡର୍‌ନା ନେହିଁ ବିଟିୟା । ଅବ୍ ହମ୍ ହୈ ନା । ଏକ୍‌ବାର ମାଲୁମ ପଡ଼୍‌ଜାନେ ଦୋ, ଟାଙ୍ଗ୍ ଖିଁଚ୍‌କର ରଖ୍ ଦୁଙ୍ଗା ଶାଲୋଁକା । ମରଦ୍‌କା ବଚ୍ଚା କୌନ୍ ହୈ, ତବ୍ ଉନ୍‌କୋ ମାଲୁମ୍ ପଡ଼୍ ଯାଏଗା ।" ତାନ୍ତ୍ରିକର ମନ୍ତ୍ରରେ ଶବଟିଏ ଜୀବନ୍ୟାସ ପାଇଲା ପରି ବାନାମ୍ବରର କଥା ଶୁଣି ଝିଅଟାର ଦେହରେ ଜୀବନ ସଞ୍ଚରି ଗଲା ଯେମିତି । ଥରିଲା ଓଠରେ କହିଲା, "ପାନି ।"

ସୁପ୍ରୀତି ଝିଅଟିର ମୁହଁରେ ପାଣି ଦେଲା । କ'ଣଟିଏ ପାଇଗଲା ପରି ଆଶାରେ ବାନାମ୍ବରର ମୁହଁ ଉଜ୍ଜଳି ଉଠିଲା । ଝିଅ ପାଣି ଢୋକିଲା । ତା'ର ତେଜହରା ଆଖି ଦିଓଟିର କଡ଼କୁ ଗରମ ଲୁହ ଦି'ଧାର ବୋହି ପଡ଼ିଲା । ତା'ର ଛିଣ୍ଡା ମସିଆ ଗାମୁଛା କାନିରେ ବାଁ ଆଖିର ଲୁହ ପୋଛି ଦେଲା ବାନାମ୍ବର - ତା' ପଣତ କାନିରେ ଡାହାଣ ଆଖିର ଲୁହ ପୋଛି ଦେଲା ସୁପ୍ରୀତି । ଝିଅଟି ବାଁ ପଟକୁ ଚାହିଁଲା- ଆଶ୍ୱାସରେ ପଖଳା ମୁହଁଟିଏ । ଦମକାଏ କାଲୁଆ ପବନ ଏଥର ତା' ଦେହରେ ଉଷୁମ୍ ଚାଦରଟିଏ ଘୋଡ଼େଇ ଦେଲା । ବାନାମ୍ବରର ଆଣ୍ଠୁ ଉପରେ ତା' ବାଁ ହାତ, ଆଉ ସୁପ୍ରୀତିର ପାପୁଲି ଉପରେ ଡାହାଣ ହାତକୁ ଭରା ଦେଇ ଝିଅଟା କଡ଼ ଲେଉଟାଇବାକୁ ଉଠିଲା । ଝିଅଟାର ମୁହଁକୁ ତା' ବାଁ ହାତର ବନ୍ଧନୀ ଭିତରକୁ ଆଉଜେଇ ଆଣିଲା ସୁପ୍ରୀତି । ତା'ରି କୋଳ ଉପରେ ଝିଅଟିର ଅସାଡ଼ ଦିହଟା କୁଙ୍କୁରି କାଙ୍କୁରି ହେଇ ଲଟେଇ ଗଲା । ତା'ପାଟିରେ ଚାମଚରେ ଉଷୁମ କ୍ଷୀର ଦେଲା ସେ । ଛଅ ବର୍ଷ ପରେ ସୁପ୍ରୀତିର ଦେହ ଓ ମନରେ ପୁଣିଥରେ ମା' ହେବାର ପୁଲକ !

- "ଆରେ ଘରଟାରେ ଏମିତି ଧୂଆଁ କାଇଁ କରିଛ..." ବାରିପଟ ଦୁଆର ବାଟେ ହଠାତ୍ ପଶି ଆସୁଆସୁ ସୁରସେନ୍ କହିଲେ । ସୁରସେନ୍‌ଙ୍କୁ ଦେଖି ସୁପ୍ରୀତି କି ବାନାମ୍ବର ଆଶ୍ୱସ୍ତ ହେବାର ମାନସିକତାରେ ନଥିଲେ ।

- "କ'ଣ ହେଲା, ପିଲାମାନେ ଉଠି ନାହାନ୍ତି ଆହୁରି ।" ସୁରସେନ୍ ଟିକେ ଆଷ୍ଟର୍ଯ୍ୟ ହେଇ ଅଗଣାକୁ ଯାଉଯାଉ, ନିଜ ଭୂତ ନିଜେ ଦେଖିଲା ପରି ଚମକି ଉଠିଲେ ।

ବଡ଼ ପାଟିରେ ଚିର୍‌ଚିରେଇ ଉଠିଲା ଝିଅଟି । ମହାବଳ ବାଘ ସାମ୍ନାରେ ତ୍ରସ୍ତକାତର ହରିଣୀଟିଏ ପରି ପୁଣି ଥରେ ବିକଳ ଭୟଟେ ତାକୁ କାବୁ କରିନେଲା । ଘରେ ନିଆଁ ଲାଗିଲେ ଘର ଭିତରେ ଶୋଇଥିବା ପକ୍ଷାଘାତ

ରୋଗୀଟି ଯେମିତି ତା' ସବୁ ବଳକୁ ଘୋଷାରି ନେଇ ଦୌଡ଼ି ପଳେଇବାର ଅପଚେଷ୍ଟା କରେ, ଠିକ୍ ସେମିତି ବିକଳରେ ରଡ଼ି ଛାଡ଼ି ତା'ର ସବୁ ବଳ ଖଟେଇ ସୁପ୍ରୀତି ଆଉ ବାନାମ୍ବର ହାତରୁ ଛାଟିପିଟି ହେଇ, ଦୌଡ଼ି ଯାଉଯାଉ ଝିଅଟା ତଳେ କଚାଡ଼ି ହେଇ ପଡ଼ିଲା। ତା'ର ବିକଳ ଭୟର ଏମିତି ହିଂସ୍ର ରୂପାନ୍ତର ଦେଖି ସୁପ୍ରୀତି ଓ ବାନାମ୍ବର ଦିହେଁ ହତବାକ୍। ସୁପ୍ରୀତି ତାକୁ ଦୁଇ ହାତରେ ଭିଡ଼ି ଧରିଲା ଓ ବାନାମ୍ବର ତା'ର ପାଦ ଦୁଇଟିକୁ ଜାକି ଧରିଲା।

ସାମ୍ନାରେ ସୁରସେନ୍- ଅଗଣାର ଖୁମ୍ବ ପଛରେ ସିଲ୍‌ହଟ୍ ପାଲଟି ଯାଇଥିଲେ। ହରିଣୀ ଶିକାର ପାଇଁ ନିଜେ ବିଛେଇ ଥିବା ଜାଲଟା ଅଜଣା ପବନରେ ଛିଣ୍ଡି ଯାଇ ବ୍ୟାଧ ଗୋଡ଼ରେ ଛନ୍ଦି ହୋଇଯାଇଛି। କଳାକାଠ ପଡ଼ିଯାଇଥିବା ସୁରସେନ୍‌ଙ୍କ ଚେହେରାଟା ଅଦେଖା ଭୂତର ଛାଇ ପରି ଖୁମ୍ବଟାକୁ ବେଢ଼ି ଯାଇଥିଲା। ପ୍ରଭୁପଣ ଚୁନାଚୁନା ହେଇ ଖସୁଥିଲା ଖମ୍ବରୁ। କିଛି କହିବା ପାଇଁ ଶବ୍ଦ ଖୋଜିବାର ବି ଆଉ ଦରକାର ନଥିଲା। ଧରା ପଡ଼ିଯାଇଥିବାର ଅପରାଧବୋଧରେ, କି ପ୍ରଭୁପଣ ହରାଇବାର ଭୟରେ, କେଜାଣି, ସୁରସେନ ତଳକୁ ମୁହଁ ପୋତିଲେ।

ସୁପ୍ରୀତି ମୁହଁ ଉଠାଇଲା। ତା' ସାମ୍ନାରେ ପ୍ରଚଣ୍ଡ ବିସ୍ଫୋରଣ ! ଆଖିକୁ ଅନ୍ଧ କରିଦେବ ପରା ! ଏତେ ଦିନର ତା' ସୁରକ୍ଷାର ଭିତ୍ତି ଭୂମି ତା'ରି ସାମ୍ନାରେ ଭୁଶୁଡ଼ି ପଡୁଥିଲା। ତା' ଚାରିପଟେ ଅସହ୍ୟ ନୀରବତାର ଝଡ଼। ସେଇ ଝଡ଼ର ଫୁତ୍କାରରେ ସୁପ୍ରୀତିର ଦେହ ଆଉ ମନ ଫଡ଼ାଫଡ଼ା ହେଇ କୁଆଡ଼େ ଯେ ଉଡ଼ି ଯାଉଛି, ତା'ର ଇୟତ୍ତା ନାହିଁ। ଥମ୍‌ଥମ୍ ଆଖିରେ ବାନାମ୍ବରକୁ ଚାହିଁଲା ସୁପ୍ରୀତି। ବାନାମ୍ବର ତା' ଟାଆଁସା ହାତରେ ଝିଅଟିର ଭୟାତୁର ପାଦକୁ ଆଉଁସୁଥାଏ ସେମିତି।

"ଏଇଟା କୋଉ ପାଗଳ କି ପଶୁର କାମ ନୁହେଁ, ବାନାମ୍ବର ! କୌଣସି ଜାତି, ଧର୍ମ କି ସମ୍ପ୍ରଦାୟର କାମ ନୁହେଁ। ଇଏ କେବଳ ପୁରୁଷର ! ସୁସ୍ଥ ସବଳ ପୁରୁଷପଣର ଦୌରାତ୍ମ୍ୟ !! ଅର୍ଥଶୂନ୍ୟ ବଳ ଓ ବେଗର ତାଡ଼ନା ! ତୋ'ର ଏଇ ଅଭେକା ରୂପରେ ବି ତା'ର ଊର୍ଦ୍ଧ୍ୱକୁ ତୁ ଉଠି ପାରିଛୁ ବାନାମ୍ବର। ମଣିଷପଣିଆର ଅଥଳ ସମୁଦ୍ରରେ ପୁରୁଷପଣିଆକୁ ହଜେଇ ଦେଇପାରିଛୁ। ତୁ ତ ଚୌକାଠ ପାଖରେ ଛିଡ଼ା ହେଇଥିବା ମା' ହରିଣୀଟିଏ।" ସୁପ୍ରୀତି ନିଜ ଭିତରେ ନିଜେ ବିଳପି ଉଠୁଥିଲା।

ଆଉ ଇଏ ତା'ର ସ୍ୱାମୀ ! ତା'ର ଇହ ଓ ପର କାଳର ଦେବତା ! ତା' ପିଲାଙ୍କର ବାପା !

ସୁପ୍ରୀତି ମୁହଁ ତଳକୁ କଲା ।

ବାନାମ୍ବର ହାଁ କରି ଅନେଇ ଥିଲା । ଏ ଝଡ଼ର ଧକ୍କାରେ ତା' ମନର ଡାଳରୁ ଚିନ୍ତା ଛିଣ୍ଡିଗଲା ଅବା । ଇଏ ତା'ର ମାଲିକ, ତା'ର ଖାଉନ୍ଦ, ଯାହାର ବଡ଼ପଣ ପାଖରେ ସେ ତା' ମନକୁ, ତା' ମାନକୁ ସଅଁପି ଦେଇଥିଲା ! ସାଢ଼େ ଛଅ ଫୁଟ ଉଚ୍ଚର ଏଡ଼େ ବପୁବନ୍ତ ଲୋକଟା ତା' ଆଖିକୁ ବାମନ ମୂର୍ତ୍ତିଟିଏ ପରି ଦେଖାଗଲା । ତା ସାମ୍ନାରେ ଖାଲି ରକ୍ତ ମାଂସର ମାଟି ମେଦଟିଏ ଉଭା ।

ବାନାମ୍ବର ମୁହଁ ତଳକୁ କଲା ।

ସୁପ୍ରୀତିକୁ ଗୋଟାପଣେ ନିଚୁଡ଼ି ଦେଇ ତା ଆଖିରୁ ଅବିରାମ ବହୁଥିବା ଗରମ ଲୁହ ଟୋପାମାନ ଝିଅଟିର ଗାଲ ଉପରେ ପଡୁଥିଲା- ତା' ମାଟି କାଦୁଅ ଆଉ ରକ୍ତର ଆଞ୍ଚୁଡ଼ା ଦାଗକୁ ଧୋଇଦେବ ପରା ।

ଭିନ୍ନ ସ୍ୱର

ସେଦିନ ଦିପହରଠାରୁ କନ୍ଦରାପୁର ଗାଁ ଚଉପାଢ଼ୀଟାରେ ଲୋକ ଭିଡ଼ ଯେ କାହିଁରେ କ'ଣ । ଚଉପାଢ଼ୀ ଉପର ତଳ ହେଇ ଭେଣ୍ଡାରୁ ବୁଢ଼ା ଯାଏଁ ଗାଁର ଥାଟପଟାଳି ମଣିଷ । ଗାଁ ମାଇକିନାମାନେ ଦଳ ଦଳ ହେଇ କେଉଟ ଘର ପିଣ୍ଡା, ପାଟ ସାହୁର ଦୋକାନ ପିଣ୍ଡା, ଚକୁଳିଆ ମା'ର ଦାଣ୍ଡ ଅଗଣାରେ ବସି ଭିଡ଼ଟାକୁ ସମ୍ଭାଳିଛନ୍ତି ଯେମିତି । ସନା ଅସନା ପିଲାଛୁଆ ଯେତେକ ଗାଁ ଦାଣ୍ଡଧୂଳିରେ ଜାଗାଟାକୁ ଗୋଟେ ରକମ ଖନ୍ଦା ଶାଳ କରି ପକେଇଛନ୍ତି । ପାଟିତୁଣ୍ଡ ଘୋ ଘା'ରେ ମାଇକିନା ଅଣ୍ଡିରା, ପିଲା ବୁଢ଼ା ସଭିଙ୍କର ପାଟି ଘୋଳି ହୋଇ ଗଲାଣି । ଯେଝା ବାଟରେ ଦେଖା ଅଦେଖା ଶତ୍ରୁମାନଙ୍କୁ ଗାଳି ବର୍ଷଣ କରି ଚାଲିଛନ୍ତି । ବାହାର ଗାଁର ଗଲା ଆଇଲା ଲୋକ ଦେଖିଲେ ଭାବିବ, କୋଉ ଯାନିଯାତରା ଚାନ୍ଦା ବରାଦ ପାଇଁ ଗାଁ ମିଟିଂ ବସିଛି ।

"ହେ ମହାପ୍ରଭୁ ! କ'ଣ କହିବ ଏ କାଳକୁ । କଳି ଯୁଗ ବୋଲି ଇମିତି ବିଘଟଣ କଥାମାନ ଘଟୁଛି ! ଏକା ଟୋକୀ ଖଣ୍ଡକର ବହପ ଦେଖ । ଗୋଟା ସାରା ଗାଁ ଟାକୁ ଦି'ଖଣ୍ଡ କରିଦେଲା !... ମୋ'ରି ଦାନା ପାଣିରେ ଧୂଳି ଛାଟିବାକୁ ବଇଚି ଇଏ । ହେଲେ, ମୁଁ କି ଛାଡ଼ିବା ଲୋକ !"

ଗୋସେଇଁ ଘର ଶଚୀ ଦେଈ ଛାତିରେ ହତ ମାରି ରଢ଼ି ଛାଡ଼ିଲା । "ଆଲୋ ଶାସ୍ତ୍ରର ଲେଖା ଫଳୁଚିଟି ! ...ଇଏ ତ ସୀତା ଆଉ ଦୁରୁପଦୀକୁ ବି ବଳିଗଲା... ସାଇ ଭାଇକୁ ପୋଡ଼ି ପାଉଁଶ କଲା... କୋଉ କାଳେ ଦୁରୁପଦୀର ତ ପାଞ୍ଚଟା, ...ଇଏ ତ ସାରା କଲବ ଘର..."

ଗଉରୀ କେଉଟୁଣୀ ପାଟି କରି ଦାଣ୍ଡ କ-ାଇଲା ।

ଚଉପାଢ଼ୀ ସେ କରୁ ତୁହାକୁ ତୁହା ଉତ୍ତର ଆସୁଥାଏ, ଦୁଃଖ କି ଅପମାନର ହେଉ, ରାଗ-ରୋଷରେ ହେଉ, ଯେଝା ଛାତିର ବୋଝ ହାଲୁକା କରୁଥିଲେ । କିଏ ଦୈବକୁ ସାକ୍ଷୀ ଦଉଛି ତ ଆଉ କିଏ କୋର୍ଟ କଚେରୀକୁ ଡାକୁଛି । କେହି କାହା କଥା ଶୁଣିବାକୁ ନାଇଁ, ବୁଝିବାକୁ ନାଇଁ, ଖାଲି ଆପଣା ମନ-ଓରିମାନା ମେଣ୍ଟାଇବା କଥା । ଘଟଣାଟି କ'ଣ, ଜାଣିବା ପାଇଁ ବି ବାହାର ଲୋକକୁ ବାଟ ନାଇଁ ।

ତେବେ କଥାଟା ଏଇପରି... କନ୍ଦରାପୁର ଗାଁରେ ବ୍ରାହ୍ମଣ ସାଇ କହିଲେ ନାଇଁ । ବାହା ପୁଆଣିରେ ବାୟାପଦର କି ଗମ୍ଭାରୀପାଲିରୁ ବ୍ରାହ୍ମଣ ଡାକି କାମ ତୁଲେଇବାକୁ ହୁଏ । ହେଲେ, ଗାଁରେ ଭାଗବତ କି ହରିବଂଶ ବସେଇଲେ ଅସୁବିଧା । ପାଖଆଖ ଗାଁରୁ ନିତି ବ୍ରାହ୍ମଣ ଡକେଇଲେ କଥା ପଡୁଛି । ସେ ଲାଗି ସାଇଭାଇରେ ବିଚାର ହେଲା ଯେ କାମଟା ଗୋସେଇଁ ଘର ତୁଲେଇ ନେବେ । ଏମିତିରେ ଗାଁ ମୁଣ୍ଡ ଭଏଁରୋ ବାବା ମନ୍ଦିରର ନିତି ପୂଜାଟା ଗୋସେଇଁ ଘର କୋଉ କାଳୁ କରି ଆସୁଛନ୍ତି । ସେଥିପାଇଁ ଜମି ଖଞ୍ଜା ପାଇଛନ୍ତି; ହେଲେ, ନାଁକୁ ମାତ୍ର, ଯାହାକୁ କହନ୍ତି... ଚାକୁଣ୍ଡା ବୁଣିଲେ ଉଠଇ ନାଇଁ । ସେଇ ଜମିରେ ଗୋସେଇଁ ଘର କେବେ ଦାଆ ବୁଲେଇବାର କେହି ଦେଖି ନାଇଁ । ତେବେ, ଗୋସେଇଁ ଘରର କୋଉ ମରଦକୁ ଅକ୍ଷରଚିହ୍ନା ଜଣାନାଇଁ । ବିଲେଇମୁଣ୍ଡକୁ ଶିକା ଛିଣ୍ଡିଲା ପରି ଗୋସେଇଁ ଘର ବାଳ ବିଧବା ଶଚୀ ଦେଈ କିଛି କିଛି ଚାହାଳୀ ପାଠ ପଢ଼ିଥିଲା । ପୋଥି ପଢ଼ିବାରେ ସେମିତି କିଛି ଅସୁବିଧା ହୁଏ ନାହିଁ । ଏକେ ତ ବାଳ ବିଧବା, ତହିଁକି ଶାଶୁ ଘରେ ଆବୋରିବାକୁ କେହି ନାହିଁ । ବଢ଼ନ୍ତି ବୟସ, ସେଥିରେ ପୁଣି ଗୋସେଇଁ ଘର ଝିଅ । ପେଟ ପାଟଣା ପାଇଁ କୁଆଡ଼େ ଯାଇ ପାରିବ ନାହିଁ- ବାପ ଭାଇଠୁଁ ପୁତୁରା ଯାଏଁ ଜୀବନ ଯାକ ସଭିଙ୍କ ଉପରେ ବୋଝ ହେଇ ରହିବ । ସଭାରେ ସ୍ଥିର ହେଲା, ଶଚୀ ଦେଈ ଭାଗବତ ଟୁଙ୍ଗୀରେ ପୋଥି ପଢ଼ିବ । ଯାହାହେଲେ ବି ଗାଁ ଝିଅ, ସଞ୍ଜାରେ ହେଉ

କି ଦକ୍ଷିଣାରେ ହେଉ ଦି' ପଇସା ଖୋରାକି ମିଳିଯିବ। ପହିଲେ ପହିଲେ କେବେ କେମିତି ପୋଥି ବସା ହେଉଥିଲା। ଛୋଟିଆ କନ୍ଦରାପୁର ଗାଁରେ ଯାନି-ଯାତରା କିଛି ଗହଳି ନାହିଁ। ପୋଥି ପଢ଼ାଟା ଲୋକଙ୍କୁ ସୁହାଇଲା। ସଞ୍ଜବେଳେ ଭାଗବତ ଟୁଙ୍ଗୀରେ ମାଟି ଦୀପରେ ସଳିତାଟିଏ ଜାଳି ଡିବିରି ଆଲୁଅରେ ଭାଗବତ ବୋଲେ ଶଚୀ ଦେଈ। ଗାଁରେ ଆହୁରି ଜଣେ ଦି'ଜଣ ବୁଢ଼ା ଖଞ୍ଜଣୀ ଯୋଖିଲେ। ଏଥିରେ ଶଚୀ ଦେଈର ଦିହକ ସରିଲା। ଏବେକୁ ସିଏ ଷାଠିଏ ପାର୍ କଲାଣି। ସତୁରୀ ପାଖାପାଖି। ତେବେ, ଗାଁରେ ଅଘଟଣର କିଛି ଅଭାବ ନାଇଁ। ଶଚୀ ଦେଈର ଅବସ୍ଥା ସାଙ୍ଗକୁ ଆଉ ଗୋଟେ ଲଥା ଯୋଖି ହୋଇଗଲା। ମାସ ଛଅଟା ତଳେ ବିଭା ହୋଇଥିବା ସୁଜନ ଥନାପତିର ଝିଅ କସ୍ତୁରୀ ବିଧବା ହେଇ ବାପ ଘରକୁ ଲେଉଟି ଆସିଲା। ଉଆଁସୀ କନିଆ କହି ଶାଶୁଘର ଗାଁରେ ରଖେଇ ଦେଲେ ନାହିଁ। ସୁଜନ ଥନାପତିର ଅଭାବ ସାଙ୍ଗକୁ ସେ ବେମାରିଆ ବି। ଅଣ୍ଟା ବଳ ନାଇଁ କି ସାହା ପକ୍ଷ ନାଇଁ। ଆଉ ଅଇଚ୍ଛା ଦଇବ କି ଦାଉ ସାଧିଲା। ନିଅଣ୍ଟିଆ କୁଟୁମ୍ବ ପାଇଁ ଏକା ବଢ଼ିଲା ବିଧବା ଝିଅଟା ହାଟପାଳିକି ହାଟ ପାଳି ପାଖ ଗାଁକୁ ଗଲା, ମୁଣ୍ଡ ଫିତା ଆଉ ଖିରିପିନି ବିକିବାକୁ ଗଲା। ଆଇଲା ବେଳେ ପାଞ୍ଚଜଣଙ୍କ ଆଖି ପଡ଼ିଲା। ତାକୁ ନେଇ ଦୁଇ ଗାଁ ପିଲାଙ୍କ ଭିତରେ ପାଟି ତୁଣ୍ଡ ବାଡ଼ିଆ ପିଟା ଯାଏଁ କଥା ଗଲା। ଘଟଣାଟା ଗାଁଟା ଯାକ ଖେଳି ଗଲା। ପୁଣି ସେଥିରେ ଯୋଖା ହେଲା କେତେ ଟୀକା ଟୀପ୍ପଣୀ। ମାଜୁ ମାଜୁ କଥା ମୋଟ। ହୀନବଳ ଦେଖି ଲୋକେ ବି ତୁଣ୍ଡ ସୁଖ ସାରି ନେଲେ। ଏସବୁ ଭିତରେ ଗାଁ ମିଟିଂରେ କ୍ଲବ ଘର ପିଲା କଥା ପକାଇଲେ ଯେ କସ୍ତୁରୀ ଆଉ ହାଟକୁ ଯିବ ନାଇଁ, ଗାଁର ଇଜ୍ଜତ ବାହାରେ ପଡୁଛି- ତା ଖୋରାକି ପାଇଁ ଶଚୀ ଦେଈର କାମଟା ତାକୁ ଦିଆଯାଉ। ଯୋଗକୁ କସ୍ତୁରୀକୁ ବି ଦି'ଅକ୍ଷର ଜଣା। କ୍ଲବ୍ ଘର ପିଲାଙ୍କ କଥାରେ, ଶଚୀ ଦେଈର ବେଳ କାଳ ସରି ଆସିଲାଣି। ତାର ପେଜ ତୋରାଣି ପାଇଁ ପୁତୁରାମାନେ ପାରି ଗଲେଣି। ଗାଁ ମିଟିଂରେ କଥା ଛିଣ୍ଡି ଠିକ୍ ହେଲା ଯେ ବାରସ୍କନ୍ଧଟା ଶଚୀ ଦେଈ ତା'ରି ହାତକୁ ଟେକି ଦଉ। ସେଇ କଥାରୁ ଏତେ କଥା। ତେବେ, ମିଟିଂରେ କଥା ଛିଣ୍ଡିଲା ନାଇଁ, ବରଂ ବଢ଼ିଗଲା। ଶଚୀ ଦେଈ ତା ପାକଲା ବାଳରେ ଅଡ଼ି ବସିଲା ଯେ ସେ ପୋଥିଟା ଏମିତି ସେମିତି ହାତକୁ ଟେକି ଦବ ନାଇଁ। କଲବ ଘର ପିଲା ଜାହିର କଲେ ଯେ କସ୍ତୁରୀ ଅନ୍ୟ ପୋଥି ଗାଇବ। କଥାଟା ଏମିତି

ରୋକ୍‌ଠୋକ୍ ମୂଲ ତଉଲରେ ଗଲା ନାଇଁ। କଥାଟା ଲୋକମୁହଁରେ ବନେଇ ଚୁନେଇ ହେଇ ଆହୁରି ଫେଣେଇଲା।

ତା'ପରଦିନ ଭାଗବତ ଟୁଙ୍ଗୀ ଉପରେ ସମସ୍ତିଙ୍କର ଆଖି। ଆଉ ଦିନମାନ ଅପେକ୍ଷା ଆଉ ଟିକେ ସଅଳ ଆସି ଶଚୀ ଦେଇ ତା ପୋଥି ଗାଇଲା। ଖଣ୍ଡେ ଦୂର ଛାଡ଼ି ପଧାନ ସାହି ପଥର ଚଉତରାରେ ଦି' ଚାରି ଜଣ ସାଙ୍ଗ ସରିସା ଧରି ଲଣ୍ଠନ ଆଲୁଅରେ ପୁରାଣ ପଢ଼ିଲା କସ୍ତୁରୀ। ପାଖରେ ଚାରି ଛଅଟା ଛୁଆ ଲଙ୍ଗର ପଙ୍ଗର ହଉଥାନ୍ତି। ଅଠର ବର୍ଷର କସ୍ତୁରୀର ଟାଣୁଆ ସୁରରେ ପୁରାଣ ଗୀତଟା ଏପାଖ ଲୋକଙ୍କ କାନକୁ ବି ପରିଷ୍କାର ଶୁଣା ଯାଉଥାଏ। ଶଚୀ ଦେଇ ମଝିରେ ମଝିରେ ଅଟକି ଯାଏ। ଅକ୍ଷର ଚିହ୍ନୁ ଚିହ୍ନୁ ଆଉ ତା'ଉପରେ ସୁର ଠିକ୍ କରୁ କରୁ ହଡ଼ବଡ଼େଇ ଯାଏ। ତଥାପି ତା ଘାଗଡ଼ା ଗଳାଟା ସେ ପାଖ ସୁର ସାଙ୍ଗରେ ଗାଇବା ଜାହିର ରଖେ। ସେ ଦିନ ପୋଥି ରଖୁ ରଖୁ ଲିଙ୍ଗାମା'କୁ ପଚାରିଲା ଶଚୀ ଦେଇ, "କଣ କିହୋ ମଇତ୍ର, ପୁରାଣ ପଢ଼ା ଶୁଣୁଛଟି ? ...ଶୁଣିଲାବାଲା ପୁରାଣ ରସିକ ସବୁ କୁଆଡ଼େ ଗଲେ, କେଜାଣି... ଯାହାକୁ କହନ୍ତି ବୃଦ୍ଧା ବେଶ୍ୟା ତପସ୍ୱିନୀ... ହୁଁ... କେତେ ଦିନ ଚାଲୁଛି ଚାଲୁ। ଠିକଣା ବେଳେ ଆପେ ଫାଟିବ..."

"ଆଗୋ, ସେ ସତର ଘର ଭଙ୍ଗେଇ ଚୂଲିପଶି ଛତରଖାଇ କଥା କିଏ ନ ଜାଣେ କହିଲ ଭଲା ? ଉପରେ ଧରମ ଦେବତା ନିତି ଉଇଁ ନିତି ବୁଡୁଛି। ସିଏ ସବୁ ଦେଖୁଛି ଟି ! ଏମିତି ନରକରେ ଘାଣ୍ଟି ହେବ ଯେ... ଦେଖୁଥା କହୁଛି।"

ତା ପରଦିନ ଶଚୀ ଦେଇ ତା କୂଅ ମୂଳର ଆମ୍ବକଷିଆ ଅଦା ଖଣ୍ଡିଏ କଳରେ ଜାକି ପୋଥି ଆରମ୍ଭ କଲା। ତାର ପତଳା ବେରଙ୍ଗୀ ବେକର ଶିରା ପ୍ରଶିରା ସବୁ ଟାଣି ହେଇ ଆହୁରି ଆହୁରି ବଳ ଯୋଖିଲେ। ନହନହକା ବେତ ପରି ଶଚୀ ଦେଇ ଦିହଟା ପୋଥି ଉପରକୁ ଝୁଙ୍କି ପଡୁଥାଏ। ଧୋବଲା ଆଖି ପତା ଉହାଡ଼ରୁ ନେଳିଚା ପଡ଼ି ଆସୁଥିବା ଆଖି ଦିଓଟିରେ ଆହୁରି ଆଲୁଅ ଜମେଇ ଦେବା ପାଇଁ ତାର ସାରା ଦିହଟା ଟଣା ଓଟରା କରି ଲାଗିଥାଏ ଯେମିତି। ଚନ୍ଦନ ସିନ୍ଦୂର ଛିଟିକାରେ ଉବୁଟୁବେଇ ଯାଇଥିବା ବହିଟାର ଭିତରେ କଳା ବିନ୍ଦୁମାନ ତାର ଶିରା ପ୍ରଶିରାମାନଙ୍କୁ ଆହୁରି ଟଣକେଇ ଦଉଥାନ୍ତି। ଦେଖଣାହାରିଏ ଶଚୀ ଦେଇର ଏମିତି ସୁର ଏତେ ଦିନ ଭିତରେ ଯେମିତି କେବେ ଶୁଣି ନ ଥିଲେ। ଆଖି କାନ ତାବ୍‌ଦା କରି ଦେବାର କ୍ଷମତା ପହିଲିବାର

ତା'ଠି ଦେଖୁଛନ୍ତି। ତା' ଭିତରେ ଯେମିତି କିଏ କୁହାଟ ମାରୁଛି, ତୋରି ରାଜ୍ୟରେ ତୁ ପୁଣି କଳାପାଣି ଯିବୁ... ସିଏ ଯାଉ ମାଟିରେ ମିଶି, ତାରି ତଣ୍ଟି ପଡୁ..."। ଈର୍ଷା ଆଉ ଅପମାନର ଠାକୁରାଣୀ ଯେମିତି ଶଚୀ ଦେଈକୁ କାବୁ କରି ଉନ୍ମାଦ କରି ପକାଇଛି। ଶଚୀ ଦେଈର ଥରିଲା ସୁର ଆହୁରି ତେଜିଲା; ଏମିତିକି ପଥର ଚଉତରାର ଅଠର ବର୍ଷର ଦମ୍ଭିଲା ସୁରକୁ ଚମକେଇ ଦେଇ ଚହଲେଇ ଦେଲା ପରି ଦମ୍‌ରେ ଗାଇଲା। ଗାଉ ଗାଉ ତାର ଆଖି ମୁଣ୍ଡ ଫାଇଁ ଫାଇଁ କଲା। ଷାଠିଏ ପାରି ହୋଇଥିବା ଆଖି ପାଟି ମନ ଗହୀରରୁ ବାହାରି, ଆପଣା ସୁରଟି ଲୁହ ପୁତୁପୁତୁ ହେଇ ବୋଲିଲା :

ତତେ ହୋ ତୁହି ରକ୍ଷାକର
ମୁଁ ଛାର ମଣିଷ ମାତର

ଶଚୀ ଦେଈର ଆଖିରୁ ପାଣି ବୋହୁଛି, ଯେମିତି ଥମିବାର ନାଇଁ। ଦେଖଣାହାରିଙ୍କୁ ଏଇଟା ଭାବ ଭକତିର ଲୁହ। ଶଚୀ ଦେଈ ଜାଣୁଛି, ତା କାନ୍ଦୁରା ଚିନ୍ତା କେମିତି ତାକୁ ମଚ୍ଛି ପକାଉଛି। ୟେ ତ ଖାଲି ପେଜ ତୋରାଣିର ଚିନ୍ତା ନୁହେଁ- କେମିତି କିଏ ତାକୁ ଟାଣି ଓଟାରି ଦହକି ପକାଉଛି- ତାକୁ ଖାଲି ହାତରେ ଏଠି ସେଠି ଫୋପାଡ଼ି ଦଉଛି। ଏକଦମ୍ ଏକେଲା ହେଇଯାଉଛି ସେ। ଶଚୀ ଦେଈ ଅଣ୍ଟା ସଳଖି ଉଠିଲା।

ସେପଟ ପଥର ଚଉତରାରେ ଗୀତର ଆସର ଜମେଇବା ପାଇଁ ଖଞ୍ଜଣି ହଲେ ଯୋଗାଡ଼ ହେଲାଣି। କେହି କେହି ମଉଜିଆ ଲୋକ ଦିନେ ଏଠି ତ ଦିନେ ସେଠି ଗୀତ ଶୁଣି କହୁଥାନ୍ତି, ଆରେ ୟେତ ପୁରାଣ ପୋଥି ପଢ଼ା ନୁହେଁ ଯେ ଏକ ରକମର ବାଦୀ ପାଲା। କେହି କାହାକୁ ଦବିବାରେ ନାହିଁ। ଖାଲି ୟାଙ୍କ ସଞ୍ଜା ଖୋରାକି ଚିନ୍ତା ସିନା ଆମକୁ ଖାଉଛି !

ଏଇ ଘଟଣାଟିରେ ଗାଁଟା ଯାକ ଲୋକ ଆପଣା ଆପଣା ମନର ପଟ ଠିକଣା କଲେ। କିଏ କେଉଁ ପଟର, କଥା କଥାକେ ପରିଷ୍କାର ଜଣାପଡ଼ିଲା, ଘଟଣାଟି ଖାଲି ବାହାନା। ଏଇ ବାହାନାରେ ଯେଝା ମନର ଲୁଚା ଛପା ରାଗ ଅରମାନ ଶୁଝେଇଲେ। ଏତେ କଥା କଟାକଟିରେ କି ମନ ଫଟାଫଟିରେ ଶଚୀଦେଈର ଆଉ ସେତିକି ନିଘା ରହୁନାହିଁ। ଯାତ୍ରା ଦଳର ପହିଲି ଆସର ପରି ବେଶ୍ ଜମି ଯାଇ ପୁଣି ଖସିବ। ଦିନ ରାତି ଗୋଟେ କରି ପକେଇ ଶଚୀଦେଈ ଖାଲି ସଞ୍ଜ ବେଳ ପାଇଁ ନିଜକୁ ସଜିଲ୍ କଲା। ପାହାନ୍ତାରୁ ଉଠି

ଗାଧୋଇ ଘଡ଼ିକ ଜାଗାରେ ଚାରି ଘଡ଼ି ପୋଥି ପଢ଼ିଲା । ବେଳ ଅବେଳରେ ଗୁଣୁଗୁଣେଇ ସୁର ଦେଲା, ସତେ ଅବା କୋଉ ପୁରୁଣା ଉସ୍ତାଦ ତାର ଆପଣା ବୁଦ୍ଧିରେ ଧୂନ୍ ତୟାର କରୁଛି ।

ଚାହୁଁ ଚାହୁଁ ପଉଷ ଗଡ଼ି ଗଲା । ହାଡ଼ ଥରାଇ ମାଘ ମାଡ଼ି ଆସିଲା । ଦିନ ସାରା ଯେତେ ପୋଇଁଲେ ବି ପାଣିଚିଆ ଖରା ଦିହକୁ ଭେଦୁ ନାଇଁ । କାଲୁଆ ପବନ ବେଳ ପିଠି ଥରାଇ ମୁଣ୍ଡଟାକୁ ଝାଙ୍କି ଦଉଛି । ଶଚୀ ଦେଈର ଆଣ୍ଠୁଗଣ୍ଠିଟା କେତେବେଳେ କେମିତି ଧୁକୁଧୁକୁ ହଉଛି । ସହଜେ ତ ତା'ର କଫୁଆ ଦିହ, ତୁଳସୀ ପତ୍ର ଅଦା ବାଟି ମହୁ ସାଙ୍ଗରେ ଦିନକୁ ଦି ଚାରି ପାନ ନ ପିଇଲେ ନ ଚଳେ । ନହେଲେ 'ମାଘ ମହାତ୍ମ୍ୟ' ବୋଲିବାଟା ଜୋରଦାରିଆ ହେବନି । ଦିହଟା ସିନା ବାଗ ଅବାଗରେ ବିଗିଡ଼ିଯିବ; ହେଲେ, ତା ମନଟାକୁ ଦାବି ଦେଇ ଚଢ଼ି ଯିବାକୁ ଏଇ କନ୍ଦରାପୁର ଗାଁରେ ଏଯାଏଁ ମାଇପି କି ମରଦ ଜନମି ନାହାନ୍ତି । ଇଏ ତାତିଲା ଲୁହା ପରି । ଯିଏ ହାତ ମାରିବ, ସିଏ ଏକା ପୋଡ଼ା ଘା'ରେ ଜଳିବ ।

ଆଜି ଶିରି ପଞ୍ଚମୀଟା । ବଡ଼ି ଭୋରରୁ ଗାଧୋଇ ଖରା ପଡ଼ିବା ବେଳକୁ ମାଘ ମହାତ୍ମ୍ୟରୁ ଅଧ୍ୟାୟେ ଆରମ୍ଭ କରି ସଞ୍ଜରେ ସାରି ଦବ । ମାଘ ସଞ୍ଜର କୋଉ ଠିକଣା, ଛୁଟ୍‌କିନା ଚାଲିଆସିବ । ଲଣ୍ଠନ ଆଲୁଅରେ ତା ଆଖିକି ଅକ୍ଷର ସବୁ ଏ ପାଖ ସେପାଖ ହେଇ ଯାନ୍ତି । ସକାଳ ପହରୁ ଅଧା କାମ ବଢ଼େଇ ଦେଲେ କାମ ଛିଣ୍ଡି ଯିବ ଭାବି ଲୋଟାଟାଏ ଧରି ପୋଖରୀ ଆଡ଼େ ଲଡ଼ବଡ଼ ହୋଇ ଗଲା । ବନ୍ଧ ହିଡ଼ରେ ଲେଛି ଲେଛି ହେଇ ଧୋବଲା ପାଉଁସିଆ ଅରଖ ଫୁଲ ଝୁଲୁଛି । ସେଥିରୁ କେଇ କେଣ୍ଡା, ଧୁତୁରା ଫୁଲ ଓ ଗଇଣ ଫୁଲରୁ ମେଞ୍ଚାଏ ଲେଖାଏଁ ତୋଳି ସାରି ତାକୁ ଧୋଇ ଦେଇ ତୁଠ ପଥର ଉପରେ ରଖି ଦେଲା । ଗାଧୋଇ ସାରି ବନ୍ଧ ହିଡ଼କୁ ଉଠିଲା ବେଳକୁ ଫଜେରା ଫାଟିବା ଉପରେ । ପଛରୁ କାହାର ଧଇଁ ସଇଁ ଆବାଜରେ ଶଚୀ ଦେଈର ଛାତି ଚାଉଁକିନା କଲା । ପଛକୁ ମୁହଁ ବୁଲାଇ ଦେଖିଲାରୁ ଖଣ୍ଡେ ଦୂରରୁ ମାଇପିଟାଏ ଜୀବନ ବିକଳରେ ଏ ଆଡ଼କୁ ଧାଉଁଛି । ପଛରେ ତିନି ଚାରିଟା ଲୋକ ଭୂତ ପରି ଗୋଡ଼ୋଉଛନ୍ତି । ଶଚୀ ଦେଈ ତା' ଘାଗଡ଼ା ପାଟିରେ ରଡ଼ିଲା, 'କିଏ ସେ ?' ତା ପାଟି ଶୁଭିଲା ନା କଣ ଲୋକ ଚାରି ଜଣ ଯାକ ସେଇଠୁ ପଛକୁ ଫେରିଲେ । ମାଇପିଟା ଧଇଁସଇଁ ହେଇ ତାରି ପାଖରେ ଅଟକି ଗଲା । ଶଚୀ ଦେଈ ଥତମତ ହେଇ ତା' ପାଖକୁ ଗଲା । ସକାଳର ପହିଲି ଆଲୁଅର ଛିଟାରେ ତା ମୁହଁକୁ ଦେଖି ଚମକି ଗଲା ।

"କ... ସ୍ତୁରୀ...।"

"ହଁ..." ଡର ଆଉ ଛାନିଆଁରେ ଜଡ଼ ସଡ଼ ହେଇଯାଇଥିବା କସ୍ତୁରୀ ମୁହଁ ପୋତି ଉତ୍ତର ଦେଲା।

କସ୍ତୁରୀକୁ ଏଥର ପାଖରୁ ଦେଖିଲା ଶଚୀ ଦେଇ। ନଇଁ ପଡ଼ିଥିବା ମୁହଁଟା ଭୟରେ କଳାକାଠ ପଡ଼ି ଯାଇଛି। ଦିହରେ ବୟସର ଶିରୀ। ସାତ ସିଆଁ ନେଳିଆ ରଙ୍ଗର ଶାଢ଼ିଟା ଭିଡ଼ା ଓଟରାରେ ଆହୁରି ଛିଣ୍ଡି ଯାଇଛି। ଫୁଲପକା ଫତୁଆ ଖଣ୍ଡିକ ପିଠି ପଟୁ ଠାଏ ଚିରି ଯାଇଛି। କସ୍ତୁରୀର ଘୁସୁରି ଯାଉଥିବା ପଣତ କାନିଟାକୁ ପିଠି ପଟେ ଢ଼ାଙ୍କି ଦେଇ ଶଚୀ ଦେଇ ପଚାରିଲା।

"କିଏ ସେଗୁଡ଼ା ?"

"କଲବ ଘର।"

"ହଉ, ଚାଲ।"

ଆଗରେ କସ୍ତୁରୀ ଚାଲିଲା। ପଛରେ ଶଚୀ ଦେଇ। ବାଟ ସାରା ଦିହେଁ ଚୁପ୍‌ଚାପ୍। ଥନାପତି ସାଇ ମୁଣ୍ଡରେ ଥିବା ତା'ଘର ବାଟ ମୁହଁରେ ତାକୁ ଛାଡ଼ି ଦେଇ ଶଚୀ ଦେଇ କହିଲା, "ଭିତରକୁ ଯା।"

ଶଚୀ ଦେଇ ସେଠୁ ତା' ଘରକୁ ମୁହାଁଇଲା। ସେଦିନ ସକାଳେ ଆଉ ଭାଗବତ ଟୁଙ୍ଗୀ ଆଡ଼େ ଗଲା ନାଇଁ। ବାରିପଟ ପିଜୁଳି ଗଛ ପାଖ ପିଣ୍ଡାରେ ବସି ଖରା ପୋଇଁଲା। ସଞ୍ଜବେଳେ ଟୁଙ୍ଗୀରେ ପୋଥି ଧରିଲାବେଳକୁ ଲିଙ୍ଗମା ମଇତ୍ର ପ୍ରଧାନ ସାଇ ପଥର ଚଉତରାକୁ ହାତ ଠାରି କହିଲା, "କଣ କିହୋ ମଇତ୍ର, ଆଜି ପରା ଦିନରେ ସେଠା ଶୂନ୍‌ଶାନ୍... ଦିନ କେତୁଟାରେ କେତେ ଧରମ ଅରଜି ଦେଲା ଯେ ଗୋଟାପଣେ ବଳି ଯାଇ ଉଛୁଳି ପଡ଼ିଲା... ବୁଝିଲ ମଇତ୍ର, ଏ ଖାଲି ଭୁଆଁବୁଲା ପାଲା...।"

ଶଚୀ ଦେଇ କିଛି ନ କହି ହୁଁ ମାରିଲା। ଲିଙ୍ଗମା' ତାକୁ କାବା ହେଇ ଚାହିଁଲା। ଶଚୀ ଦେଇ ପୋଥି ପଢ଼ିଲା। ଆଉ ଦିନମାନ ପରି ବଢ଼ନ୍ତି ବୟସର ରାଗରେ ତୁମ୍ବି ତୋଫାନ ଭିଆଇବା ବେଗରେ ଆଉ ପଢ଼ି ପାରିଲା ନାଇଁ। ଶୁଣିଲାବାଲା ଆପଣା ଭିତରେ କୁହାକୁହି ହେଲେ, ଯେଝା ଅରମାନ ମେଣ୍ଟାଇଲେ। ଏଥରକ ବାଦି ପାଲା ପରି ଆଉ ଜମିବ ନାଇଁ। ଏବେ ଯେଝା ବାଟରେ।

ଦି' ଚାରି ଦିନ ହେଲା ଶଚୀ ଦେଇର ଆଣ୍ଠୁ ଭାରି ବିନ୍ଧୁଛି। ନିତି ଏତେ

ସକାଳୁ ଗାଧୁଆଟା ତାକୁ ଆଉ ଆରୋଉ ନାଇଁ। ଦିହଟା ନଖ ଉଷୁମ ଲାଗୁଛି। କାଲିଠୁଁ ଟୁଙ୍ଗୀ ଘରକୁ ବି ଯାଇନି। ସଞ୍ଜ ବେଳକୁ ବାରିପଟ ଅଗଣାରେ ପଡ଼ିଥିବା ଖଟିଆରେ ଗଡ଼ପଡ଼ ହେଉ ହେଉ ଆଖି ଲାଗି ଗଲା। ଭଣ୍ଡାରୀ ଘର ବାଉଁଶ ବୁଦା ସାଇଁ ସାଇଁ ଶବ୍ଦ ଶଚୀ ଦେଈକୁ ନିଦରେ ବି ହଲେଇ ଦେଲା- କିଏ, ଫେର୍ କସ୍ତୁରୀ ଧାଇଁ ଆସିଲାକି ! ନିଦ ମଳ ମଳ ଆଖିରେ ଉଠି ବସି ସିଆଡ଼କୁ ଚାହିଁଲା। ତାକୁ ଲାଗିଲା ବାଉଁଶ ବୁଦା ଉହାଡ଼ରୁ କେହି କାନ୍ଦୁଛି। ନିଜକୁ ସମ୍ଭାଳି ବସିଲା। ପୁଣି ପଛ ଆଡ଼ କାନିକୁ କାମୁଡ଼ି ଧରି କୁଙ୍କୁରି କୁଙ୍କୁରି ହେଇ ତା'ରି ସାମ୍ନାରେ ଯେମିତି ଠିଆ ହେଇଛି କସ୍ତୁରୀ। ପାହାଚେ ପାହାଚେ ପଛ ମୁହଁ ହେଇ ଫେରୁଛି ସେ ନିଜେ। ମନେ ପଡ଼ିଲା କାହିଁ କେତେ ବରଷ ତଳେ ସେ ଗୋସେଇଁ ଘର ଝିଅ ହେଇ ବି ଦିହ ମେହେନତ କରି ଦି ପଇସା ରୋଜଗାର କରି ବଞ୍ଚିବ ବୋଲି ଅଣ୍ଟା ଭିଡ଼ି ବାହାରି ଥିଲା। କୋଉ ପାରିଲା ସେ ? ଗଲା ଅଇଲା ସଭିଙ୍କୁ ଲୋଡ଼ା ତାର ଛଇ ଛଟକ ଠାଣି- ଦିହ ଲାଳସାର ସରଞ୍ଜାମଟିଏ ହେବା ଲୋଡ଼ା- ଏବର ନାହାକ ବୁଢ଼ାଠୁଁ ପଧାନ ସାଇର ଘର ଘର ମାନତା ମରଦଙ୍କ ତତଲା ଚାହାଣୀରୁ କେତେ ଧକ୍କା ଖାଇଛି ସେ। ସବୁ ସାଇତା ଅଛି ତାର କିଳା କବାଟ କଣରେ। ଶଚୀ ଦେଈ ଟୁଙ୍ଗୀ ଘରକୁ ଆଦରି ନେଇଥିଲା। ...କସ୍ତୁରୀ ସେଠି ଠିଆ ହେଇ ତା' କବାଟ ପିଠିରେ ହାତ ମାରୁଛି। ତାକୁ ଘଉଡ଼େଇ ଦେଇ ପାରୁନି ଶଚୀ ଦେଈ। କସ୍ତୁରୀ ଏମିତି ଅଭେକା ରୂପରେ ଠିଆ ହୋଇଛି ଗାଁ ଦାଣ୍ଡରେ। କୋଠ ସ-ଭି। ଖୋଲା ଜାଗା। ଘର ଘାଟ ନା ଘର ଜାଗା ? ସେ ପଦାର ଜିନିଷ। ସାରା ଗାଁଟାର ମୁରବୀ ପଣିଆର ଆଡୁଆଳରେ ନିଜ ଦେହରୁ ବାସନା ତେଜୁଛି- ଶୁଖି ଶୁଖି ଯାଉଛି ଯେ- କର୍ପୂର ଉଡ଼ିଯାଉଛି କେତେ ତତଲା ନିଃଶ୍ୱାସରେ- କନା ପରି ଲୋଚାକଚା ହେଇ ଅରମାରେ ପଡ଼ିଛି- ଚାରିକଡ଼େ ହୋ ହୋ ହୋଇ ହେଇ ଥଟ୍ଟା ତାମସାର ଫଣା ଟେକୁଛି- ଗାଁଟା ସାରା ଖେଣ୍ଟା ମାରୁଛି... ସେଇଠି ଫେର୍ କାନ୍ଦୁରା ମୁହଁରେ ଅନେଇଛି।

ଶଚୀ ଦେଈ ଧଡ଼ପଡ଼ ହେଇ ବସିଲା।

ସଞ୍ଜ ପହରକୁ ଲିଙ୍ଗମା' କଥା କହି କହିକା ଭିତରକୁ ପଶିଲା। ଧଡ଼କିନା ଖଟିଆରେ ବସିପଡ଼ି ଶଚୀ ଦେଈର ମଥାରେ ହାତ ମାରିଲା- "ଏଁ, ମୁଁ ମରିଯାଏଁଟି ଲୋ ମା', ତମ ଦିହରେ ତ ମଇତ୍ର, ଝାଞ୍ଜି ବହୁଛି। ଓଷଦ ପତର

ଖାଇଲଣି କି ନାଇଁ ଯେ' ? ହେଁ ମା ଠାକୁରାଣୀ... ଏଣେ ଚାରି ଦିନ ହେଲା ଟୁଙ୍ଗୀରୁ ଲୋକେ ତମକୁ ଅନେଇ ଅନେଇ ଫେରୁଛନ୍ତି... ତମେ ତ ମଇତ୍ର ଦିହ ବାଧିକାରେ... ଆଉ 'ମାଘ ମହାତ୍ମ୍ୟ'ଟା ଏଥର ରହିଯିବ।"

"କା ବିନା କୋଉଟା ଅଟକିଯାଏ ନାହିଁ ମଇତ୍ର..." ଶଚୀ ଦେଈ ଜର ଧାସରେ ଥରି ଥରି କହିଲା। ଟିକିଏ ଅଟକି ଯାଇ ଲିଙ୍ଗାମା' ମଇତ୍ରର ହାତ ଧରି କହିଲା, "ମଇତ୍ର, ମୋର ଟିକିଏନାକୁ କାମ କରିଦିଅନ୍ତ ନି ? ...ଝିଅଟାକୁ ଟିକେ ଡାକି ଦିଅନ୍ତ ନାଇଁ ?"

"କିଏ ?"

"ଏଇ ସୁଜନା ଝିଅ।"

"କିଏ ? ସୁଜନା ଝିଅ ?"

"ହଁ।"

ଥତମତ ହେଇ ଲିଙ୍ଗାମା' ତାକୁ ଚାହିଁଲା। ଜର ତାତି ପାଇଁ ଶଚୀ ଦେଈ ଏଣୁ ତେଣୁ ବକୁଛି ଭାବି ତୁନି ରହିଲା। ଶଚୀ ଦେଈ ଜାଣି ପାରିଲା ନା କ'ଣ, ପୁଣି ପଚାରିଲା, "ଡାକି ଦବଟି ?"

"ହଁ ଯେ'- ତମ ଦିହଟା ଟିକିଏ ଠିକଣା ହେଇ ଯାଉ... ଓଷଦ...।"

"ଏ ବୟସରେ ଆଉ କି ଓଷଦ ମଇତ୍ର ! ତାକୁ କାଲି ବଡ଼ି ସକାଳୁ ଡାକି ଦବଟି..." ଶଚୀ ଦେଈ କାକୁତି ହେଲା ପରି କହିଲା।

ତା'ପରଦିନ ସକାଳକୁ ଶଚୀ ଦେଈର ତାତି କମି ଯାଇଥିଲା। ଭିତର ଅଗଣା ଖଟିଆରେ ଶୋଇ ପିଜୁଳି ଭର୍ତ୍ତି ଗଛକୁ ଅନେଇଥାଏ ସେ। ଗଛଟା ଯେମିତି ଭଳିକି ଭଳି ଗହଣା ନାଇଛି। ଶାଗୁଆ, ପାକଲା, ଅଧା ପାଚିଲା ପିଜୁଳିରେ ତା' ଦିହ ଭର୍ତ୍ତି। ସକାଳୁଆ ପବନଟା ତା' ଜରୁଆ ଦିହକୁ ବିଞ୍ଚି ଦଉଛି। ହାଲୁକା ଲାଗୁଛି ସାରା ଦିହ। କର ଲେଉଟାଇଲା ବେଳକୁ ଦେଖିଲା କସ୍ତୁରୀ ଏରୁଣ୍ଡି ବନ୍ଧରେ ସେମିତି ଦଡ଼ ଲୁଗାଟାର କାନିକୁ ଧରି ଛିଡ଼ା ହେଇଛି। ପଛରେ ଲିଙ୍ଗାମା'।

"ଆ..." ଶଚୀ ଦେଈ ଅଳ୍ପ ହସି କସ୍ତୁରୀକୁ ପାଖକୁ ଡାକିଲା। ଦୁର୍ବଳିଆ ଶେଥା ମୁହଁରୁ ହସଟା ଯେମିତି ଅଧା ବଳ ଟାଣି ନଉଥିଲା। ଲିଙ୍ଗାମା' ପଛେ ପଛେ କସ୍ତୁରୀ ତା' ପାଖକୁ ଗଲା। କସ୍ତୁରୀକୁ ଖଟିଆ ଦାଡ଼ରେ ବସିବା ପାଇଁ ଶଚୀ ଦେଈ ହାତ ଠାରିଲା। ମୁଣ୍ଡ ପାଖରେ ନାଲି କନାରେ ଗୁଡ଼ା ହେଇଥିବା

ଭାଗବତ ପୋଥିକୁ ତା' ଶିରାଳ ହାତରେ ଆଣି କସ୍ତୁରୀ ହାତରେ ଦେଇ ପୁଣି ଟିକିଏ ହସି କହିଲା, "ନେ, ତତେ ଲାଗିଲା।"

କସ୍ତୁରୀର ଆଖି କୋଣରେ ଲୁହ ଜକେଇଲା। ଲିଙ୍ଗାମା' ଆବାକାବା ହେଇ ମଇତ୍ର ମୁଣ୍ଡକୁ ଆଉଁସୁଥାଏ। କସ୍ତୁରୀର ହାତକୁ ମୁଠେଇ ଧରୁ ଧରୁ ଶଚୀ ଦେଈ କହିଲା, "ବୋଲିବୁ ଦି'ପଦ ମୋ ପାଇଁ ?" କସ୍ତୁରୀ ପୋଥି ଖୋଲିଲା।

ଏ ପୁତ୍ର ଦାରା ବନ୍ଧୁ ସଙ୍ଗ   ଯେସନେ ସମୁଦ୍ର ତରଙ୍ଗ
ପଥିକ ଯେହ୍ନେ ବୃକ୍ଷ ତଳେ   ଶ୍ରମେ ବସନ୍ତି ଏକମେଳେ
ଶ୍ରମ ସରିଲେ ଯେଝା ମତେ   ଚଳନ୍ତି ବୃକ୍ଷ ଛାଡ଼ି ଏଥେ

x x x x x x x

ଅନିତ୍ୟ ଅସତ୍ୟ ଶରୀର   ଅନ୍ତେ ଲଭଇ ତମ ଘୋର
ଏଣୁ ଅତିଥି ପ୍ରାୟ ହୋଇ   ମୋର ଭକତି ଗୃହେ ଥାଇ

ଚୁପ୍‌ଚାପ୍ ଶୁଣୁଥାଏ ଶଚୀ ଦେଈ। ହାତ ଠାରରେ 'ସେତିକି' କହି କସ୍ତୁରୀ ମୁହଁକୁ ଚାହିଁଲା ସେ। ତା' ପିଲାଳିଆ ମୁହଁରେ ତା'ରି ପାଇଁ ଆପଣାପଣିଆ ଲୁହ। ଶଚୀ ଦେଈକୁ ଗୋଟାପଣେ ଧୋଇ ଧାଇ ଦେଲା ପରି ଲାଗୁଛି। ଭରା ପିଜୁଳି ଗଛ ଉପରକୁ ତା' ଦେହ ଉଠୁଛି, ହାଲୁକାପଣରେ ପବନକୁ ଟପିଯାଇ। କେଉଁ ଅଗ୍ନାଅଗ୍ନି ବନସ୍ତ ଭିତରକୁ ରାସ୍ତା ପଡ଼ିଛି ତାରି ସାମ୍ନାରେ। କସ୍ତୁରୀର ଆପଣାପଣିଆର ଲୁହକୁ ବୁଜୁଳି କରି ନେଇଯାଉଛି ସେ। ସେଇ ଅଜଣା ରାଇଜକୁ ଯିବା ପାଇଁ ଏଇ ତା'ର ବାଟ ଖର୍ଚ୍ଚ। ଦେହ ମନ ସବୁ ଶୀତଳେଇ ଦଉଛି କିଏ। ଶଚୀ ଦେଈ ଆଖି ବୁଜିଲା।

■

ବେଣ୍ଡ୍‌ବାଲା

ଦିଲ୍ଲୀ କଲିକତା ନ ହେଲେ ବି କିଛି ଛୋଟିଆ ସହର ନୁହେଁ । ଖୁନୀ, ଚୋରା ବେପାରୀ, ଅବୈଧ ପ୍ରେମିକ ପ୍ରେମିକାମାନଙ୍କୁ ଲୁଚେଇ ଦେଇ ପାରିଲା ଭଳି ଜନସଂଖ୍ୟା । ସେଇ ତୁଳନାରେ ଖୁନ୍‌ଖରାବୀ, ବଜାର ଦର, ହୋହଲ୍ଲା କୋଉଥିରେ କମ୍ ନାହିଁ । ଆଉ ସବୁଥିରେ ବ୍ୟତିକ୍ରମ ନ ହେଲେ ବି ସହର ମୁଣ୍ଡର ପୁରୁଣା କିଲ୍ଲାର ପଛ ପାଖଟା ଟିକେ ନିରୋଳା । କିଲ୍ଲା ପାଖକୁ ଲାଗି କୋଉ ଅମଳର ଦଳୁଆ ପୋଖରୀ । ବନ୍ଧ ଉପର ମୁଣ୍ଡ ଆଉ କିଲ୍ଲା ବାଁ ପଟକୁ ଲାଗି ବେଣ୍ଡ ବସ୍ତି । ଏଠିକା ବସ୍ତି କହିଲେ ପରିବାର ବସତିକୁ ବୁଝାଏ ନାହିଁ । ଆଜ୍‌ବେସ୍‌ଟସ୍ ପକା କେତେ ବଖରା ଘର- ବେଣ୍ଡ କ-ାନୀର ସରଗମ୍ ବେଣ୍ଡ୍ ପାର୍ଟି, ସମଲେଶ୍ୱରୀ ବେଣ୍ଡ୍, ଘଣ୍ଟେଶ୍ୱରୀ ବେଣ୍ଡ୍, ବୁଢ଼ାରଜା ବେଣ୍ଡ୍- ଏମିତି ଆହୁରି ଅନେକ । ଘର ମୁହଁରେ କେତେ ଜଣେ ଲୋକ 'ଧୂନ୍' ତିଆରି କରିବାରେ ବ୍ୟସ୍ତ । ସ୍ତ୍ରୀ ପିଲା କୁଟୁମ୍ବର ଝିଙ୍ଗଟିଆ ମଧୁରିମା ଏଠି କାଁ ଭାଁ ବି ଦେଖିବାକୁ ମିଳେ ନାଇଁ । ଯେଝା ବାଟ ମୁହଁରେ ଏକା ଏକା ।

ବସ୍ତି ମୁଣ୍ଡକୁ ବୀର ସିଂ ତା' ଷାଠିଏ ବର୍ଷର ଅଭ୍ୟସ୍ତ ଅଥଚ କ୍ଳାନ୍ତିକର ସ୍ୱରରେ ଧୂନ୍ ସାଜୁଛି । ଟିକିଏ ଛାଡ଼ି ଆଉ ଜଣେ ଉସ୍ତାଦ ଜମାନ୍ ମିଆଁ କ-ାନୀ

କଣ୍ଟ୍ରାକ୍ଟର ସାଙ୍ଗରେ ମୂଳ ଛିଣ୍ଡାଉଛି। ଯେତେ ଆଣ୍ଟ କରି ବସିଲେ ବି ଯୋଉଟାକୁ ସେଇଟା। ନାଇଁ ନାଇଁ ହେଇ ହେଇକା ଶେଷରେ ସେଇ ହଁ- ଖାଲି ପେଟ ବିକଳରେ ସିନା।

"ଆରେ ଘର ଦୁଆର, ପିଲା ମାଇପ ଛାଡ଼ି ଖଟୁଛୁ। ନିଜେ ବୁଝୁନୁ ଭାଯ୍ୟା, ଏତେ କମ୍ ଭାଉରେ ଆଉ କେତେ ଦିନ ଚଳିବୁ, କହ ?"

"ବୁଝିଲୁ ଜମାନ୍ ମିଆଁ, ଖାଲି ଦର କଷା କଷିରେ ଏତେ ବଖାଣୁଛୁ, କୋଉ ନୂଆ ଧୂନ୍‌ଟେ ଭଲା ଶିଖେଇଛୁ ତୋ ପିଲାଙ୍କୁ ! ସବୁ କଥାରେ ଫର୍‌ମାଇସି କଲେ ଯାଇକି... ମୁଁ ଯାହା କହିଲି, ସେତିକି। ତେଣିକି ତୋ ଇଚ୍ଛା। ଆଉ ଯେମିତି କୋଉଠି ବେଣ୍ଡ ପାର୍ଟି ନାହିଁ।"

ଜମାନ୍ ମିଆଁ ଟିକିଏ ନେହୁରା ହେଲା ପରି କହିଲା, "ଦେଖ୍, ତତେ ଆଉ କ'ଣ କହିବି... ଆଉ ଦଶ ପଚିଶିରେ ତୁଟେଇ ପାରିବୁ କଥାଟା... ଦେଖୁଛୁ ତ ଆମ ଅବସ୍ଥା..."

"କେତେ ମଥୁଛୁରେ ଜମାନ୍ ଚାଚା... ଯେମିତି ଭିକ ମାଗୁଛି ! ଦୁଇ ଚାରି ଧରେଇ ଦେଇ କେତେ କମିଶନ ପକେଟ୍‌ରେ ପଶୁଛି, ସେ କଥା ଆମକୁ ଅଜଣା ନାଇଁ। ଶେ୍ୟଃ... ଆରେ ଯାଃ ଯାଃ, ଆଉ କିଛି ନ ହେଲେ ବି ମାଟି ବୋହି ପେଟ ପୋଷିବୁ... ହୁଃ.. ଭାରି ମାମଲତକାର ସାଜିଛି।"

ଧୂନ୍ ଛାଡ଼ି ଚବିଶ୍ ବର୍ଷର ଶଙ୍କର କଲେଟ୍ ମାଡ଼ି ବସି ଜବାବ ଦେଲା। "ଆବେ ମୁଁ ବି ଦେଖିଚି କେତେ ଗରାଖ ଆସି ଖାଲି ପାଛୋଟି ନେବେ। ଦି' ପଇସା ମିଳିବାରୁ ମନ ମୋଟୁଛି ୟେ ଗୁଡ଼ାଙ୍କର..."

ଧମକ ଦେଲା ପରି ଦି' ଚାରି ପଦ କହି ଦେଇ ରସିକଲାଲ୍ ସେଠୁ ଦୁମ୍‌ଦୁମ୍ ହେଇ ଉଠି ଆସିଲା। ସେ ନ ଯାଉଣୁ ଉସ୍ତାଦ୍ ବୀର ସିଂ ତା ମୁରବିପଣିଆରେ ଦି' ପଦ ଶୋଧିଲା।

"ହଇରେ, ଏତେ ମୁହଁ ତୋଡ଼ରେ ବେଉସା ଚଳିବ ?... ତମକୁ ଆଉ ପାରି ହେଲା ନାହିଁ। ଏତେ କଥା କହି ପାରୁଛ, କୋଉ ନୂଆ ଧୂନଟେ କରି ପାରିଲଣି ? ଏ ଓହଲା ଚମ ଆଉ ଷାଠିଆ ଗଳାରେ ଧୂନ୍ ତଯ୍ୟାର କଲେ ଯାଇକି ହେଉଛି ଟି..."

"ସେଥିରେ ବାହାଦୁରୀ ଦେଖ କ'ଣ ନା ମାଟି ବୋହି ପେଟ ପୋଷୁଛି। ଆରେ କିଛି କରି ପାରିଲୁ ନାଇଁ ବୋଲି ତ ବେଣ୍ଡ୍ ବଜାଇଲୁ... ଖାଲି ଦାନା ମରା ଭାଷଣ ସବୁ"- ଜମାନ୍ ଚାଚା କହିଲା।

"ହଁ ରେ, ତୁଚ୍ଛାଟାକୁ କାଇଁ ପାଟି ଗନ୍ଧେଇବ ଯେ ଗୁଡ଼ାଙ୍କ ସାଙ୍ଗରେ !" ସୁଖବୀର ମଝିରେ ମୁରବି ପରି କହିଲା।

"ଆଉ ତୋର କ'ଣ ଅଛି ସୁଖବୀର ଦାଦା ! କର୍ଣ୍ଣ ମଲେ ପାଞ୍ଚ, ଅର୍ଜୁନ ମଲେ ପାଞ୍ଚ। ସବୁଥିରେ ହଁ। ଇଆଡ଼େ ବି, ସିଆଡ଼େ ବି, କୋଉଥିରେ ବି ଗୋଟେ ଠିକଣା ଜବାବ ନାଇଁ" ଦି' ଚାରିଜଣ ଭେଣ୍ଡିଆ କଥା କାଟିଲେ।

"ଆଉ ସେଇଥିପାଇଁ ବିଚାରା ବାଳ ପଚ୍ଛକେ ପାଚିବ ଆସିକି, ନା ଉସ୍ତାଦ ହେଇ ପାରିଲା ନା ଧୂନ୍ ଖଣ୍ଡେ ତିଆରି କରି ପାରିଲା। ସେଇ ଟମକା ବାଜା ଖଣ୍ଡିକରେ ତା ଦିନ ଗଡ଼ି ଗଲାଟି", ଜମାନ୍ ଚାଚା ପାଗଟାକୁ ଟିକିଏ ହାଲୁକା କରିଦେବା ପାଇଁ ଗମାତ କରି କହିଲା।

ଥଟ୍ଟା କଉତୁକ ଧାସଟା ଏମିତି ବେଳେବେଳେ ସାଇଁକିନା ସୁଖବୀର ଛାତିରେ ବାଜେ। ମୁହେଁ ମୁହେଁ ଦି'ପଦ ଶୁଣାଇ ଦେବାକୁ ଇଚ୍ଛା ହେଉଥିଲା। ସେ କୋଉ, ଏମାନଙ୍କ ପରିକା, ମା' ପେଟରୁ ବେଣ୍ଡବାଜା ନେଇ ଜନମ ହେଇଛି ଯେ। ରଇତ ପୁଅ ସେ। ପାଗ ରାଗ, ମାଟି ଗୁଣର ନାଡ଼ି ଦେଖି ପେଟ ପୋଷିବାଟା ତା କୁଳ ବେଉସା। ଏମିତି ବାର ଲୋକଙ୍କ ଆଗରେ ଟୁଂ ଟାଂ ପେଁ ପାଁ କରି ମାଙ୍କଡ଼ ନଚା କରି ନୁହେଁ। ଯେଗୁଡ଼ା କାହୁଁ ଜାଣିବେ, ଚାଷୀପୁଅର ମାନ୍ କେତେ, ଛାତିର ଦମ୍ଭ କେତେ ଗାଢ଼ ! ମେଘ ବିଜୁଳି ବାଆ ବତାସ ସାଙ୍ଗରେ ଲଢ଼େଇ କରି ଘରକୁ ଦି' ମୁଠା ଆଣିବାଟା କ'ଣ ଏତେ ସହଜ କଥା ହେଇଛି ନା ! ହେଲେ, କିଛି କହିଲାନି। ସବୁ କଥାରେ ଯେମିତି ତୁନି ରହି ଆଡ଼େଇ ଯାଏ, ସେମିତି ଏଥର ବି ଗୁମ୍ ମାରି ରହିଗଲା। କୋଉ କଥାରେ ନିଜ ମନଟାକୁ ଜୋର କରି ନ ପାରି ଶେଷରେ ତ ଏଇ ନାଟୁଆ ଜୋକର୍ ପରି ବେଣ୍ଡବାଲା ହେଲା ସେ। ସୁଖବୀର ନିଜ ଉପରେ ଘଡ଼ିଏ ପାଇଁ ରାଗି ଗଲା। ହଳ, ବୁଣାବୁଣି, ପହ୍ଲାରୁଆ, ସାର ଦିଆ ପାଣି ମଡ଼ା ଆଦି ଅଛିଣ୍ଡା କାମର ଖିଅ ଦିନେ ତା'ରି ଯୋଗୁ ହିଁ ଛିଣ୍ଡି ଗଲା। ଝିଅ ବାହାଘର ପାଇଁ ପାହାଡ଼ୀ ଝୋଲା ତଳ ଜମିଟାକୁ ନାଁକୁ ମାତ୍ର ଦାମ୍‌ରେ ବାପ ବିକି ଦେଲା। ତା ସହିତ ଧାଡ଼ିକି ଧାଡ଼ି ଶାଳ, ପିଆଶାଳ, ଶିଶୁ ଗଛର ଜଙ୍ଗଲ ବିକା ଗାଈ ସାଙ୍ଗରେ ଲଗା ବାଛୁରୀ ପରି ଗଲା। ସୁଖବୀର ମୁହଁ ଖୋଲି ନ ଥିଲା, ଭୂମିହୀନ ହେଲା ପଚ୍ଛକେ। କାହିଁକି- ଜୁଆନ୍ ଭେଣ୍ଡା ପୁଅ- ଭଉଣୀ ବାହାଘରକୁ କୋଉଠି ବାହାବନ୍ଧା ପକେଇଥାନ୍ତା। ମୂଳ ଲାଗି ଯାହା ଦି' ପଇସା ରଖିଥିଲା, ସେଇଟା

ତା ଘର ବସାଇବାରେ ଗଲା । ସ୍ତ୍ରୀର ରୂପା ଖଡୁ, ବାସନକୁସନ ଦି' ଖଣ୍ଡରେ ଗାଁ ମୁଣ୍ଡରେ ଯେଉଁ ବରା ଗୁଲୁଗୁଲା ଦୋକାନଟା କରିଥିଲା, ଉଧାର ଖାଇବାରେ ଗଲା । ଧାନ ଅମଳ ବେଳେ ବି ସୁଖବୀର କାହାଠୁଁ ଜୋର୍‌କରି ବାକିଆ ଟଙ୍କା କେଇଟା ଅସୁଲ କରି ପାରିଲା ନାହିଁ । ସବୁଠାରୁ ଦମ୍ ହଟାଇ ଦିନେ ଏ ରାସ୍ତାରେ ପହଞ୍ଚି ଗଲା । ସେଇ ଦିନଠୁଁ ତା ଗାଁର ଆମ୍ବ, ଜାମୁକୋଳି, ଗୁଣ୍ଡୁଚିର ଖେଳ, ଚଢ଼େଇର କିଚିରି ମିଚିରି କଳରବଟା ଧୀରେ ଧୀରେ ଟମକା ବାଜା ଖଣ୍ଡିକରେ ଅତଡ଼ା ଧୂନ୍ ଭିତରେ ଲୁଚି ଗଲା ।

ଏଯାଏଁ ନିଜେ କିଛି ଘଟାଇ ପାରିନି ସୁଖବୀର । ବରଂ ଯାହା ସବୁ ଘଟି ଯାଇଛି, ସେସବୁକୁ ପିଠି ଆରେଇ ଦେଇଛି ସେ । ଭୟରେ ନା ଅଭିମାନରେ, ରାଗରେ ନା ଅବସାଦରେ, କି ଆଉ କୋଉଥିପାଇଁ, ସେମିତି କିଛି କହି ହେବନି । ଆଉ ଏ ପଚାଶ ବର୍ଷର ବେସୁରା ଜୀବନରେ କୋଉ ଧୂନଟା ସେ ଅବା ତୟାର କରି ଦୁନିଆଟାରେ ତାଣ୍ଡବ ରଚେଇଥାନ୍ତା ! ସୁଖବୀର ଭାବିଲା, ତା ମନରୁ ତାଳ ଲୟ ସବୁ ଛିଣ୍ଡି କେବେଠୁଁ ଛିନ୍‌ଛତ୍ର ହେଲେଣି ।

ବାହାଘର ସିଜନ୍ । ପ୍ରତି ଦିନ କାମ ଜୁଟେ । ଥରେ ଥରେ ଦିନକୁ ତିନି ଚାରି ପାର୍ଟି ହେଇଯାଏ । ଗୋଡ଼ ହାତ ଘୋଳେଇ ହେଇଯାଏ । ଏଇ ଟିକକ ପରେ ସଞ୍ଜ ମାଡ଼ି ଆସିବ । ଜରିଦିଆ ଜାମାଯୋଡ଼ ପିନ୍ଧି ବାହାରିବାକୁ ପଡ଼ିବ । ପହିଲେ ପହିଲେ ବାଧୁ ନ ଥିଲା । ଏବେ ଆଉ ଦେହ ସହୁନି । ମାସ ସାରା ଖଟି ଖଟି ଟଙ୍କା ପାଞ୍ଚଶ କି ଛଅଶ' । ସେଥିରେ ପୁଣି ଅଧାରୁ ବେଶୀ ପଠେଇ ଦିଏ ଯେ ସେଇଟା ବି ଗାଁରେ ତା' କୁଟୁମ୍ବର ଖଦି ଖାଦିକୁ ନିଅଣ୍ଟ ପଡ଼େ । ରଘୁବୀର ଉସ୍ତାଦକୁ ତ ଏ ଯାଏଁ ହଜାରେ ମିଳିନି, ଆଉ ତା କଥା ପଚାରେ କିଏ !

ଆଗ ଆଗ ଧୂନ୍ ସାଙ୍ଗରେ ତା ଟମକା ଖଣ୍ଡିକ କେବେ କେମିତି ବେସୁରା ହେଲେ ବି ତାଳ କେବେ ଖାପଛଡ଼ା ହେଉ ନଥିଲା । ଆଉ ଆଜିକାଲିକା ବାହାଘରରେ ବରଯାତ୍ରୀ ନୁହେଁ ତ ଖାଲି ମଦୁଆ ନିଶାଖୋର୍‌ଙ୍କ ଆଡ଼୍‌ଡା । ଏ ସିନେମାରୁ ପଦଟିଏ ତ, କେତେବେଳେ ସେ ସିନେମାରୁ ପଦେ, ଗୀତ ନୁହେଁ ତ, ସବୁ କୁଭାଷାର ବେଢ଼ଙ୍ଗ ଛାନ୍ଦମିଶା ଲହରୀ । ସେଇ ବାରମିଶା ଧୂନରେ ତାଳ ଦଉ ଦଉ ସେ ବେଳେବେଳେ ହଡ଼ବଡ଼େଇ ଯାଏ । ଭିଡ଼ ଭିତରେ ମନ ଇଚ୍ଛା ଗାଳି ଗୁଳଜ ତା ଉପରେ ବର୍ଷିଯାଏ । ଆଗେ, କିଏ କେବେ ଜଣେ ଅଧେ ପିଇଦେଇ ଫାଜିଲାମି କରୁଥିଲେ । ଏବେ ସବୁ ବରଯାତ୍ରୀଙ୍କର ଏ ଧରାବନ୍ଧା

କଥା । ସେ ଦିନ ଲଛିପୁର ବରଯାତ୍ରୀ ପାର୍ଟିରେ ସେମିତି ଜଣେ ମଦ ନିଶାରେ ଅଥୟ୍ ନାଚ ଦେଖାଉ ଦେଖାଉ ତା ଟମକା ଖଣ୍ଡିକ ଛେଚି ଦେଲା । ସୁଖବୀର ଛାତି ଭିତରକୁ କିଏ ଦି'ଖଣ୍ଡ କରି ଦେଲା ଯେମିତି । ଟମକା ଖଣ୍ଡିକ ପ୍ରତି ତା'ର ଏତେ ଆସକ୍ତି ଥିଲା ବୋଲି ନୁହେଁ; ବରଂ ୟା ପରର କଥା ଭାବି ସେ ଆଘାତ ପାଇଲା । ଅଥଚ ଦେଖଣାହାରି ଭିତରୁ କାହାରିକୁ ଫରକ ପଡ଼ିଲା ନାହିଁ । ସେ ଲୋକଟାର ମଦ ନିଶାର କରାମତିରେ ଥୋକେ ହସିଲେ । ସୁଖବୀରକୁ ଲାଗିଲା, ଯେମିତି ତା'ର ନିପାରିଲାପଣକୁ ଦେଖି ସେମାନେ ସମସ୍ତେ ଖତେଇ ହେଉଛନ୍ତି । ଉସ୍ତାଦ୍ ବେଶ୍ ଦି'ପଦ ଶୁଣାଇଲା; ହେଲେ, ଶୁଣୁଛି କିଏ ? କୁ-ାନୀ ତା ଦରମାରୁ ଟମକାର ଦାମ୍ କାଟି ନେଲା ।

"ଆରେ ସୁଖବୀର ଦାଦା, ଆଜି କାମକୁ ଯିବାର ନାଇଁ କି ନା ନିଜେ ବର ବେଶରେ ଯିବୁ ବୋଲି ମାନ କରି ବସିଛୁ ।" ଶଙ୍କରା ଡାକ ଛାଡ଼ିଲା ।

ସୁଖବୀର ଭିଡିମୋଡ଼ି ହେଇ ଉଠିଲା । ଆଜି ଯିବା ପାଇଁ ମନ ବଳୁନାଇଁ, ନିତିଦିନିଆ ସେଇ ଢଂ ଢାଂ ପେଁ ପାଁ ଶବ୍ଦରେ ରାସ୍ତା ଗର୍ଜେଇବାକୁ । ଏତେ ଲୋକଙ୍କ ବାହାଘର ଗୀତରେ ଆଉ ରୋଷଣୀରେ ତାଳ ଦେଉଥିବା ସୁଖବୀରର ବାହାଘର ବେଳେ ବାଣଟିଏ ଫୁଟି ନ ଥିଲା । ପଇସା ଯୋଗାଡ଼ କରି ପାରିଲାନି ବୋଲି ବନ୍ଧାଣ ବୋହୂ ଘରକୁ ଆଣିଲା । ଛାଡ଼, ସେ ତ ଇଡିଗଲା ପାଣି, ଗଡିଗଲା ବୟସ ଆଉ ଭାବି ଲାଭ କ'ଣ ! ସୁଖବୀର ତରତର ହେଇ ବାହାରିଲା ।

ବରବାଲା ବେଶ୍ ମାଲ୍‌ଦାର୍ ପାର୍ଟି ପରି ଜଣାପଡୁଥିଲା । ଏକା ଥରକେ ଚାଳିଶ ନା ପଚାଶ ଗାଡ଼ି । ତିନିଟା ଖଣ୍ଡେ ବେଣ୍ଡ ପାର୍ଟି । ଉସ୍ତାଦ ହିସାବରେ ରଘୁବୀର ଭାୟାର ବେଶ୍ ନାଁ ଅଛି । ନୂଆ ହେଉ କି ପୁରୁଣା ହେଉ, ଯୋଉ ସିନେମାର ହେଉ ପଛକେ, ଗୀତର କେସେଟ୍ ଦି' ଚାରିଥର ଶୁଣିଦେଲେ, ସେ ଧୂନ୍‌ଟିଏ ତୟାର କରି ଦେଇପାରେ । ତା' ପାର୍ଟିଟା ବରର ଗାଡ଼ି ସାମ୍ନାରେ ଥାଏ । ବେଶ୍ ହୋହଲ୍ଲା, ବାଣ ରୋଷଣୀର ଗୋଟେ ସରଗରମ ହାୱା । ଗାଡ଼ି ଭିତରେ ଫୁଲ ମାଳ ଓ ଅତରରେ ବୁଡି ମୁକୁଟ ବାନ୍ଧି ବରଟା ପାନ ଖାଇ ମୁଚୁକି ହସୁଥାଏ ।

ସୁଖବୀର ଘଡ଼ିଏ ଅନେଇଲା ସିଆଡ଼େ । ସଂସାର ଯାକରେ ସେଇ କଥା । କୋଉ ଦୁନିଆଁ ବାହାର ନୂଆ କଥାଟେ ହେବାକୁ ଯାଉଛି ଯେ ଏଇ ବସୁଧା

ଫଟା ହୋହଲ୍ଲା ଆଉ ଗୀତ ବାଜଣାର ଆସର ! ଖାଲି ଦୁଇଟା ଲୋକର ଦିହ ସୁଖକୁ ମୁଣ୍ଡ ଟୁଙ୍ଗାରି ହୁଁଟି ମାରିବା ପାଇଁ କେତେ ନାଟ ତାମସା । ପଇସା ଉପରେ ପଇସା ପାଣି ପରି ଛୁଟୁଛି । ତା' ଆଖିକୁ ବରଟା ସର୍କସରେ ଜରି ଲଗା ଜାମାଯୋଡ଼ ପିନ୍ଧା ଜୋକର ପରି ମନେହେଲା । ଆଖପାଖ ଚାରିଆଡ଼ର ମଣିଷ ପୁଞ୍ଜାକୁ ଖୁସିରେ ମସ୍‌ଗୁଲ କରିଦଉଛି, ଠିକ୍ ଗେଡ଼ା ଗେଟମା ଜୋକରଟିଏର ଅଣ୍ଟାଭଙ୍ଗା ହାତହଲା ଭଙ୍ଗୀପରି । ନା, ବରଟା ଅପେକ୍ଷା ଏ ଲୋକ ପୁଞ୍ଜାକ ହିଁ ଜୋକର ! ରାସ୍ତା କଡ଼ ଝରକା ଫାଙ୍କରୁ, ଉପରୁ ତଳକୁ ଜୁଳୁଜୁଳୁ ମୁହଁଟିମାନ । ମୂଷା ମୁହଁ ପରି । ରାସ୍ତା ସାରା ମାଙ୍କଡ଼ ପଲ ପରି ଏଠି ସେଠି ଯେଝା ବାଟରେ ଏ ଜୋକରିଆ ଖୁସିର ଝଲକ ପରଖୁଛନ୍ତି । ସୁଖବୀରର ହାତ ଢିଲା ପଡ଼ିଲା । ରଘୁବୀର ଉସ୍ତାଦ୍ ଭିଡ଼ ଭିତରୁ ଗରମ ମୁହଁରେ ତାକୁ ତାଗିଦ କଲା । ହାତ ଜାବ ପଡ଼ି ଯାଉଛି । ଦେହ ଥରିଲାଣି । ଲାଗ ଲାଗ ତିନି ରାତି ହେଲାଣି, ଏମିତି ଶୋଉ ଶୋଉ ରାତି ତିନି ପହର ସରିକି । କାଲି ରାତିରେ ନାଡୁଆ ବିସ୍କୁଟ ଦି' ଖଣ୍ଡ ଆଉ ଚା ଖାଇ ରହିଥିଲେ । ଶଙ୍କର ବି ଥକ୍କା ହେଲା ଭଳି ଦିଶୁଛି । କାମ ସରୁ ସରୁ ରାତି ଗଡ଼ିଯିବ । ବାହାଘର ତମ୍ବୁ ପାଖରୁ ସୁଖବୀର ଦେଖିଲା, ଉସ୍ତାଦ ଆଉ ଦଶ ପଚିଶି ବକସିସ୍ ମାଗୁଛି ନା କ'ଣ । ଲୋକଟା ଟଙ୍କା କେଇଟା ଫୋପାଡ଼ି ଦେଇ ଚାଲିଗଲା । ତମ୍ବୁ ସେପଟେ ଖିରୀ ପୁରି ଆଉ ଦୁନିଆଁ ଜିନିଷର ବାସ୍ନା ଅତିଥି ସେବାର ସୁଅ ଛୁଟୁଛି । ଅନ୍ୟ ଦିନ ପରି ସେଦିନ ବି ସେମାନେ ଖଙ୍କା ପେଟରେ ଫେରି ଆସିଲେ । କୋଉ ବାହାଘରେ ବେଣ୍ଡବାଲା ଖାଇବା କଥା କିଏ ବୁଝେ ଯେ' ।

"ଶଳାଙ୍କୁ ବହେ ଚଦିବି ଆଜି... କି ବଡ଼ଲୋକୀ ଦେଖାଉଛି... ଶଳା ଖଟାଇବେ ଘୁଷୁରୀ ପରିକା... ଦିଲ୍ ବହଲାଇବେ, ଆଉ ଦେଲା ବେଳକୁ ରୁଟି ଖଣ୍ଡେର ନା ନାହିଁ... ଛୋଟ ଲୋକ କାହାଁକା..."

ଶଙ୍କରାର ପାଟି ପରି ଲାଗୁଛି । ସୁଖବୀର ବାହାରକୁ ଅନେଇଲା । ଶଙ୍କରା ପିଇ ଦେଇ ବାଟ ମୁହଁରେ ଗଡ଼ି ଗଡ଼ିକା ପାଟି କରୁଛି । ଭୋକିଲା ପେଟରେ ଧୂନ୍ ଟାଣିବାରେ କେତେ କଷ୍ଟ ହୋଇପାରେ, ଏକଥା ସେମାନେ କାହୁଁ ବୁଝିବେ ! ଥକାମରା ହାତରେ ବାଜା ବଜେଇ ଦେଖଣାହାରୀଙ୍କ ମନ କିଣିବାଟା ଏଡ଼େ ସହଜ କଥା ନୁହେଁ ।

ତା ପରଦିନ ସକାଳଟା ସାରା ସୁଖବୀର ଶୋଇ ରହିଲା । ସକାଳୁ

ସମସ୍ତେ ନୂଆ ହିନ୍ଦୀ କେସେଟ୍‌ଟା ବଜେଇ ଉସ୍ତାଦ ସାଙ୍ଗରେ ଧୂନ୍ ତିଆରିବାରେ ବ୍ୟସ୍ତ। ଦିହ କସ୍‌ମସ୍ ଲାଗୁଛି କହି ସେ ସେମିତି ନିସ୍ତେଜ ହେଇ ପଡ଼ି ରହିଲା।

"ଏ ଟମକେଇଟାରେ କାଠି ଦି'ଖଣ୍ଡ ଖଡର ଖଡର କରି ଦିହଟା ପଡ଼ିଯାଉଛି ଦାଦା। ସେଥିରେ ଲଙ୍ଗଳ କଣ୍ଟି କେମିତି ଧରିଥାନ୍ତୁ। ତୋ ପିଲା-ମାଇପ କଥା ମନେ ପଡୁଛି କି ? ଏମିତି ଆଢ଼େଇ ହେଇ ରହୁଛୁ ଯେ !" ଶଙ୍କରା ଦି'ପଦ ଛିଗୁଲେଇ ଦେଇ ଚାଲିଗଲା। ଛିଗୁଲେଇଲା ନୁହେଁ ଯେ ତା ପୁରୁଣା ଘା'କୁ ଉଖାରି ଦେଲା।

ଦେଢ଼ ବରଷ ଉପରେ ହେବ, ସେ ଗାଁ ମୁହଁ ଦେଖିନି। ଜମି ମୁକୁଲାଇବାକୁ ଟଙ୍କା ହେଲେ ଯାଇ ଯିବ ବୋଲି ମନେ ମନେ ଅଡ଼ି ବସିଛି। ବୁଧୁମା' ଠଉଁ କମ୍ ଠେସା କଥା ସେ ଶୁଣିଛି ସେଥିପାଇଁ ! ବର୍ଷକୁ କି ଆଠ ମାସରେ ଥରେ ଯାଉଥିଲା ଗାଁକୁ। ବୁଧୁମା' ହାତରେ ହଜାରେ ପାଞ୍ଚଶ ଦେଇକି ଆସିବ ବୋଲି ସବୁ ଥର ନେଇକି ଯାଇଥାଏ। ହେଲେ, କୋଉଥର ବି ଦେଇ ପାରେନି। ଆଗ ଛୁଆ ଗୁଡ଼ା ତାକୁ ଦେଖୁ ଦେଖୁ ଅଚିହ୍ନା କୁଣିଆଁ ପରି ଘର ଭିତରକୁ ଚାଲି ଯାଉଥିଲେ। ସୁଖବୀରକୁ କେମିତି ମାଡ଼ି ମାଡ଼ି ପଡ଼େ। ତା ଛୁଆ ତା' ପାଖକୁ ଆସିବାକୁ ମଙ୍ଗୁ ନାହାନ୍ତି। 'କୋଉ ଦିନେ କାଳେ ଦେଖିବେ ଯେ ବାପ ବୋଲି ଜାଣିବେ କେମିତି'- ବୁଧୁମା' ବୁଝି ନ ହେଲା କଥାଟିଏକୁ ବୁଝେଇ ଦେଲା ପରି କୁହେ। ଆଉ କିଛି ଉପାୟ ନ ଦେଖି, ଯାହା ବି ପଇସା ରଖିଥାଏ, ସେତକ ମାଛ ମାଉଁସ ଖଜା-ଲଡୁ କରି ପିଲାଙ୍କ ପିଛା ସାରି ଦିଏ। ସେଇ ଦିନ କେଇଟା ପିଲାଗୁଡ଼ା ଘରୁ ବାହାରନ୍ତିନି। ପିଲାଙ୍କ ଖୁସିରେ ସେ ଜମି କଥା ଭୁଲିଯାଏନି ଯେ, ଭାବି ନିଏ ହଉ କାମ ତ ଚଳି ଯାଉଛି। ବୁଧୁମା' ଉଷୁନା ହାଣ୍ଡି ପରି ମୁହଁ କରି ସବୁ ଥର ସେମିତି ଝାଡ଼ି ହୁଏ, "କିଏ କହୁଛି ବର୍ଷକୁ ଥରେ ଏ ଯାତ୍ରା କରିବାକୁ... ମାଛ, ମାଉଁସ ଲୋଭ ଦେଖାଉଛି ମୋ ଛୁଆଙ୍କୁ... ତାପରେ ପର ଘରେ ମୂଲ ଲାଗି ପେଟ ପୋଷିବି, ସେଇକଥା, ଦେଖି ଆସିଛୁ ଥରେ... ବୋପାର ତ ଜମି ପଡ଼ିଛି...")।

ସୁଖବୀର ଚୁପ୍ ରହେ। ସତ କଥା। ବରଷଟା ସାରା ବୁଧୁମା' ଖଟୁଛି ଆଉ ପୋଷୁଛି। ଏ ଦିନ ଚାରିଟାରେ ଖିଆପିଆ ତାକୁ ଥଟ୍ଟା ମଜାରେ ଟିହେଇଲା ପରି ଲାଗୁଥିବ। କେବେ କେବେ ଦି'ପଦ ବୁଝେଇ ଦିଏ; ହେଲେ,

ବୁଧୁମା', ଆଉ ଷୋଳ ସତର ବର୍ଷ ବୟସର ଝିଅ ନୁହେଁ ଯେ ସେମିତି ମନ ଭୁଲା କଥାରେ ଭୁଲିଯିବ। ଆଉ କୋଉଥର ମନ ମରିଯାଏ। ଏତେ ବାଟରୁ ଆସିଛି ତ ଏ ଚାରି ଦିନର ଯାତ୍ରା ପାଇଁ...। ପେଟରୁ କାଟି ଯାହା ଆଣିଛି ତ, ଏ ଚାରି ଦିନର ଯାତ୍ରା ପାଇଁ...। ନିଜେ କେମିତି ଅଦରକାରୀ ହେଇଯାଏ ସେଇଠି ବୁଧୁମା' ପାଖରେ। ଅଦରକାରୀ ବାପଟିଏ ହେଇଯାଏ ତା' ପିଲାଙ୍କ ପାଖରେ। ତା'ଠି ଖାଲି ନିପାରିଲାପଣର ଭୂତ ଦେଖନ୍ତି ନା କ'ଣ ପିଲାଗୁଡ଼ା, ଦୂରେଇ ଯାଆନ୍ତି ତା' ପାଖରୁ, ଆଉ ବୁଧୁମା'ର ଧୂଳିଆ ଘଷରା କାନି ପଣତ ଆଢୁଆଳରେ ନିରାପଦରେ ଲୁଚିଯାନ୍ତି। ବାହାଘର ସିଜନ୍‌ର ବେଣ୍ଡ ବାଜା ପରି ବରଷକୁ ଥରେ ଏମିତି ଯାତ୍ରା ଦେଖା ଗଡୁ ଗଡୁ ବୁଧୁଆ ଭେଣ୍ଡା ହେଲା, ଝିଅର ବାହା ବଅସ ହେଲା। ଏଥର ବୁଧୁମା'ର କଥା ଆହୁରି କାଟେ। ଗଲା ଥର ବୁଧୁଆ ସାମ୍ନାରେ ଜମି କଥା ଉଠେଇବାରୁ ରୋକ୍‌ଠୋକ୍ ଶୁଣେଇ ଦେଲା, 'ଜମି ମୁକୁଳେଇବୁ କ'ଣ ଝିଅକୁ ବନ୍ଧା ପକେଇ ?' ତା' କାନ୍ଧ ଉଚ୍ଚର, ଚୁପ୍ ରହିଥିବା ଜୁଆନ୍ ଭେଣ୍ଡା ପୁଅକୁ ଚାହିଁଲା ସୁଖବୀର। ତାକୁ ଲାଗିଲା, ସେ ବି ଯେମିତି ମା' କଥାରେ ଆଉ ଦି'ପଦ ଯୋଖି ଦଉଛି। ଏରୁଣ୍ଡି ବନ୍ଧରେ କାକୁସ୍ଥ ହେଇ ଠିଆ ହେଇଥିବା ଝିଅକୁ ଚାହିଁଲା ସୁଖବୀର। ସିଏ ବି ସେମିତି ମୁହଁ ଯୋଡ଼ି ହଁ ମାରୁଛି, ମା' ଆଉ ଭାଇର କଥାରେ। ସୁଖବୀର ମନ ଜୋର୍‌କଲା। ଏ ଦୁଇ କାମ ପାଇଁ ଯୋଉ ଦିନ ସେ ହାତ ଟାଣ କରି ଘରକୁ ଆସିବ, ସେଦିନ ଏମାନେ ବଳେ ବୁଝିବେ ଯେ, ତା ବଳ କେତେ, ଦମ୍ଭ କେତେ, ଆଉ ଦରଦ କେତେ। ସେଦିନୁ ଆସିଛି ଯେ ମୁହଁ ଫେରାଇ ଦେଖିନି ପାଖାପାଖି ଦୁଇ ବରଷ ହେଲା। ଗୋଟି ଗୋଟି କରି ସଞ୍ଚୁଛି ତା' ହାତ ମୁଠା ଟାଣ କରିବା ପାଇଁ, ତା' ନିପାରିଲାପଣର ଭୂତକୁ ଏଇ ମନ୍ତୁରା ପାଣିରେ ଘଉଡ଼ାଇ ଦେବାପାଇଁ।

"ଆରେ, ସୁଖବୀରର ହେଲା କ'ଣ, ଏ ଯାଏଁ ଉଠିନି ଆହୁରି ! ତା ତବିୟତ୍ ଗଡ଼ବଡ୍ ଅଛି ପରିକା ଲାଗୁଛି", ଜମାନ୍ ଚାଚା କହିଲା।

"ଆଉ ଗଡ଼ବଡ୍ ହେବ ନାଇଁ ? ଜମି ଆଉ ପିଲା ମାଇପ ହେଇ ହେଇ ଖାଲି ମରି ଯାଉଛି। ଗୋଟେ ପଇସା ବି ଦିହରେ ସାରୁନି।" ସୁଖବୀର ଶୁଣି ପାରିଲାଭଳି ବଡ଼ ପାଟିରେ ହରିଆ କହିଲା।

ସଞ୍ଜ ଗଡ଼ିଗଲାଣି। ସବୁ ଶୁଣୁଥାଏ ସୁଖବୀର। କାହା କଥାର ଜବାବ୍

ଦେବାକୁ ତା'ର ଇଚ୍ଛା ହେଉ ନ ଥାଏ କି ସେଗୁଡ଼ା ମନରେ ବି ପୂରାଉ ନ ଥାଏ। ଭିଡ଼ି ମୋଡ଼ି ହେଇ ପୁଣି ଶୋଇ ରହିଲା ସେ।

ଆଜି କାମ ନାହିଁ। ଧୂନ୍ ଅଭ୍ୟାସ ସାରି ଦେଇ ରଘୁବୀର ଉସ୍ତାଦ ହୁକା ଲଗେଇ ବସି ପଡ଼ିଲା। ଶଙ୍କରା ପାଖ ନଳ କୂଅରୁ ଧୋଇଧାଇ ହେଇପଡ଼ି ବେଶପଟା ହେଇ ବାହାରୁଛି। କୋଉଠୁ ଶସ୍ତା ଅତର ଶିଶିଟାଏ ପାଇଛି କେଜାଣି, ଦିନ ରାତି ବୋଲି ହେଉଛି। ପକେଟରେ ଟଙ୍କା କେଇଟା ପୂରେଇ ହିନ୍ଦୀ ସିନେମାର ହିରୋ ପରି ଟଂ ଟଂ ହାତ ହଲାଇ ବାହାରି ଗଲା। ସେ କୋଉଠିକି ଯିବ, ତାକୁ ଜଣା। ବଜାର ମୁହଁରେ ଲେମ୍ବୁ ବିକୁଥିବା ସେଇ ବିହାରୀ ଟୋକୀ ଜନାରବାଇ ପାଖରେ ରାତିଟା ପଡ଼ିବ। ସକାଳୁ ବାଦଶା' ପରି ପୁଣି ହାତ ହଲାଇ ଚାଲି ଆସିବ, ପେଟେ ବରା ଜଳଖିଆ କୋଉଠୁ ଠୁଙ୍କି ଦେଇ। ତା'ର କ'ଣ ଅଛି ! ଲଗାମ ଛଡ଼ା- ଆଗ ପଛ କୋଉଥିକୁ ଖାତିର ନାହିଁ। ସେ ବି ଆଉ କୋଉଠି କେବେ ରାତି କାଟି ନାହିଁ କି ଯିବାକୁ ମନ ନାହିଁ, ସେ କଥା ନୁହେଁ; ହେଲେ, ଆଗ ପରି ସାହସ କୁଲୋଉ ନାହିଁ। ଦିହର ତାତି ଦିହରେ ସିଝି ତାକୁ ଖାଲି ଭିତରେ ଭିତରେ ପୋଡ଼ି ପାଉଁଶ କରି ଦେଇଛି ଯେମିତି। କେବେ କେମିତି ଫଁ-। ହେଇ ଖାଲି ତଳକୁ ଉପରକୁ ଅନାଇ ଦୀର୍ଘଶ୍ୱାସ ଛାଡ଼ିଛି, ଆଉ ଏମିତି ଚିତ୍ ହେଇ ଶୋଇ ତା'ର ଧାସ କାଟିଛି।

ରାତି ଦି' ଘଡ଼ି ବେଳକୁ ଉସ୍ତାଦ ତାକୁ ଚେଇଁ ଥିବାର ଦେଖି ନିଜେ ବି ଉଠି ବସିଲା। ତାକୁ ଦି' ଚାରିଥର ହଲାଇ ଉଠାଇଲା। ହୁକାଟା ଲଗାଉ ଲଗାଉ କହିଲା, ବେଶୀ ଅସୁଖ ଲାଗୁଛି କି ସୁଖବୀର ? ମୁଁ ଆଉ ବୁଝୁନି କିରେ ? ଏଥିରେ ଆଉ କି ଦେହ ପା ରହିବ... ଯାଯାବରିଆ ଜୀବନ ! ଆଜି ଏଠି ତ କାଲି ସେଠି। ଦିନେ ରାସ୍ତା ଉପରେ ଖାଇଲେ ତ ଆଉ ଦିନେ ଓଲି ତଳେ ପେଟ ଭରିଲା। ରୋଗ ବଇରାଗରେ ପିଲା କୁଟୁମ୍ବଙ୍କ ମୁହଁ ଦେଖିବାକୁ ନାହିଁ ! ହେଲେ, ଆଉ କୋଉ ରାସ୍ତାଟି ଆମ ପାଇଁ ଖୋଲା ଅଛି, କହୁନୁ ? ମୋର ତ ଏମିତିରେ ବାଳ ପାଚିଲା, ଦେଖୁନୁ ! ତୁ ଟିକେ ମନ ଟାଣ୍ କର... ଏଠି ମନ ନ ହେଲେ ଦି' ଦିନ ପାଇଁ ଯା, ଘର ଆଡ଼େ ବୁଲି ଆ'। 'ମୁଁ ବୁଢ଼ାରଜାରୁ' ନିମାଇଁକୁ ଡାକି ଆଣି କେତେଟା ଦିନ କାମ ଚଳେଇ ନେବି ଯେ...," "ଉସ୍ତାଦ କାଶୁ କାଶୁ ଆହୁରି କେତେକଥା କହୁଥାଏ। ସୁଖବୀରର ଆଖି ଲାଗି ଯାଇଛି। ନିସ୍ତେଜ ଦେହରେ, ଶୁଖିଲା ପେଟରେ ଯୋଉ ସ୍ୱପ୍ନ ଆସେ, ସେଇ ସ୍ୱପ୍ନ ଦେଖିଲା

ସୁଖବୀର। ବୁଧୁଆ ମା'ର ମୁହଁଟା କେମିତି ବିଚିକିଟେଇ ଯାଇଛି। କଳା ଛାପ ପଡ଼ିଛି ଦିହ ସାରା। ବୁଧୁଆ ଖଟିଆଟାରେ କତରାଲାଗି ପଡ଼ି କୁଛୋଉଛି। ଦାଣ୍ଡ ମୁହଁରୁ ଝୁଣା ବାସ୍ନା ଆସୁଛି... କାହାକୁ କାଳେସୀ ଲାଗିଛି ନା କ'ଣ... ଅନ୍ଧାରରେ କାହାକୁ ଚିହ୍ନି ନ ପାରି ଗୋଜିଆ ପଥରଟାରେ ସୁଖବୀର ଝୁଣ୍ଟି ପଡୁଛି। ସ୍ୱପ୍ନରେ ବିଳିବିଳେଇ ଉଠିଲା ସୁଖବୀର। ଉସ୍ତାଦ ଏଯାଏଁ ଆହୁରି ହୁକା ଟାଣୁଛି। ସୁଖବୀରକୁ ଜୋର୍‌ରେ ହଲେଇ ଦେଲା ଉସ୍ତାଦ। ମାଟି ସରାରୁ ରସ-ଗିଲାସରେ ପାଣି ଆଣି ପିଇବାକୁ ଦେଲା। ସୁଖବୀର ପୁଣି ନିସ୍ତେଜ ହେଇ ପଡ଼ି ରହିଲା।

ସକାଳୁ ଜମାନ୍ ମିଆଁ ସାଙ୍ଗରେ କଥାବାର୍ତ୍ତା ହେଇ ଉସ୍ତାଦ ସୁଖବୀରକୁ ଗାଁକୁ ପଠାଇବାର ଯୋଗାଡ଼ କଲା। ଯିବା ଆଗରୁ କହିଲା, "ତୁ ମନ ଆଣ୍ଟ କରୁ ନାହୁଁ ବୋଲି ପଠାଉଛି ସିନା ସୁଖବୀର... ହେଲେ, ମୋର ଜମାରୁ ମନ ନାଇଁ। ବାହାଘରିଆ ଦିନ, ଦି' ପଇସା କମାଣି ହେଇଥାନ୍ତା। ଆରେ ଆମର ଏତେ ହୀନିମାନିଆ ଜୀବନ ଯେ ଆମେ ପରା ନିଜ ଘରେ ନିଜେ କୁଣିଆ... ଦିନ ଆଠୁଟା ଅଧିକା ରହିଲେ ପିଲା କୁଟୁମ୍ବ ବି ବସି ଖାଉଛି ବୋଲି ଆଢ଼େଇ ରହିବେ। ହଉ, ମନଟା ବୁଝିବ, ଦିନ କେତୁଟା ରହିକି ଚାଲିଆ।"

ନିଜ ପିନ୍ଧା ଲୁଗା ଦି' ଖଣ୍ଡ ଧରି ବାହାରିଲା ସୁଖବୀର। ଏଥର ଆଉ କାହା ପାଇଁ କିଛି କିଣିଲାନି। ଏମିତି ସଉକିରେ ବେଶ୍ ଖର୍ଚ୍ଚ ହେଇଯିବ। ଏଥରକ ଆଗ ଯାଇ ବୁଧୁମା' ହାତରେ ଟଙ୍କାଟା ଗୁଞ୍ଜିଦବ। ତା' ପରେ ଯାଇ ଯାହା ଏତେ ଦିନ ମନ ମାରି ରହିଲା ସିନା, ବେଶ୍ ଆଖି ଦୁରୁସିଆ ଦି' ପଇସା ରଖି ପାରିଛି ତ। ଗାଁରେ ପହଞ୍ଚୁ ପହଞ୍ଚୁ ତା' ପର ଦିନ ମାଇ ସଞ୍ଜ। ଗାଁ ମୁଣ୍ଡଟା ନିଶୂନ୍ ଲାଗୁଛି। ଅଚିହ୍ନା କୁଣିଆ ନୂଆ କରି ଗାଁକୁ ଆସିଲେ ଯେମିତି ଲାଗେ, ସୁଖବୀରକୁ ଗାଁ ମୁଣ୍ଡର ହାବଭାବଟା ଠିକ୍ ସେମିତି ଲାଗିଲା। ଦିଇଟା ବର୍ଷ ଭିତରେ ଗାଁର ଗଢ଼ଣଟା ଯେମିତି ବଦଳି ଯାଇଛି; ଆଉ ଯାହା କିଛି ବି ଅଛି, ଏ ସଞ୍ଜୁଆ ଅନ୍ଧାରରେ ଲୁଚି ଯାଇଛି। ଗାଁ ଦାଣ୍ଡ ମଝିରୁ ପିଲାଙ୍କର ଡୁ ଡୁ ଖେଳ ହୋହଲ୍ଲା ଏଯାଏଁ ଶୁଭୁଛି। ସୁଖବୀର ତା ପିନ୍ଧା ଅଣ୍ଟିକୁ ଆଉ ଥରେ ତନଖି ଦେଖିଲା। ଏତେ ଦୂର ବାଟ। କେଡ଼େ ଜାଗ୍ରତରେ ଦି' ପଇସା ଆଣିବାକୁ ପଡୁଛି, ସେ କଥା ଆଉ ବୁଧୁମା' କ'ଣ ବୁଝୁଛି ! ଗାଁମୁଣ୍ଡ ଆମ୍ବ ତୋଟାକୁ ଲାଗିଥିବା ବନ୍ଧ ହୁଡ଼ାରୁ ଦଳ ଦଳ ମାଇପି ଡାଳଟିଏ ଲେଖାଁ ଧରି ପୋଖରୀ

ପାଣିରୁ ଫେରୁଛନ୍ତି । ଛାଇ ଅନ୍ଧାରରେ ସୁଖବୀରର ମୁହଁକୁ ଚିହ୍ନୁ ଚିହ୍ନୁ କ'ଣ ଫୁସୁରୁ ଫାସର ହଉଛନ୍ତି ନା କ'ଣ । ଗାଢ଼ ଗୋଲାପୀ କସ୍ତାର ଓଢ଼ଣା ଭିତରୁ ଗାଁ ବୋହୂ କେଇଟା ବି ତାଙ୍କୁ ଉଙ୍କି ଦେଖୁଛନ୍ତି । ସୁଖବୀର ସିଧା ହେଇ ଚାଲି ପାରୁନି । କେମିତି ମାଡ଼ିମାଡ଼ି ପଡୁଛି । ଦି' ଚାରି ପାହୁଣ୍ଡ ଯାଇଛି କି ନାଇଁ, ପଛରୁ କାହାର ଖଣ୍ଟି କାଶ ଶୁଭିଲା । ପଛକୁ ଲେଉଟି ଅନୁମାନ କଲା, ରାଉତ ବୁଢ଼ା ତା ଖଳା ବାଡ଼ିରୁ ଫେରୁଛି ।

"ରାଉତ କକା କି.. ଜୁହାର୍ ।"

ରାଉତ ବୁଢ଼ା ତା ପାଖକୁ ଲାଗି ଆସି ମୁହଁକୁ ଘଡ଼ିଏ ଚାହିଁଲା ଆଉ ଅଟକି ଗଲା ପରି କହିଲା, 'ସୁଖା କି.. କେତେ ଦିନ ଦେଶାନ୍ତରୀ ହେଇ ଫେରିଲୁ ଏଇଟା... ଆଉ କିଆଁ ଫେରିଲୁ ବା.. ଭେଣ୍ଡା ପୁଅ ଆଠ ମାସ ହେଲା ସୁରତ ଗଲା ନା ଆଉ କୁ'ଠିକୁ ଗଲା, ତା'ର ସୋର ଖବର ନାଇଁ... ଝିଅଟା ଶକୁରା ମାଳୀ ପୁଅ ସାଙ୍ଗେରେ ଉଦୁଲିଆ ଗଲା... ଆଉ ମାଇକିନା ତ ଅଧା ବାୟାଣୀ ହେଇ ପ୍ରଧାନ ଘର ଗୁହାଳଟାରେ ବସି ଗାଡୁରୁ ଗାଡୁରୁ ହଉଛି । ଆଉ ତୁ ଅଇଛା ଆଇଲୁ କୁଟୁମ୍ବ ସଙ୍ଖୋଳିବାକୁ...".

ସୁଖବୀରର ପାଦ ରହିଗଲା । ଆଉ କ'ଣ କରିବା ପାଇଁ ତା ଲାଗି ବାକି ରହିଲା ଯେ !

ବେଣ୍ଡ ବସ୍ତିରେ ପାଦ ଦେଉ ଦେଉ ଚାରି ଆଡ଼କୁ ଅନେଇଲା ସୁଖବୀର । ଟିକିଏ ଦୂରରେ ଜମାନ୍ ଚାଚା, ହରିଆ ସଭିଏଁ ଧୂନ୍ ତୟାର କରୁଥିଲେ । କାଉ କେଇଟା ଏ ଚାଳରୁ ସେ ଚାଳକୁ ଖଣ୍ଟି ଉଡ଼ା ଦେଉଥିଲେ । ସୁଖବୀର ଦଣ୍ଡେ ଛିଡ଼ା ହେଇ ପୁଣି ଥରେ ଚାରି ଆଡ଼କୁ ଚାହିଁଲା- ତା'ର ସୁଖ ନାଇଁ କି ଦୁଃଖ ନାଇଁ- ତା'ର କିଛି ନାଇଁ- ଏଥର ସେ ଖାଲି ବେଣ୍ଡବାଲାଟିଏ ।

ଶଙ୍କରା ତାକୁ ଦେଖି ଡାକ ପକାଇଲା, "କ'ଣ ଦାଦା, ଦିନ ଦି'ଟାରେ ଘର ବାହୁଡ଼ା ! ଆରେ, ଫେର୍ ଏତେ ଗୁମ୍‌ସୁମ୍ କ୍ୟା ?"

"ହଉ ଆସ୍, ସଂସାରୀ କୁଟୁମ୍ବ ଲୋକ । ପେଟପାଟଣାକୁ ଛାଡ଼ି, ଏମିତି ସେ ତମ ପରି ମନ ଉଡ଼ାଇ ବୁଲିବ ନା' କ'ଣ ? ଦିନେ ଅଧେ ମନ ଫରଚା ପାଇଁ ସିନା...," ଉସ୍ତାଦ କହିଲା ।

କାହାକୁ କିଛି ନ କହି ସୁଖବୀର ତା ଟମକା ଖଣ୍ଟିକ ଧରି ବସିଲା । ଧୂନ୍ ସାଙ୍ଗରେ ତାଳ ଦେଲା । ହାତ ଜୋର୍ କଲା । ଆହୁରି ଜୋର୍‌ରେ ଟମକା

ପିଟିଲା ସୁଖବୀର, ତା' ନିସ୍ତେଜ ଦିହରୁ ଝାଳ ଫିଟି ତାକୁ ଗୋଟାପଣେ ଥରେଇ ଦେବା ଯାଏଁ। ଆଙ୍ଗୁଠି ଜାବ ପଡ଼ି ନାଲି ପଡ଼ିଲା, ଏଇନା ରକତ ବାହାରିବ ପରା !... ଫଟା ଆକାଶକୁ ଅନେଇ ରହି ଟମକ ପାହାର ଦଉ ଦଉ ଆଖି ତା'ର ବୁଜି ହେଇ ଆସୁଥିଲା... ସୁରରୁ ବେସୁରା ନା ବେସୁରାରୁ ସୁରକୁ ସେ ଆସୁଥିଲା, କିଛି ଜଣାପଡୁ ନ ଥିଲା। ଅଧା ମେଲା ଆଖିରେ ସେ ଦେଖିଲା... ସେ ଖୋଦ୍ ସ୍ୱୟମ୍ଭୂ ଶଙ୍କର... ତା'ର ଖର ନିଃଶ୍ୱାସରେ ଏ ମେଦିନୀ କ-ୂଛି... ଡମ୍ବରୁ ଟମକରେ ଏଇ ସାରା ବସୁଧା ଖଣ୍ଡିକରେ ତାଣ୍ଡବ ରଚୁଛି ସେ।

■

ଉଦ୍‌ଲିଆ- ପ୍ରେମରେ ପଡ଼ି ପ୍ରେମିକ ସାଙ୍ଗରେ ପଳେଇବା।

ଚିତ୍‌ଚୋର

"ମୋ' ପାଖରେ ଏମିତି କଣ କମି ଅଛି ଯେ ସିଧା ମନା କରି ଦଉଛୁ, ଶୁଣେ ?"

- "ହଁଅ, ଯାହା କହନ୍ତି, ତାଳୁରୁ ତଳିପା, ସବୁ ନିଖୁଣ।"

- "ଦେଖିବାକୁ କଣ ଏମିତି ମନ୍ଦ ? ମଣିଷ ପିତୁଳା ତ।"

- "ଓହୋରେ ମୋ ସାକ୍ଷାତ କାମଦେବ ! ପିଠିଟା ତ ଛତା ପରି ପଛକୁ ଫୁଲି ଗଲାଣି। ତଣ୍ଟିଆ ବଗ ପରି ବେକରୁ ମୁହଁଟା ଝୁଙ୍କି ଆସିଲାଣି।"

- "ଆଉ କ'ଣ ବାକି ରହିଲା, କହିଦଉନୁ ?"

- "ଖାଉଛୁ ତ ଚାରି କଂସା, ପେଟ ନା ଖତ କୁଢ଼, କେଜାଣି !"

- "ଯାହା ବି ହୁଏ, ମରଦ ପିଲା। ଦି'ପଇସା କମାଣି ଅଛି, ବୁଝିଲୁ ?"

- "ହଁଅ, ଯୋଉ କମାଣି, ଯେମିତି ଏଇଲେ ହଜାରେ ବାରଶ' ଗଣିଦେବୁ !"

- "ଦେଖୁଥା, ଆର ସନ, ଏଇ ମାସକୁ, ଗଣିବି କି ନାଇଁ, ବଳେ ଜାଣି ଯିବୁନି ! ତା'ପରେ କେତେ ମୁହଁ ମୋଡ଼ିବୁ, ଦେଖିବି ଯେ !"

ସମ୍ବାରୀକୁ କଣେଇ ଚାହିଁ ହସିହସିକା ଚଇତୁ ଚାଲିଗଲା।

ତା'ପର ଦିନଠୁ ଚଇତୁ ଆଉ ବିଲ କାମକୁ ଆସିଲାନି। ସମ୍ବାରୀର

କଥାର କାଉଁରିଆ ହୁଳାରେ ତା'ର ଅନ୍ଧାର ଫିଟିଗଲା ନା କ'ଣ କେଜାଣି ! ସମ୍ବାରୀର ମନଟା ଟିକେ ଦବିଗଲା, କଥା ଧରିଲାକି ଆଉ ଚଇତୁ ? ଯାହାହେଲେ ବି ପୁରୁଷ ପୁଅ। ଜୁଆନ୍ ମନ। ଗଲାବେଳେ ନ ଜାଣିଲାପରି ତା'ରି ସାଇବାଟେ ଟିକେ ମୁହଁମାରି ଯିବ କି ଆଉ ? ନା ଥାଉ, ସମ୍ବାରୀ ଏକୁଟିଆ ଆପଣା ପାଖରେ ଲାଜେଇଗଲା। ଚାରି ପାଞ୍ଚ ଦିନ ପରେ ତା'ରି ସାଇର ମହନି ଖବର ଆଣିଲା। ତିନି ଦିନ ହେଲା ଚଇତୁ କୁଆଡ଼େ ସହର ମୁହାଁ। ସେଠି କୋଉ କରତ କଳରେ କାମ କରୁଛି। ଶୁଣୁଶୁଣୁ ସମ୍ବାରୀର ଦବିଲା ମନଟା ଆପଣାଛାଏଁ ଉଶ୍ୱାସିଗଲା, ଆଉ ଅଜଣା ଛାଇ ଆଲୁଅର ଗହଳ ତୋଟା ଭିତରେ ପଣତ କାନିରେ ଅସୁମାରି ଫଳ ସାଉଁଟି ଆଣିଲା ପରି ଥରେ ଉଲୁସି ଗଲା।

ମୁଣ୍ଡରେ ଧାନ ବୋଝ ଆଣୁଆଣୁ ଦିହଟା ଝାଇଁ ମାରୁଛି। ଏଇ ପୁଷ ମଗୁଶିର ଶୀତରେ ବି ସମ୍ବାରୀର ଦିହରୁ ଗମ୍‌ଗମ୍ ଝାଳ ଫିଟୁଛି, ଯେମିତି ତା' ମନ ସହିତ ପାଦଟା ବି ଆଡ଼େସାଡ଼େ ପଡୁଛି। ସବୁଯାକ ସେଇ ଫେଚକାମି। ଭୋବନିଟା ସାଙ୍ଗେରେ ଗମାତ କରି ଦି'ପଦ ଆଇଁଷିଆଁ କଥା ଶୁଣିଲା ନାଇଁ ବୋଲି ଧାନ ଭରାଟାକୁ ସେ ଏମିତି ଟାଣ୍‌କରି ଭିଡ଼ି ଦେଇଛି ଯେ ମୁଣ୍ଡର ଖପୁରୀଟା ଦି'ଫାଳ ହୋଇଯିବ ଯେମିତି। ଫି ବର୍ଷ ଏଇ କଥାକୁ ନେଇ ଚଇତୁର ଆଉ ଭୋବନିର କଥା କଟାକଟି, ପୁଣି କେତେ ଟିହାଟେହି ଚାଲେ। ଏଥର ଚଇତୁ ଚାଲିଗଲାରୁ ଭୋବନିକୁ ଗୋଟେ ମଉକା ମିଳିଛି, ବାଟ ଓଗାଳିବାକୁ। କେହିନାଇଁ ତ, ସେଇଥିପାଇଁ ! ପଧାନ ଘର ଖଳା ଆଉ ଖଣ୍ଡେ ବାଟ। ତାଳୁ ଉପର ଗନ୍ଦିଆଟା କପାଳକୁ ଖସି ଆସିଲାଣି। ଧାନ ଭରାଟିକୁ ଆଉ ସମ୍ଭାଳି ରଖି ପାରୁନି। ଭୁସ୍‌କିନା ଧାନ ଭରାଟାକୁ କଚିଦେଇ ଗାଁ ମୁଣ୍ଡ ବଉଳ ଗଛ ପାଖର କୁନ୍ଦ ମାଝିଆଣି ଘରକୁ ଦୁମ୍‌ଦୁମ୍ ହେଇ ଚାଲିଗଲା।

- 'କେତେ ବଡ଼ ବୋଝଟାଏ ଲୋ !' ମାଗିବା ଆଗରୁ ଗଡୁଟାରେ ପାଣି ରଖି ଦେଇ କୁନ୍ଦ ମାଝିଆଣି ଧାନ ଭରା ଆଡ଼କୁ ନଜର ପକାଇ କହିଲା।

- 'କିଏ କିଲୋ ମା ?' ଖଣ୍ଡିଆ ହାତରେ ଅଗଣାରେ, ପଛକରି ବସି, ଦଉଡ଼ି ବଳୁବଳୁ ପଚାରିଲା ବୈଶାଖୁ- କୁନ୍ଦର ପୁଅ। ଜୁଆନ୍ ପିଲା। ହେଲେ, ନା କ୍ଷେତକୁ ନା ବୋଝକୁ। ମଳିଚିଆ ସୁରୁକୁଟିଆ ଚମ ଆଉ ଖଣ୍ଡିଆ ହାତରେ କେମିତି ଅବାଗିଆ ଦିଶେ। ବାହାରର ପାଞ୍ଚ ଲୋକ

ଦେଖିଲେ କୁନ୍ଦ ଖଣ୍ଟିଆ ହାତର କାହାଣୀ ଆରମ୍ଭ କରିଦିଏ... ଫିକା ଅନ୍ଧାରରୁ ଦୁଇ ବରଷର ପୁଅକୁ ନେଇ କୁନ୍ଦ କୁଆଡ଼େ ଜଙ୍ଗଲକୁ ମହୁଲ ଗୋଟେଇବା ପାଇଁ ଯାଇଥିଲା । ଛୁଆକୁ ପଛ କରି ଧାଏଁଧାଏଁ, ମହୁଲ ଗୋଟାଉ ଗୋଟାଉ ବୁଦା ଗହଳରୁ ଭାଲୁ ଆସି ଛୁଆଟାର ହାତଟିଏ ରା-ଡ଼ି ଦେଇଗଲା । ନ ହେଲେ ଜନମ ବେଳକୁ ତା ପୁଅ ଉଦିଆ ଚାନ୍ଦ.. କାହାଣୀ ଖଣ୍ଟିଆ ରହେ । ଗାଁ ଲୋକେ ଭିନେ କଥା କହନ୍ତି । ପିଲା ପେଟରେ ଥିଲାବେଳେ କୁନ୍ଦର ବର ଦାଦନ ଖଟିବାକୁ ସୁରତ ଚାଲିଗଲା । ଶାଶୁଘର ଲୋକେ କୁନ୍ଦକୁ ତା' ବାପ ଘରକୁ ପଠେଇ ଦେଲେ । ସେଠି ବେମାର ହେଲା । ଡାକ୍ତରୀ ଔଷଧ ଠିକଣା କରି ଖାଇ ଜାଣିଲାନି । ଔଷଧ ଓଲଟା କାମ କଲା । ମରୁମରୁ ବଞ୍ଚିଲା କୁନ୍ଦ । ଆଉ ପେଟର ପିଲାଟା ବି ଏମିତି ବେରକମ ହେଇଗଲା । ବାପା ମା' ମରିଗଲା ପରେ ଭାଇ ଭାଉଜ ପୁଣି ଶାଶୁ ଘରକୁ ପଠେଇ ଦେଲେ । ଶାଶୁଘର ଲୋକେ ରଖିବାକୁ ମଙ୍ଗିଲେ ନାହିଁ । ନଅ ବର୍ଷର ଛୁଆଟାକୁ ନେଇ କୁନ୍ଦ ଗାଁ ମୁଣ୍ଡ ଟିକିରାରେ ପଲା ଖଣ୍ଡେ ମାରି ସେଇ ଦିନଠୁ ରହିଛି । ଏବେ ପୁଅ ଦଉଡ଼ି ବଳେ । ମା' ବିକେ । ଶୁଖିଲା ଡାଙ୍ଗର ବଙ୍କା ଅଗ ପରି କହୁଣୀରୁ ଛେଦ । ପବଟାଏ ପରି ଦିଶେ । କନା ବିଣ୍ଡାଟିଏ ପରି ମୋଡ଼ିମାଡ଼ି ହେଇ ଡାଙ୍ଗ ଅଗରେ ଲଟକି ଥିଲା ପରି ପୁଳାଏ ମାଂସ ଛେଦା ପବର ଅଗରେ ଲାଖି ଥାଏ । ତା'ରି ସନ୍ଧିରେ ଦଉଡ଼ି ଗଳାଇ ଡାହାଣ ହାତ ଜଙ୍ଘରେ ଥାପି ବଳେ । ତା' ହାତ ତିଆରି ଦଉଡ଼ି ଏମିତି ଚିକଣ ଯେ ବାଛୁରୀ ବେକରେ ପଘା ନୁହେଁ ତ ଫୁଲ ମାଳ ପରିକା ଲାଗେ । ପୁଣି ଏମିତି ମଜଭୁତ୍ ଯେ ଚାଷ କାମକୁ ବର୍ଷ ବର୍ଷ ଧରି ଭିଡ଼ି ରଖେ ।

- "ଯାଏ ଭାରି", ଘଡ଼ିଏ ଥକା ମାରି ସମ୍ବାରୀ କହିଲା ।

- "ଆଲୋ, ଏତେ ତରତର କିଆଁ ? ଏଇଟା ତ ଶେଷ ଭରା । ଘଡ଼ିଏ ବସୁନୁ ?"

- "ବା' ତେଣେ ଭିତର ବାହାର ହେଉଥିବ । ବୁଢ଼ା ମଣିଷ ।"

- "ହଁ ଯେ, ଶଙ୍ଖୋଳିବାକୁ ମା' ନାହିଁ କି ପୋଷିବାକୁ ଭାଇ ନାଇଁ । କ'ଣ କରିବ ବିଚାରୀ, ଝିଅ ହେଇକି ବାପାକୁ ପୋଷୁଛି ।" କୁନ୍ଦ କହିଲା ।

- ଯେ କ'ଣ ହେଲା ! ତା'ରି ଦେହରୁ ତ ଖଣ୍ଡେ, ତା' କଥା ବୁଝନ୍ତା ନାଇଁ କି ? ବୈଶାଖୁ ମଝିରେ ପଡ଼ିଲା ପରି କହିଲା ।

- "ଏଥର ଯାଏ। ବେଳ ଗଡ଼ିଗଲେ ବୁଢ଼ା ଗାଡୁରୁ ଗାଡୁରୁ ହେବ।" ସମ୍ବାରୀ ଯିବାକୁ ଉଠିଲା।

- "ଆଲୋ, ବୁଢ଼ାକୁ ଏଠିକି ନେଇ ଆସୁନୁ ? ଏଠି ଦୁଃଖସୁଖ ହେଇ ଦଉଡ଼ି ବଳନ୍ତା। ଯାହା ହେଲେ ବି ପାରିଲା ହାତ। ଶିଆଳୀ ଲଟାର ଦଉଡ଼ିବଳା ଶିଖିବାକୁ ମୋ'ର ଭାରି ମନ, ବୁଝିଲୁ ? ଗଲାବେଳେ ବାପ ଝିଅ ସାଙ୍ଗ..."

- "ହଅ, ତୋ'ର ଯୋଉ କଥା !" ସମ୍ବାରୀ କହିଲା। ମୁଣ୍ଡରେ ପୁଣି ବୋଝ ଟେକି ଦୁମ୍‌ଦୁମ୍‌ ହେଇ ଆଗକୁ ସେ ପାଦପକେଇଲା।

ମଝିରେ ମଝିରେ ପ୍ରାୟ ସମ୍ବାରୀ ଆସେ ଏଠିକି। ତା'ପରି ଏମିତି କେତେ ମଜୁରିଆ ମୂଲିଆଣୀ କାମ ଫେରନ୍ତା ବାଟରେ ସେଠି ଘଡ଼ିଏ ବସି ଯାଆନ୍ତି। କିଏ ପାଣି ମାଗେ ତ ଆଉ କିଏ ଥକା ମେଣ୍ଟାଏ, ପୁଣି ଆଉ କିଏ ଗପ ଯୋଡ଼େ, କୁନ୍ଦ ଅଗଣାରେ। ନିତିଦିନିଆ ସଂସାରିଆ ସଙ୍କୋଚ ନାଇଁ। ଖୋଲା ମେଲା ଲାଗେ। ଗଲା ଆଇଲା ବାଟରେ, ପୁରୁଷ ପିଲା ହେଉ କି ମାଇକିନା ଝିଅ ହେଉ, ବିନାକାରଣରେ ବି ସେଠି ଘଡ଼ିଏ ବସି ଯାଆନ୍ତି।

- "ଆଲୋ, ଚଇତୁ ଆଉ ଏ ବାଟରେ ଯାଉନାଇଁ ଯେ !" ଦିନେ ବୈଶାଖୁ ପଚାରିଲା।

- "ଯାଇଛି ସହରକୁ, ପଇସା ଆଣ୍ଟେଇବା ପାଇଁ। ଗଲା ଯେ ଗଲା, ଛଅମାସ ହେଇଗଲାଣି।" ସମ୍ବାରୀ ମାନ କଲା ପରି କହିଲା।

- "ତୋ' କପାଳ ଏକା ଉଚ୍ଚା ବୋଲିବାକୁ ପଡ଼ିବ। ସହରରେ ଥିଲେ କ'ଣ ହେବ, ତୋ'ରି ପାଖରେ ତା' ମନ।"

- "ହଃ, ତୋ'ର ଯୋଉ ଛୋପରା କଥା !"

ହସିଦେଇ ଡଗଡଗ ହେଇ ଚାଲିଗଲା ସମ୍ବାରୀ। ରଙ୍ଗୁଲୀ ବଗୁଲୀଟା ଡେଣା ଝାଡ଼ି ଉଡ଼ିଗଲା ଯେମିତି। ବାଇଗଣୀ ରଙ୍ଗର ବାନ୍ଧ ଲୁଗାଟା ତା'ଛାଇଟାକୁ ବି ରଙ୍ଗେଇ ଦେଇଥିଲା ନା' କ'ଣ, ବୈଶାଖୁ ତଳମୁହାଁ ହେଇ ତା' ଯିବା ବାଟକୁ ଘଡ଼ିଏ ଅନେଇ ରହିଲା।

ଏମିତି କେତେ ଆସନ୍ତି। ପୁଣି ଯାଆନ୍ତି, ଖାଲି ଗଲାବେଳେ ଡେଣା ଝଡ଼ା ଛାଇଟିମାନ ଦେଖେ ବୈଶାଖୁ। ଉଡ଼ା ଚଢ଼େଇର ପର ବି ସାଉଁଟି ଆଣିବାକୁ ତା'ର ହାତ ପାଏନି। ପାଣି ମନ୍ଦାକର ଘର ଇଏ। କଥା ପଦକର। ଥକା ମାରିବାର। ବାଟୋଇ ମନ। କାହା ମନ ଏଠି ଠେକେ ନାଇଁ।

"ଆରେ, କ'ଣ ଏମିତି ଚାହିଁ ବସିଛୁ ?" ମା' ପଚାରିଲା।

- "କିଛି ନାଇଁ ତ", ପୁଅ କହିଲା।

- ପୁଅ ତୁନି ରହେ। ମା' ବୁଝେ। ରାତିରେ ଶୋଇଲାବେଳେ ଆଳ ଦେଖାଇ କଥା ପକାଏ। ମନ ଊଣା ନ କରିବାକୁ ବୁଝାଏ। "ପୁରୁଷ ପିଲାର ପୁଣି ରୂପ କ'ଣ !" ମା' କହେ। ଆଜି ନ ହେଲେ, କାଲି ତା' ପୁଅର ଘର ବସିବ। ବେମାରିଆ କହି କେମିତି ହିଂସୁକୁଟିଆ ଗାଁଲୋକ ତା' ପୁଅର ସମ୍ବନ୍ଧ ଭାଙ୍ଗି ଦେଉଛନ୍ତି, ସେଇ କଥାକୁ ଦୋହରାଇ କହେ, ଆଉ ତାର ସେଇ ଅଜଣା ଶତ୍ରୁମାନଙ୍କୁ ସ-।କଟା କରେ। ରାତିଟା ବୋଧ ଦେବାରେ ପାହି ଯାଏ, ଜଣାପଡ଼େ ନାଇଁ।

ତା' ପର ଦିନ ପୁଣି ଗୋଟେ ଧାନ ଭରା ସେଠି କଚି ଦେଇ ସମ୍ବାରୀ ଲଥ୍‌କିନା କୁନ୍ଦ ମାଝିଆଣୀର ପିଣ୍ଡାରେ ବସି ପଡ଼ିଲା। ପ୍ରଧାନ ସାହୁକାର ଉପରେ ରାଗରେ ରାଉରାଉ ହେଇ ଗୁଡ଼ାଏ ବକିଗଲା। କଉତୁକରେ କନକନ ହେଇ ସମ୍ବାରୀର ପାଟି ଉଗାରକୁ ଶୁଣୁଥାଏ ବୈଶାଖୁ।

"କାମ ଭିଡ଼ ପଡ଼ିଲା କିଲୋ ସମ୍ବାରୀ ?" ବୈଶାଖୁ ପଚାରିଲା।

- "କୋଉ ଦିନ ଆଉ କମି ଥିଲା କି ?" ଚିହିଁକି ଉଠିଲା ପରି ଜବାବ ଦେଲା ସମ୍ବାରୀ।

- "ତ ଫେର୍ କିଆଁ ଏମିତି ଉଗାରି ହଉଚୁ ?"

- "ତୁ ଆଉ ଏତେ ସୋଗ କାଢ଼ି ପଚାରନା ତ।"

- "ଆଲୋ ମୋ'ର ପୁଣି କି ସୋଗ !" ବୈଶାଖୁ ଟିକେ ଦବି ଯାଇ କହିଲା।

କାହାର ଦବିଲା ମୁହଁ କି ସ୍ୱରକୁ ନଜର ଦେବାର ଆଉ ସମ୍ବାରୀର ଖିଆଲ ନାହିଁ। ଆଙ୍ଗୁଠି ଫୁଟାଇ ସେମିତି ସିଏ ବକି ଚାଲିଥାଏ।

- ବୁଝିଲୁ, ଚାରି ଚାରିଟା ଭେଣ୍ଡା ପୁଅର କମାଣି ଘରକୁ ପଶୁଛିଟି ! ହେଲେ, ପ୍ରଧାନ ସାହୁକାରଟା ଆହୁରି ଆହୁରି ହେଇ ମରି ଯାଉଛି। ଜଣକର ମଜୁରୀ ସଞ୍ଚିବ ବୋଲି ଏଇ ବୟସରେ ନିଜେ ଧାନ ଭରା ଭିଡୁଛି। ସେଥିରେ ପୁଣି ଏମିତି ଭିଡ଼ି ଦେଇଛି ଯେ ମୁଣ୍ଡଟା ଏକା ଥରକେ ଦି'ଫାଳ ହେଇଯିବ ଯେମିତି। ନିଆଁଲଗା କୋଉଠିକାର।

- "ଆଲୋ, ମୁହଁ ଖୋଲିଲୁ ନାହିଁ କିଆଁ ?"

- "କେତେଥର କହିଲି ତ ଏମିତି ବୋଝ ଟେକିଦେ'ନା। ମୁଣ୍ଡଟା

ଦାଉଁଦାଉଁ ହେଇ ଯାଉଛି। ଆଉ କ'ଣ ନିଉଛାଳି ହେଇଥାନ୍ତି ? ଅଲକ୍ଷଣା କୋଉଠିକାର, ମୋ'କଥା ଭଲା କାହିଁ ଶୁଣିବ ! ତା'ର ତ ଚାରି ଚାରିଟା ରୋଜଗାରିଆ ଭେଣ୍ଡା ପୁଅ, ସେ ପର ଦୁଃଖ ଭଲା କେମିତି ବୁଝିବ !"

- "ବୁଝିଲୁ ସମ୍ବାରୀ, ପର ଦୁଃଖ ବୁଝିବା ପାଇଁ ଝିଅର ବାପା ହେବା ଦରକାର। ଚାରିଟା ଭେଣ୍ଡା ପୁଅ ଥିଲେ କ'ଣ ହେବ..."

ସମ୍ବାରୀ ପଛକୁ ଚାହିଁଲା।

- "ତୁଟା ଖୋଦ୍ ଯେମିତି ପୁଞ୍ଜାଏ ଝିଅର ବାପ ! ତତେ କ'ଣ ଜଣା ଏଇ ଖରା ତାତିରେ ଦିହ ମିହନତ କାମ ! ତୁ ତ ଛାଇ ତଳର ମଣିଷ, ଖାଲି କଥା କହୁଛୁ।" ଅଗଣାରେ ପାଣି ଗଡୁଟାକୁ ରଖୁରଖୁ ଆଉ ଜଣେ କହିଲା।

- "ମୋ'ର କୋଉ ଦିହ ଯେ ସେଥିରେ ପୁଣି ମିହନ୍ତ କାମ୍। ଆଉ ଛାଇ ତଳେ ବଇଚି ବୋଲି କ'ଣ ଛାଇରେ ଅଛି ନା କ'ଣ ଲୋ ସମ୍ବାରୀ ?"

- "ହଃ, କଥାକୁ ଲଥା ଯୋଡୁଥା। ମୋ'ର କ'ଣ ଯାଏ ସେଥିରେ ! ନିଆଁଲଗା ପଧାନର କ୍ଷେତକୁ ଆଉଦିନେ..."

ଗରଗର ହେଇ ସମ୍ବାରୀ ଚାଲିଗଲା।

କେତେ ଦିନ ହେଲା ସମ୍ବାରୀର ଆଉ ଦେଖାନାହିଁ।

- "ରାଗରେ ସିଏ ଆଉ କ୍ଷେତକୁ ଯାଉ ନାହିଁ କିଲୋ ମା ?" ବୈଶାଖୁ ପଚାରିଲା।

- "ନଥିଲା ଘରର ଝିଅ, ତା'ର ପୁଣି ରାଗ ରୋଷ କ'ଣରେ ପୁଅ !" କୁନ୍ଦ କହିଲା। ଟିକିଏ ରହିଯାଇ ପୁଣି କହିଲା, "ଚଇତୁ ଆସିଛି। ସରବତୀ ଖୁଡ଼ୀ କହୁଥିଲା।"

ସତକୁ ସତ ଚଇତୁ ଆସିଥିଲା। ବନ୍ଧ ଆଡ଼ିର ଘାଇ ପାଖରେ ମାଟି ଡଲାଟାକୁ ମୁଣ୍ଡକୁ ଟେକୁଟେକୁ ଥମ୍‌କିନା ରହିଗଲା ସମ୍ବାରୀ।

- "ଏମିତି ଶୁଖିଯାଇଛୁ କିଆଁ ?" ପାଖକୁ ଆସୁଆସୁ ଚଇତୁ ପଚାରିଲା।

- "ତତେ ଝୁରିଝୁରି," ମାଟି ପକଉ ପକଉ ହସି କହିଲା ସମ୍ବାରୀ।

- "ଆଉ ତତେ ଏମିତି ଖଟିବାକୁ ପଡ଼ିବ ନାଇଁ, ବୁଝିଲୁ ?"

- "ମହଲାରେ ନେଇ ରଖିବୁ ନା କ'ଣ ?"

- "ଅନ୍ଦର ମହଲ, ବୁଝିଲୁଟି ?" ଆଖି ମିଟିକା ମାରି ଚଇତୁ କହିଲା। ତା' କଥା ଗୁଡ଼ା ସମ୍ବାରୀକୁ ଅବାଗିଆ ଶୁଭୁଥିଲା।

- "ଏଥର ପକ୍‌କା ତ ?"

- "ଏଇ କଚା ପକ୍‌କା କଥା ବା'ଆଗରେ କହିବୁ। ଏଠି ଆଉ ସୁଆଗ ଦେଖାନା।"

- "କଥା ପଡ଼ିବ ନା ଛିଣ୍ଡିବ ? ବୁଢ଼ା ଏଥର ତା' ବାଟ ଦେଖୁ।" ପାନ ଖିଆ ପାଟିରେ ଛେପ ଝାଡ଼ିଲା ପରି କଥା ଝାଡ଼ି ଚଇତୁ ସେମିତି ଟହଲା ପାହୁଣ୍ଡ ପକେଇ ଚାଲିଗଲା। ତା' ଯିବା ବାଟକୁ ଘଡ଼ିଏ ଚାହିଁଲା ସମ୍ବାରୀ। ସହରୀ ପାଣି ଲାଗିଛି ତା'ଦିହରେ। ଦିହରେ ଛିଟ ପକା କାମିଜ୍ ଖଣ୍ଡିକ ତାକୁ ହାଲୁକାପଣରେ ଫୁଲେଇ ରଖିଛି ଯେମିତି। ଦିହର ରଙ୍ଗ ବି ଫର୍‌ଚା ହେଇ ଯାଇଛି। ହାତରେ ଘଣ୍ଟା। ପାଦ ଫରକଟେଇ ଆଗକୁ ବଢ଼ୁଛି। ଦୂରରେ କୋଉ ବୁଲାଣି ରାସ୍ତା କଡ଼ର ବତି ଖୁଣ୍ଟଟାଏ ପରି ଦିଶୁଛି ତା' ଆଖିକୁ।

ସମ୍ବାରୀ ମାଟି ବୋଝ ଟେକିଲା।

ଘାଇ କାମରୁ ଫେରୁଫେରୁ ମାଇ ସଞ୍ଜ ପାଖାପାଖି। ପଛରୁ କାହାର ଚାଇଁଚାଇଁ ପାଟି ଶୁଭିଲା। ଦେଖିଲା ବେଳକୁ କୁନ୍ଦ ମାଝିଆଣି ତା' ପୁଅ ଉପରେ ଗାରୁଗାରୁ ହେଇ ବକି ଚାଲିଛି। ମା'ର ମୁଣ୍ଡରେ ଆଉ ପୁଅର ପିଠିରେ ବୋଝେ ଲେଖାଏଁ ଶିଆଳୀ ଲଟା।

- "କ'ଣ ହେଲା କି, ଏମିତି ଗାଉଁଗାଉଁ ହେଉଛୁ ?"

- "କ'ଣ ଆଉ କହିବି, ଏଇ ମୋ ଖଣ୍ଡିଆହାତ ଜଗନ୍ନାଥର ଗୁମର। କେତେ କଷ୍ଟ କରି ପର ଘର ବୁଲି ଦଉଡ଼ି ବିକି ଦି'ପଇସା ଆଣୁଛି। ଦଉଡ଼ି ବଳିବଳି ତା' ହାତ ବିଣ୍ଡି ହେଇଗଲାଣି। ଆଉ ସେଇ ପଇସା ପୁଣି ଏଇ ନିଆଁଗିଲା ଦାନ ଖଇରାତ କରି ପକାଉଛି। ଇଏ ତା' ବୋପାର ସ-ତ୍ତି ତ..."

- "କାହାକୁ ଦେଲୁ କି ବୈଶାଖୁ ?"

- "ଏଇ ନାହାକ ବୁଢ଼ା ହାତରେ ନେଇ ଗୁଞ୍ଜିଛି।" କୁନ୍ଦ କହିଲା।

- "ମାଗିଲାରୁ ଦେଲି। ସେମିତି ବେଳ ନ ପଡ଼ିଲେ ତୁଚ୍ଛାଟାରେ କିଏ କା'ପାଖରେ ହାତ ପତେଇବ, କହିଲୁ ! ଚଇତୁ ଆଇଚି କି ?" ଛେପ ଢୋକି ପଚାରିଲା ବୈଶାଖୁ। ପୁଅ ପାଟିରୁ କଥା ଛଡ଼େଇ ସେମିତି ବାଟ ଚାଲୁଚାଲୁ କୁନ୍ଦ ହାଙ୍କିଲା- "ଯାଉନୁ, ଦେଖିବୁ, କେମିତି ସାଇବ ପରିକା ଦିଶୁଛି। ଦି'ପଇସା ରୋଜଗାର କରିଛି- ଯେମିତି ଖାଉଛି, ସେମିତି ପିନ୍ଧୁଛି। ଆଉ ତୋ'ରି ପରିକା ? ହାତରେ ଫଟା ପଇସାଟେ ପଡ଼ିଲେ ରଜା ହରିଶ୍ଚନ୍ଦ୍ର

ପରିକା ଲାଗୁଛି, ନାଇଁକି ? ଯୋଉ ଦିନ ଭୋକରେ ମରିବୁ, ସେଦିନ ଜାଣିବୁ...''

- ''କାଉ କୋଇଲିଙ୍କୁ ତ ପୁଣି ନିତି ଦାନା ଜୁଟୁଛି, ଆମେ ଦୁଇଟା ମଣିଷ ଛୁଆ କିଆଁ ଭଲା ଭୋକରେ ମରିବା କିଲୋ ମା' ? ଏତେ ବଡ଼ ମୂଲକ...''

- ''ରଖିଥା ତୋ କୁହାଳିଆପଣ।'' ମା' କହିଲା।

ବୈଶାଖୁ ମା'କୁ ଅନେଇଲା। ହସିଲା। ମାଇ ସଞ୍ଜର ଛାଇ ଅନ୍ଧାରରେ ବି ତା'ର ମଳିଚିଆ ମୁହଁରେ ହସର ପହଁରା ଦପ୍‌ଦପ୍ ଦେଖା ଯାଉଥିଲା।

ମା'ପୁଅଙ୍କ କଥା କଟାକଟିରେ ବାଟ ସରିଗଲା। ଗାଁ ମୁଣ୍ଡ ଆସିଲା। ସମ୍ବାରୀ ଘରମୁହାଁ ବେଗିବେଗି ପାଦ ପକାଇଲା।

ଚାରି ପାଞ୍ଚ ଦିନ ପରେ ବନ୍ଧ ଆଡ଼ିରେ ପୁଣି ଚଇତୁ ସାଙ୍ଗରେ ଭେଟ ହେଲା।

- ''ଶୁଣିଲି, ଗୁଡ଼ାଏ କମାଣି କରିଛୁ ?''

ଚଇତୁ ଆଖି ମିଟିକାରେ ହଁ ମାରିଲା।

- ''ଭାରି ଜୋର୍ ଖର୍ଚ୍ଚବାର୍ଚ୍ଚ କରୁଛୁ ତ, ଗାଁରେ ହୁରି ପଡ଼ିଛି।''

- ''ଖୋଦ୍ ମୋ'ରି କମାଣି, ମନ ଇଚ୍ଛା ଖାଇବି, ମନ ଭରି ପିନ୍ଧିବି, ଗାଁବାଲାଙ୍କର ଯାଏ ଆସେ କେତେ !''

ସମ୍ବାରୀ ତୁନି ରହିଲା। ବନ୍ଧ ଆଡ଼ି ତଳକୁ ଚଇତୁର ଟହଲା ପାଦ ବଢୁଛି। ତା'ର ଅତରଲଗା, ଛିଟପକା ଲୁଗାରୁ ଆପଣା ସାର୍ଥିକା ବାସ୍ନା ଉଠି ସମ୍ବାରୀର ନାକରେ ବାଜୁଛି।

ମୁହଁ ଫେରେଇ ସମ୍ବାରୀ ମାଟି ବୋଝ ଟେକିଲା।

ଘାଇ କାମ ସରୁସରୁ ଦି'ହପ୍ତା ଲାଗିଗଲା।

ମୁହଁ ସଞ୍ଜରେ ବାଟ ମୁହଁରେ ସମ୍ବାରୀକୁ ଦେଖି ବୈଶାଖୁ ପଚାରିଲା-

- ''କୁଆଡ଼େ ଥିଲୁ କିଲୋ ଏତେ ଦିନ ?''

- ''ଏଇଠି।''

- ''କୁଆଡ଼େ ଯାଇଥିଲୁ ?''

- ''ଯାଇଥିଲି ନାଇଁ, ଆସିଲି।''

- ''ଚଇତୁ ଅଛି ?''

- ''ହୁଁ।''

- "ଏଥର କଥା ପକେଇ ତତେ ନେଇକି ଯିବ ପରିକା ଲାଗୁଛି। ଟିକେ ବସ୍। ଗଲେ, ଆଉ ଏବେ କଣ ଆସିବୁ ?"

- "ଗଲେ ତ ଆସିବି।"

ବୁଝି ନ ପାରିଲା ପରି ବୈଶାଖୁ ତାକୁ ଚାହିଁଲା।

- ବସୁନୁ, ସେମିତି ଠିଆଠିଆ ଯିବାକୁ ବାହାରିଲୁଣି କି ?

- ନାଇଁ, ଯିବିନାଇଁ।

କଣ ରହିବୁ ? ବୈଶାଖୁ ହସିହସିକା କହିଲା।

- ହଁ।

- ରାତିକ କୁଣିଆ ହୋଇ ତ ?

- ନାଇଁ, ସବୁଦିନ ପାଇଁ।

ଝଲସା ଝାପ୍‌ସା ଆଖିରେ ବୈଶାଖୁ ଆକାଶରେ ଟୁପ୍‌ଟାପ୍ ତାରା ଫୁଟିବାର ଦେଖିଲା। ପକ୍ଷୀ ଖଣ୍ଡି ଉଡ଼ା ଦେଇ ବସାକୁ ଫେରିଲେ। କୁନ୍ଦର ଅଗଣାରେ ବାଇଗଣୀ ରଙ୍ଗ ଉକୁଟିଲା।

■

ଭିନ୍ନସ୍ରୋତ

ସତ କହିବାକୁ ଗଲେ, କେତେ ଛୋଟ କଥାଟିଏ। ଖାଲି ତାଙ୍କର ଛୋଟିଆ ଇଚ୍ଛାଟିଏକୁ ମନ ଖୋଲି କହି ଦେଇଛନ୍ତି ସଭିଙ୍କ ଆଗରେ। ଅଥଚ ଏ ଘରର ଅବହାୱା ଦେଖିଲେ ଲାଗିବ ଯେମିତି କେଡ଼େ ବଡ଼ ଅଘଟଣଟେ ଘଟେଇ ଦେଇଛନ୍ତି ସେ। ଘରର ପରିବେଶଟା ଗୁମ୍‌ସୁମ୍ ପାଗ ପରି- ନା ବର୍ଷୁଛି, ନା ମେଘଟା ଉଡ଼େଇ ନେଉଛି। ବୋଧହୁଏ ଏଇଥିପାଇଁ ଯେ ତାଙ୍କର ଏଇ ଛୋଟିଆ ଇଚ୍ଛାଟି ସହିତ ଏ ଘରର ସଭିଙ୍କ ଛୋଟ ବଡ଼ ସ୍ୱାର୍ଥର, ସୁଖ ଦୁଃଖର ଲଗାମଟା ଲାଖି ହେଇ ଯାଇଛି। ସମସ୍ତଙ୍କ ସୁବିଧା ଅସୁବିଧା ସଳଖି ନେଉ ନେଉ ନିଜ ଅଣ୍ଟା ପିଠି ବଙ୍କା କରି ସେ ବା ଆଉ କେତେ ଦିନ ଏ ଲଗାମ ଧରି ବସିଥିବେ। ଏକଥା କେହି ଜଣେ ବି ଭାବିବା ଦରକାର ଯେ ସମସ୍ତଙ୍କ ପରି ତାଙ୍କର ବି ନିଜସ୍ୱ ମନଟିଏ ଅଛି।

ରୁକୁଣୀ ମା' ବାରି ପଟ କବାଟ ଖୋଲି ଆସିଲା। ତାଙ୍କ ପରି ରୁକୁଣୀ ମା' ବି ଏ ଘରର ଗୋଟେ ପୁରୁଣା ଲୋଟଣୀ ପାରା, ଯଦିଓ ତା ଜାଗାଟା ଟିକେ ଭିନେ। ଅନେକ ଦିନର ସଂପର୍କ। ଘର କାମ ସାରି ତା ମାଲିକାଣୀର ଗୋଡ଼ ମୋଡ଼ା, ପାଚିଲା ବାଳ ଟଣା ଆଉ ଭଲ ମନ୍ଦ ଦେଖାରେଖାରେ ହେଲା କରେ

ନାହିଁ । ଦିଆଥୁଆ, ରନ୍ଧାବଢ଼ାରେ ତା'ର ମାଲିକାଣୀର ହାତ ଯଶ ସାଇ ପଡ଼ିଶାରେ ବଖାଣିବାରେ କେବେ ପଛାଏନି । ଦୁନିଆଁ ଛାଞ୍ଚରେ ଦୁହିଁଙ୍କ ଘରକରଣା ତଳ ଉପର ହେଲେ ବି ନିତିଦିନିଆ ଦୁଃଖ ସୁଖ, ସାତ ପାଞ୍ଚ ଭିତରେ ପରସ୍ପରର ଛୋଟ ଛୋଟ ସାହାଯ୍ୟ ସହାନୁଭୂତି ଆଉ ସହଜ ବୁଝାମଣା ପାଇଁ ଦି ଜଣଙ୍କର ସଂପର୍କ ବି ଟିକେ ଭିନ୍ନ । ରୁକୁଣୀ ମା' ଅଧିକାର ରଖି କଥା କହେ ତାଙ୍କୁ ।

ରୁକୁଣୀ ମା'ର ମୁହଁକୁ ଚାହିଁ ହଉନି । ଅନ୍ୟମନସ୍କ ହେଇ ତାର ନିତିଦିନିଆ କାମ କରୁଛି । ଧଡ୍‌ଧାଡ୍ ଗେଟ୍ ଖୋଲେ ଆଉ ବଡ଼ ପାଟିରେ କଥା କହେ ବୋଲି ପ୍ରାୟ୍ ତାଙ୍କଠୁ ଗାଳି ଖାଏ । ରୁକୁଣୀ ମା'ର ଧୀର ଚାଲି ଆଉ କାମ ଦେଖିଲେ ଲାଗୁଛି ସେ ନୁହଁ, ସେ ଆଉ କିଏ । କଣ କହିବ କହିବ ହଉଛି । ହେଲେ ସୁବିଧା ପାଉନି । ଆଉ ବୋଧହୁଏ ସମ୍ଭାଳି ପାରିଲାନି । ଲୁହ ମିଶା କୋହରେ କହିଲା, - "ଆଉ କି ମାଇଦ୍ଧିରେ ଏ ଘରକୁ ଆସିବି ମାଆ... ଏଇ ଅଧା ବଅସରେ ମୁଁ ଅଲକ୍ଷିଣୀ ଅନାଥ ହେଇଗଲି... କଣ ମୁଣ୍ଡକୁ ଜୁଟେଇଲ ଯେ..." ରୁକୁଣୀ ମା' ଆଉ କିଛି କହି ପାରିଲାନି । ଲୁହ ଲୁତୁପୁତୁ ମୁହଁକୁ ପିନ୍ଧା କାନିରେ ପୋଛି ଚାରି ଆଡକୁ ସନ୍ତର୍ପଣରେ ଅନେଇଲା । ଆଉ କୋଉ ଦିନ ହେଇଥିଲେ ତାଙ୍କୁ ଅସମୟ୍‌ରେ ଶୋଇବା ଦେଖି ଦେହ ମୁଣ୍ଡ କଥା ଦଶ ଥର ପଚାରି ସାରନ୍ତାଣି । ଦିନବେଳେ ଶୋଇବାଟା ଜମାରୁ ଭଲ ପାଆନ୍ତିନି, ଏକଥା ସେ ଜାଣେ । ତା' ମନର ଚାପା ମାନ ଅରମାନ ସବୁ କଂସା ବାସନ ଉପରେ ସାରି ରୁକୁଣୀ ମା' ଚାଲିଗଲା । ଶଶୀରେଖା ତା ଯିବା ବାଟକୁ ଚାହିଁ ରହିଥିଲେ- ଆସନ୍ନ ସନ୍ଧ୍ୟାଇ ଛାଇ ତାକୁ ସ-ପୂର୍ଣ୍ଣ ଗିଳିଦେବା ଯାଏ । ମନ ଭିତରେ ରୁକୁଣୀ ମା' ପ୍ରତି ଏକ ଅବ୍ୟକ୍ତ ମମତାର ସ୍ପର୍ଶ ଛାଇଗଲା ।

ମଝିଆଁ ପୁଅ ସୁବୀର ଉପର ମହଲାରୁ ଓହ୍ଲାଉଛି । ପାହାଚ ପରେ ପାହାଚ ଓଜନିଆ ପାଦରେ ଗଣିକି ଆସୁଛି ଯେମିତି । ଅଧା ଛାଇ ଆଲୁଅରେ ବସିଥିବା ଶଶୀରେଖାଙ୍କୁ ଦେଖି ପାରୁଛି କି ନା କେଜାଣି ଖୁବ୍ ସନ୍ତର୍ପଣରେ ମା କୁଆଡ଼େ ବୋଲି ପଚାରୁଛି ବୋହୁକୁ । ତିନି ପୁଅ ଭିତରୁ ସୁବୀରର ଖାଲି ଚାକିରୀ । ତାର ବାପାଙ୍କର ବାଡ଼ ବତା ଦିଆ ଜୀବନର ମପାଚୁପା ଆରାମ ତାକୁ ଖାଲି ଆରେଇଲା । ବଡ଼ ପୁଅ ସୁବାସ-ଠିକ୍ ଗୋଟେ ମଧ୍ୟବିତ୍ତ ଘରର ବଡ଼ ପୁଅ ପରି । ଖୋଲା ମେଲା ପୃଥିବୀର ଗଣ ଦୌଡ଼ରେ ସାମିଲ ହେଇ

ପୁରୁଷାକାର ଅର୍ଜନ ରାସ୍ତା ବାଛି ନେଇ ବ୍ୟବସାୟ କଲା। ସାନ ପୁଅ ସୁରଞ୍ଜନ- ଚାକିରୀ ଖୋଜୁ ଖୋଜୁ ଅନିଚ୍ଛା ସତ୍ତ୍ୱେ ବଡ଼ ଭାଇ ମାପରେ ଚାଲିଲା। ତିନି ବୋହୂ ତିନିଟି ଭିନ୍ନତାର ଛାଞ୍ଚ। ନାତି ନାତୁଣୀ ଆଉ ଘରର ଯେତେ ଲୋକ କେହି କାହାରି ସହିତ ବି ଏକା କଣ୍ଟ ମାପରେ ଚଳି ପାରି ନାହାନ୍ତି। ଏମାନଙ୍କ ଭିତରେ ଅସନ୍ତୁଷ୍ଟ ନାହାନ୍ତି ବୋଲି ବି ନୁହେଁ। ତେବେ ବି ଏ ଘରେ କେବେ ଝଡ଼ ଉଠି ପାରିନି। ବିଦ୍ରୋହ ଉଠିବା ଆଗରୁ ତାକୁ କିପରି ଦମନ କରିବାକୁ ହୁଏ ଏଇ ବ୍ୟବସାୟିକ କଳାଟିକୁ ଶଶୀରେଖା ଭଲ କରି ଆୟତ୍ତ କରି ପାରିଛନ୍ତି।

ସୁବୀର ଆସିବାର ଆଜିକୁ ଚାରି ଦିନ ହେଇଗଲାଣି। ବଡ଼ ପୁଅ ତାକୁ ଡକେଇ କିଛି ଗୋଟେ କରିବାର ଚେଷ୍ଟାରେ ଲାଗିଛି। ସୁବୀର ୟା ଭିତରେ ଏକ ପ୍ରକାର ଅତିଷ୍ଠ ହେଇ ଗଲାଣି ବୋଧହୁଏ। ବ୍ୟାଙ୍କ୍ ଚାକିରୀର ଗୁରୁ ଦାୟିତ୍ୱ, ପିଲାଙ୍କର ପାଠ ପଢ଼ା ଇତ୍ୟାଦିର ଜରୁରୀକାଳୀନ ପରିସ୍ଥିତି ବିଷୟରେ ବାରମ୍ବାର ଭାଇମାନଙ୍କୁ ବୁଝାଇବାର ଭାବଭଙ୍ଗୀରୁ ସେ ଜାଣି ପାରୁଛନ୍ତି। ଅଥଚ ମୁହଁ ଖୋଲି ପ୍ରସଙ୍ଗଟିର କାରଣ ପଚାରି ପାରୁ ନାହାନ୍ତି। ଖୋଲିବାଟା ବି ଏତେ ସହଜ ନୁହେଁ। ପିଲାମାନେ ବଡ଼ ହେଇଗଲା ପରେ ଦରକାରଠୁ ଅଧିକା କାହା ପାଖରେ ନିଜକୁ ଖୋଲି ନାହାନ୍ତି ଶଶୀରେଖା। ବରଂ ଚପା ବାମ୍ଫରେ ସେ କେତେ ଥର ସଢ଼ି ଯାଇଛନ୍ତି। ଠିକ୍ ଏମିତି କରୁଥିଲେ ପିଲାଦିନେ। ବାହାରୁ କଳିଗୋଳ କରି ଆସିଲେ କିଏ ଆଗ ମାଁକୁ କହିବ ସେ ନେଇ ପରସ୍ପର ଠେଲାଠେଲି ହେଉଥିଲେ। ସେମାନଙ୍କ ହାବଭାବ ଦେଖି ସେ ଜାଣି ପାରୁଥିଲେ ଯେ ତାଙ୍କର କିଛି ଗୋଟେ କହିବାର ଅଛି। ଶଶୀରେଖା ନିଜ ଆଡୁ ପଚାରି ବୁଝୁଥିଲେ। ଅଥଚ ଆଜି ସେମାନଙ୍କୁ ଦୂରେଇ ରହିବାର କାରଣଟା ସେ ନିଜେ ବୁଝୁ ନାହାନ୍ତି। ହୁଗୁଳା ପେଣ୍ଟ ସାର୍ଟ, ଫୁଟବଲ୍ ଖେଳର ଧୂଳିମଖା ବେଶରେ ପୁଣି ଥରେ ସେମାନଙ୍କୁ ଦେଖିଲେ। ନା, କାଲି ତାଙ୍କ ଆଡୁ କଥା ଆରମ୍ଭ କରିବେ। ମନେମନେ ସେ ସ୍ଥିର କଲେ।

ବାରି ପଟୁ ରନ୍ଧାଘର ବାରନ୍ଦାକୁ ଆସୁଆସୁ ଶଶୀରେଖା ଟିକେ ଅଟକି ଗଲେ।

"ବୁଝିଲ ନାନୀ, ୟାଙ୍କର ବ୍ୟାଙ୍କ୍‌ର ଜଣେ ରିଟାୟାର୍ଡ ବିହାରୀ ଅଫିସର, ଚଉଷଠୀ ଉପରକୁ ଟପିଲାଣି ନା କଣ। ଏଇ ବୟସରେ ବି ସ୍ତ୍ରୀକୁ ଖୁସି କରିବା

ପାଇଁ ଓଜୋମେନ୍ ଖାଏ ପରା। ବୁଢ଼ା ବୁଢ଼ୀର ଏତେ ପଢ଼େ ଯେ ଆଉ କହ ନାଇଁ। ଆଉ ଏଇଟା ମାଁଙ୍କର ଫୁଲେଇପଣ ନୁହେଁ ତ ଆଉ କଣ। ଏତେ ଦିନକେ ଅଦିନିଆ ଝଡ଼ ପରି ଏ ଧର୍ମଭାବଟା କୋଉଠୁ ମାଡ଼ି ଆସିଲା କେଜାଣି। ବାପାଙ୍କ କଥା ଭାବିଲେ ମତେ ଭାରି ଖରାପ ଲାଗୁଛି ଯାହା କହ ପଛକେ।" ମଝିଆଁ ବୋହୂ ଆସର ଜମେଇଲା ପରି ବେଶ୍ ଉତ୍‌ଫୁଲ୍ଲିତ ସ୍ୱରରେ ଅଥଚ ଫିସ୍‌ଫିସ୍ ହେଇ କହୁଥାଏ।

"ସବୁଠୁ ଭଲ ହୁଅନ୍ତା, ଏଇ ତୀର୍ଥଯାତ୍ରୀ ଟ୍ରିପ୍‌ଟାକୁ କୋଉ ଆଡୁ ହେଲେ ପ୍ରେସର ପକାଇ କେନସେଲ୍ କରିଦେଲେ, ସବୁ ଝମେଲା ସେଇଠି।" ସାନବୋହୂ ମୋର ଯାଏ କେତେ ଆସେ କେତେ ଅର୍ଥରେ ଉପର ଠାଉରିଆରେ କହିଲା।

"ମତେ ତ ଲାଗୁଛି ଏ ଘରେ କଣ ଗୋଟେ ଦୈବୀ ଦୁର୍ଯ୍ୟୋଗ ପଡ଼ିଛି। ନ ହେଲେ ଘରର ମୁରବି ମାନଙ୍କ ସମସ୍ୟା ପୁଣି ଆମ ପରି କାଲିକା ଛୁଆଙ୍କ ମୁଣ୍ଡ ଉପରେ ଭଲା କାହିଁକି ଛିଣ୍ଡି ପଡ଼ନ୍ତା। ଆମର ତ ପୁଣି ନିଜର ସୁଖ ଦୁଃଖ ଅଛି। ମୋର ତ ମୁଣ୍ଡ ଆଉ କାମ କରୁନି।" ବଡ଼ ବୋହୂର ସ୍ୱର।

ସେମାନଙ୍କ କଥା ସରିବା ଆଗରୁ ଶଶୀରେଖା ଏରୁଣ୍ଡି ବନ୍ଧରେ ଛିଡ଼ା ହେଇ କହିଲେ, "ଆରେ, ଏତେବେଳ ଯାଏଁ ତମେ ତିନିହେଁ ଏ ରନ୍ଧାଘରଟାରେ କଣ କରୁଛ ଯେ। ସବୁବେଳେ ଘରଟା ଭିତରେ ଜାକିଜୁକି ହେଇ ରହିଲେ ମନରେ ବି ଅଳନ୍ଧୁ ଜମିଯିବ। ସନ୍ଧ୍ୟାବେଳେ ବାହାରେ ଟିକେ ବୁଲାବୁଲି କରି ଆସିଲନି। ମନ ଫରଚା ଲାଗିଥାନ୍ତା।"

ତେଲରେ ମାଛି ପଡ଼ିଲା ପରି ତିନି ଜଣଙ୍କ ମୁହଁର ଅବସ୍ଥା। ଆଉ କୋଉ ଦିନ ହେଇଥିଲେ ସେମାନଙ୍କର ପରାଜୟର ଗ୍ଲାନିଟାକୁ ବୋଧହୁଏ ସେ ଆତ୍ମ ସନ୍ତୋଷର ଖୋଳପା ଭିତରେ ଭଲ ରୂପେ ଉପଭୋଗ କରିଥାନ୍ତେ। କିଂତୁ ଆଜି ନୁହେଁ। ଏରୁଣ୍ଡିବନ୍ଧରୁ ସେ ମୁହଁ ଫେରାଇଲେ। ମଝି ବାରନ୍ଦାର ଶେଷକୁ ସୁବୀର ସାମ୍ନାରେ ପଡ଼ିଲା। ତାର ହଡ଼ବଡ଼େଇ ଯିବା ଆଗରୁ ସେ ଆରମ୍ଭ କଲେ, "ଆରେ କେତେ ଦିନ ଛୁଟିରେ ଆସିଛୁ। ଅଯଥାଟାରେ ପିଲାଙ୍କ ପଢ଼ାପଢ଼ି ନଷ୍ଟ ହେଉଛି, ତା ସହିତ ତୋର ଛୁଟି ବି। କାଲି ସକାଳେ ଯିବୁ କହୁଥିଲୁ ପରା। ବଡ଼ି ସକାଳୁ ବାହାରିଗଲେ ପିଲାଙ୍କ ସ୍କୁଲ ଟାଇମ୍‌ରେ ପହଞ୍ଚି ଯିବ, ନ ହେଲେ କାଲି ଦିନଟା ପୁଣି ଅକାରଣରେ ଯିବ।"

- "ହଁ ଯେ... ତୁ କେମିତି ଶେଷରେ ଏଇୟା ସ୍ଥିର କଲୁ କହିଲୁ ମା।" କିଛି କହିବା ପାଇଁ ଚାରି ଦିନ ହେଲା ସୁଯୋଗ ଖୋଜୁଥିବା ସୁବୀର ତାଙ୍କ ପାଟିରୁ କଥା ଛଡ଼େଇ କହିଲା। ଗୋଟେ କ୍ଷଣ ଚୁପ୍ ରହି ସେ ଅପ୍ରତ୍ୟାଶିତ ଭାବରେ କହି ପକାଇଲା, "ବାପା କେତେ ଏକୁଟିଆ ହେଇଯିବେ ବୁଝୁନୁ।"

କଥାଟାକୁ ଦରକାରଠୁ ଅଧିକା ହାଲୁକା କରି ଦେଇ ଶଶୀରେଖା ଅଳ୍ପ ହସି କହିଲେ, "ଆରେ ବାୟା ହେଲୁ ନା କଣ... ତମେମାନେ ଏତେ ଲୋକ ଥାଉଥାଉ ବାପା କେମିତି ଏକୁଟିଆ ହେବେ ଯେ। ତୁ ଗଲୁ ତୋର ଯିବା ବନ୍ଦୋବସ୍ତ କରିବୁଟି।" ଶଶୀରେଖା ପୁଅର ପିଠି ଥାପୁଡ଼ାଇ କହିଲେ। ସୁବୀର ଆଉ କଣ କହିବ ନ କହିବ ହେଇ ଶେଷରେ 'ହଉ ଦେଖ' କହି ଦେଇ ଚାଲିଗଲା। ପରୋକ୍ଷରେ ଶଶୀରେଖା ତାକୁ ତାକୁ ଜଣାଇଦେଲେ ବୋଧହୁଏ ଯେ ସଭିଙ୍କ ଗହଣରେ ସେ କେତେ ଏକୁଟିଆ। ଏ ଭରପୂର ସାନ୍ନିଧ୍ୟ ଭିତରେ ସେ କେତେ ନିଃସଙ୍ଗ।

ତା ପରଦିନ ସକାଳେ ସୁବୀର ପିଲାପିଲି ନେଇ ଚାଲିଗଲା। ଘର ଲୋକ ହେଉ ବା ଅତିଥି ଅଭ୍ୟାଗତ ହେଉ ଗଲାବେଳେ ସମସ୍ତେ ବାଟ ମୁହଁ ପର୍ଯ୍ୟନ୍ତ ବଳାଇ ଦେବାଟା ତାଙ୍କ ଘରର ଗୋଟେ ଚଳଣି। ସୁବୀରକୁ ବିଦା କଲାବେଳେ ଅନ୍ୟ ଦିନ ପରି ସକାଳଟା ଶବ୍ଦମୟ ନ ଥିଲା। କେବଳ ପିଲାମାନେ ତାଙ୍କ ଭିତରେ କଲର୍‌କଲର ହେଉଥାନ୍ତି। ଘର, ଅଗଣା, ସବୁ, ସମସ୍ତେ ନିଃଶବ୍ଦ। ସୁବୀରକୁ ନୁହେଁ ତ ଶଶୀରେଖାଙ୍କୁ ସେମାନେ ବିଦା କରୁଥିଲେ, ଆଉ ଏକଥା ସେହିଁ ବୁଝୁଥିଲେ। ଦୁଆର ମୁହଁରୁ ଫେରି ଆସି ବାରଣ୍ଡା ଖଟରେ କେମିତି ଅବଶ ହେଇ ବସି ପଡ଼ିଲେ। ଘର ଭିତର ଚାରିପଟେ ଖୋଲା ବାରନ୍ଦା। ତାଙ୍କ ପସନ୍ଦରେ ଘର ତିଆରି ହେଇଥିଲା। ଆଜି କାଲିକା ନିବୁଜ ମହଲ ତାଙ୍କୁ ଅଣନିଃଶ୍ୱାସୀ କରିଦିଏ। ମନଟାକୁ ଚାରିଆଡ଼େ ଦରଜା ବନ୍ଦ କରିଦିଏ। ମପାଚୁପା ଜୀବନଟାକୁ ଆହୁରି ଜାକିଜୁକି ସୁରକ୍ଷା ପ୍ରବଣ ଜୋକଟିଏ କରି ପକାଏ। ଶଶୀରେଖା ଖୋଲାରେ ବସିବାକୁ ଭଲପା'ନ୍ତି।

ଦାଣ୍ଡ ଘରୁ ଫୋନ୍ ବାଜିଲା। କେହି ଜଣେ ଧରିବ ବୋଲି ଶଶୀରେଖା ଅପେକ୍ଷା କଲେ। ପାହାଚ ଉଠୁଉଠୁ ଓହ୍ଲାଇ ଆସି ଗତିକୃଷ୍ଣ ବେଶ୍ ତତ୍ପର ହେଇ ଫୋନ ଉଠାଇଲେ। ସୁତପାର ଫୋନ୍ ବୋଧହୁଏ। ଗତିକୃଷ୍ଣଙ୍କ ଉଦାସ ମୁହଁରେ ଆଶାର କ୍ଷୀଣ ରେଖାଟିଏ ତଡିତ୍ ବେଗରେ ଖେଳିଗଲା। ଝିଅର ଆଖି

ଲୁହ ଆଗରେ ମାଁର ମନ ନିଶ୍ଚେ ତରଳି ଯିବ ଯେ- ଏଇ ଭରସାରେ ତା ପାଖକୁ ସେ ଖବର ପଠେଇଛନ୍ତି। ଶଶୀରେଖାଙ୍କ ତୀର୍ଥଯାତ୍ରା ପ୍ରସଙ୍ଗ ପଡ଼ିଲା ଦିନଠୁ ବାପ ପୁଅଙ୍କର ପ୍ରାୟ କଥା ବାର୍ତ୍ତା ନାହିଁ କହିଲେ ଚଳେ। ମଝି ନଈରେ ଅସହାୟ ଅବସ୍ଥାରେ ଛିଡ଼ା ହେଇଥିବା ବୟସ୍କ ବାପ ପ୍ରତି ସେମାନଙ୍କର ଦରଦ ପାଇଁ ହେଉ କିମ୍ବା ବଢ଼ିଲା ପୁଅମାନଙ୍କ ସାମ୍ନାରେ ବାପାର ଏ ପରାଜୟ, ଅବସାଦ ଓ ଗ୍ଲାନିରେ ଆତଙ୍କିତ ପୌରୁଷର ଅପମାନରେ ହେଉ ପରସ୍ପର ଆଡ଼େଇ ହେଇ ରହୁଥିଲେ। ସୁତପାର ହସ୍ତକ୍ଷେପଟା ତାଙ୍କୁ ଆଶୁ ସମାଧାନର ସୂତ୍ରଟିଏ ପରି ଲାଗିଥିବ। ତାଙ୍କର ଏ ପିଲାଳିଆ ଭରସାରେ ଶଶୀରେଖା ମନେମନେ ନ ହସି ରହି ପାରିଲେନି।

ଗତିକୃଷ୍ଣ ଫୋନ୍‌ଟାକୁ ରଖି ଦେଇ ଶଶୀରେଖା ସାମ୍ନାରେ ପଡ଼ିଥିବା ଚୌକିଟାକୁ ବସିବା ପାଇଁ ଟାଣୁ ଟାଣୁ କହିଲେ- "ସୁତପାର ଫୋନ୍ ଥିଲା। ଦି ଚାରି ଦିନ ଭିତରେ ଆସିପାରେ। ଜୋଇଁ ଆସି ପାରିବେନି। ପିଲାଙ୍କର ପାଠପଢ଼ା ଅଛି। ସିଏ ଏକୁଟିଆ ଆସିବ।" ଅନ୍ୟ ଦିନ ହେଇଥିଲେ ତାଙ୍କ ପାଟିରୁ କଥା ଛଡ଼େଇ କେତେ କଣ ପଚାରିଥାନ୍ତେ। ତୁଚ୍ଛାଟାରେ ପିଲାଙ୍କୁ ଡକାଇ ହଇରାଣ କରୁଛନ୍ତି କହି ତାଙ୍କ ସହିତ ଝଗଡ଼ା କରିଥାନ୍ତେ। ଅବଶ୍ୟ ସେଇ ସବୁ ପର୍ବ ଅଳ୍ପେ ବହୁତେ ଆଗରୁ ସରିଗଲାଣି ଯେ। ଆଜି ନିର୍ଲିପ୍ତ ସ୍ୱରରେ ଖାଲି ପଚାରିଲେ- "ସଭିଙ୍କ ଦେହ ପା' ଭଲ ଅଛି ତ।" ଏତ ପ୍ରଶ୍ନ ନୁହେଁ ଯେ ଗୋଟେ ପ୍ରକାର ପୂର୍ଣ୍ଣଚ୍ଛେଦ। ପରିସମାପ୍ତିର ଆଉଜା କବାଟ। ଗୋଟେ ପ୍ରକାର ଆଶ୍ଚର୍ଯ୍ୟ ହେଇ ସେ ଶଶୀରେଖାଙ୍କୁ ଚାହିଁଲେ। ଗୋଡ଼ଠୁ ମୁଣ୍ଡ ଯାଏଁ ଗୋଟେ ପଲକରେ ନିରେଖି ଆସିଲେ। ବୟସକୁ ଡରୁ ନଥିବା ସ୍ତ୍ରୀଲୋକ ଭିତରେ ବୋଧହୁଏ ବୟସଟା ନିଜେ ଡରି ଯାଇ ଅଟକି ଯାଏ ନା କଣ। ଉଜ୍ଜ୍ୱଳ ଆଖି। ହାତ ଗୋଡ଼ରେ ଶିଥିଳତାର ଛିଟା ବାରି ହୁଏ ନାଇଁ। ମଧୁରତା ଓ ଉଜ୍ଜ୍ୱଳତାରେ ମଖା ମୁହଁ ଖାଲି ଶଶୀରେଖାଙ୍କୁ ସୁନ୍ଦର କରି ରଖେ ନାହିଁ, ସାମ୍ନା ଲୋକକୁ ଜଣେଇଦିଏ ଯେ ସେ ଏକ କାଚକେନ୍ଦୁ ପାଣି ଭର୍ତ୍ତି ପୋଖରୀ। ଯେତିକି ସ୍ୱଚ୍ଛ, ସେତିକି ଗଭୀର। ଅଥଚ ଏଇ ଦିନ କେଇଟା ଭିତରେ ଲାଗୁଛି ଶଶୀରେଖା ଯେମିତି କେବେଠୁ ବୁଢ଼ୀ ହେଇଗଲେଣି। ଆଖି ତଳେ କ୍ଳାନ୍ତ ଅବଶ ଚିହ୍ନ। କଥାରେ ଯେତେ ସହଜ ହେଲେ ବି ଆଖିରେ ଉଦାସର ମେଘ ମେଞ୍ଚ ବାନ୍ଧି ରହିଯାଇଛି। ଘରକରଣା ପିଲାଛୁଆ ସ୍ୱାମୀର ସଂସାରକୁ ନିଜ ହାତରେ

ସଜାଡ଼ି ପାରୁଥିବା ହାତ ମଧ୍ୟରେ ଶଶୀରେଖା କୋଣାର୍କର ଶିଳ୍ପୀ ପରି। ସବୁ ନିଖୁଣ କରି ରଖି ନ ପାରିଲେ ସେ ନିଜ ଉପରେ ନିଜେ ଅସନ୍ତୁଷ୍ଟ ହେଇଯାନ୍ତି। ଜୀବନ ପ୍ରତି ଏତେ ମୋହ ଆଉ ଆକର୍ଷଣ ଥିବା ମଣିଷଟା ଭିତରେ ଏ ଅଦ୍ଭୁତ ପରିବର୍ତ୍ତନ ଦେଖି ଗତିକୃଷ୍ଣ ଆଶ୍ଚର୍ଯ୍ୟ ନ ହେଇ ରହିପାରୁ ନ ଥିଲେ।

- "ମାଁ, ଫୁଲ ନିଅ।" ମଇନା ପୂଜା ପାଇଁ ଫୁଲ ଆଣି ବାଟ ମୁହଁରେ ଛିଡ଼ା ହେଲା। ଶଶୀରେଖା ଫୁଲ ଆଣିବାକୁ ଉଠିଲେନି। ପୂଜା ଅର୍ଚ୍ଚନା ପ୍ରତି ତାଙ୍କର ଆକର୍ଷଣ ନାହିଁ କହିଲେ ହେବ ନାହିଁ। ତେବେ ନିଜ ସଂସାରଠୁ ଟାଣି ନେଲା ଭଳିଆ ନୁହେଁ, ସେକଥା ଗତିକୃଷ୍ଣ ଠିକ୍ ଜାଣନ୍ତି। ପଢ଼ାପଢ଼ି ପ୍ରତି ରୁଚିଟା ଅବଶ୍ୟ ଅଛି। କିଂତୁ ମନୋରମା, ସୁଚରିତା ଆଦି ଘରକରଣା ଲିଖିତ ନମୂନା ଛଡ଼ା ଆଉ ଭିତରକୁ ଯିବାଟା ସେ କେବେ ଲକ୍ଷ୍ୟ କରି ନାହାନ୍ତି। ଅବଶ୍ୟ ଏକଥା ସତ ଯେ ସେ ଖୁବ୍ ସ୍ୱାଭିମାନୀ। ଦରକାରଠୁ ଅଧିକ ବୋଧହୁଏ। ବାହାହେଲା ଦିନଠୁ ଏକଥା ତାଙ୍କ ଛଡ଼ା ଆଉ ଅଧିକା କିଏ ଜାଣେ। ଜୀବନସାରା ନିଜ ଇଚ୍ଛାର ପଦୋନ୍ନତିରେ ଅଭ୍ୟସ୍ତ ଶଶୀରେଖା ପୁଅ ବୋହୁଙ୍କ ଦୟାର ପାତ୍ରୀ ହେବା ଆଗରୁ ନିଜ ରାସ୍ତା ବାଛି ନେଇଛନ୍ତି ନା କଣ। କିଂତୁ ଏଇଟା କଣ ସେଇ ସମୟ। ତାଙ୍କର ସବୁ ସାମର୍ଥ୍ୟ ଥାଉ ଥାଉ ଶଶୀରେଖା ଏମିତି ଭାବରେ ଅସହାୟ ହେଇପଡ଼ିବାଟା କେତେ ଅସ୍ୱାଭାବିକ ଲାଗୁଛି। ତାଙ୍କ ମାଁ ବଞ୍ଚିଥିଲେ ହୁଏତ ଶଶୀରେଖାଙ୍କ ମନ ଏତେ ଲଗାମ ଛଡ଼ା ହେଇପାରି ନ ଥାନ୍ତା। ଘରେ ଶାଶୁଙ୍କର ଉପସ୍ଥିତି ହିଁ ଏଇ ନିଷ୍ପତ୍ତି ନ ନେବା ପାଇଁ ନିଜ ଅଜାଣତରେ ତାଙ୍କ ଉପରେ ନୈତିକ ଚାପ ପକାଇଥାନ୍ତା। ଏଇ ଜଟିଳ ମୁହୂର୍ତ୍ତଟା ତାଙ୍କ ମା'ଙ୍କ ଅନୁପସ୍ଥିତି ବିଷୟରେ ଚେତେଇ ଦେଲା ନା କ'ଣ ଗତିକୃଷ୍ଣ ଦୀର୍ଘଶ୍ୱାସ ଛାଡ଼ିଲେ। ମନକୁ ବୋଧଦେଲା ପରି ଭାବିଲେ ମେନୋପଜାଲ ଡିପ୍ରେସନ୍ ବି ହେଇଥାଇପାରେ। ଘର ସଂସାର ପ୍ରତି ମାତ୍ରାଧିକ ଆକର୍ଷଣ ବୋଧହୁଏ ଶଶୀରେଖାଙ୍କ କ୍ଷେତ୍ରରେ ଏଇ ବୋଝଟା ବଢ଼େଇ ଦେଇଛି। ସମୟ ବଳେ ଠିକ୍ କରିଦେବ ଯେ। କ୍ଷଣିକ ପ୍ରବୋଧନାଟା ଗତିକୃଷ୍ଣଙ୍କ ଭିତରେ ଏକ ଗଭୀର ଆତ୍ମବିଶ୍ୱାସର ରୂପ ନେଲା ଆଉ ଶଶୀରେଖା ତାଙ୍କ ମନକଥା ଜାଣି ପାରିଲା ଭଳି ତାଙ୍କୁ ଟିକେ ଅନେଇଲେ।

'ଆଜି ଗାଧୁଆ ହେବ ନାଇଁ ନା କଣ'- କହୁକହୁ ଗତିକୃଷ୍ଣ ପାହାଚ ଉପରକୁ ଉଠିଲେ।

ଅନ୍ୟ ଦିନ ପରି ଶଶୀରେଖା ଧଡ଼ପଡ଼ ହେଇ ଉଠିଲେନି । ଗୋଡ଼ ଦୁଇଟାକୁ ଯେମିତି ପଛରୁ କିଏ ଭିଡ଼ି ଧରୁଛି । ଘୋଷାରି ହେଲା ଭଳି ଗାଧୁଆ ଘରକୁ ପଶିଲେ । ଲୁଗା ଖୋଲୁ ଖୋଲୁ ଆଖି ଦୁଇଟା ତାଙ୍କ ନିଜ ଦେହ ଉପରେ ଅଟକି ଗଲା । ପାଣି ଟାଙ୍କିର ଦାଢ଼ ଉପରେ ବସି ପଡ଼ି ତାଙ୍କ ଅନାବୃତ ଦେହକୁ ନିବିଷ୍ଟ ମନରେ ଅନେଇଲେ । ଯେମିତି ପ୍ରଥମ ଥର ପାଇଁ ଦର୍ପଣ ସାମ୍ନାରେ ନିଜକୁ ଦେଖୁଛନ୍ତି । ଦେହଟା ବିଶେଷ ବଦଳିଗଲା ପରି ମନେ ହେଉନି । ଗହମ ରଙ୍ଗର ବାହୁ ଦି'ଟା କହୁଣୀ ପାଖରୁ ଶିରା ଗୋଟେ ଦି'ଟା ବାହୁ ମୂଳରୁ ଟାଣି ଧରିଲା ପରିକା ଦେଖାଯାଉଛି, ଯେମିତି ଦେହରୁ ଓପାଡ଼ି ଆଣିବ । ପାପୁଲି ଆଙ୍ଗୁଠି ସବୁ ସେମିତି ନରମ, ମୂଲାୟମ- ଆଖି ସୁହାଇଲା ଭଳି । ତଳି ପେଟରୁ ଜଙ୍ଘ ଯାଏଁ ରା-ୁଡ଼ା ଦାଗ ପରି ଧଳା ଗାରର ବୁଣା ଜାଲଟିଏ ଯେମିତି ବିଛେଇ ପଡ଼ିଛି । ଚାରି ଥର ନିଜକୁ ପାରୁପର୍ଯ୍ୟନ୍ତ ନିଃଶେଷ କରି ନିଜ ଭିତରେ ଜୀବନ୍ତ ପିଣ୍ଡ ମାନଙ୍କୁ ଧରି ରଖିବାର ବିଦାୟ୍ ସ୍ମାରକୀ । ପେଟ ଓ ଅଣ୍ଟା ପାଖରେ ମେଦ ପ୍ରବଣତା ସ୍ୱଷ୍ଟ-ଚାରିକାନ୍ଥ ଭିତରେ ଅସହାୟ୍ ଆତ୍ମସନ୍ତୋଷର ଚିହ୍ନ । ଆନତ ସ୍ତନ ଦୁଇଟି ଶୁଖିଲା ବଣ ଝରଣାଟି ପରି- ଯାର କୂଳରେ ଜୀବଜନ୍ତୁଙ୍କ ମେଳା ବସିବାକୁ ନାଇଁ- ଯା ପାଣିରେ ହରିଣ କି କୁତ୍ରା ଆଉ ମୁହଁ ଦେଖିବାକୁ ନାଇଁ । କେହି ଦରକାର ମଣୁ ନାହାନ୍ତି ମୁହଁ ଫେରି ତାକୁ ଚାହିଁବାକୁ । ଜୀବଜନ୍ତୁଙ୍କ ଦରକାର୍‌ରେ ନ ଆସିଲେ ନାଇଁ ଜଙ୍ଗଲର ତ ନିଜ ଦିହରୁ ଖଣ୍ଡେ ! କେହି ନ ବୁଝିଲେ ବି ସେ ନିଜେ ତ ବୁଝନ୍ତି । ଆନତ ସ୍ତନ ଦୁଇଟି ଉପରେ ବାହୁ ଦୁଇଟାକୁ ଛନ୍ଦି ଆଙ୍ଗୁଠିରେ କାନ ମୂଳକୁ ଛୁଇଁ ଚାପି ଧରିଲେ । ଭିତରେ ଭିତରେ କେତେ ଥକି ଗଲେଣି ଏମାନେ, ସେ କଥା ଖାଲି ସେ ହିଁ ବୁଝୁଥିଲେ ।

ଟାଙ୍କିର ଥିର ପାଣିରେ ଦେଖାଯାଉଥିବା ଅସ୍ୱଷ୍ଟ ନିଜ ମୁହଁଟା ତାଙ୍କୁ ଯେମିତି ମନେ ପକେଇଦେଲା ଯେ ସେ ଗୁଡ଼ାଏ ବେଳ ହେଲା ଗାଧୁଆ ଘରେ ଅଛନ୍ତି । ଘରେ ଯେମିତି କାହାର ସୋର୍ ଶବ୍ଦ ନାହିଁ । ଆପେ ଆପେ ଏ ଛନ୍ଦାଛନ୍ଦି ରହଣିର ସ-ର୍କ ଉପରେ ତାଙ୍କର ନିଶା ଘାରିବାଟା ତୁଟିଗଲା ଯେମିତି । କେଢ଼େ ନିଛାଟିଆ ମନ ଭିତରେ ଟୁବୁକି ମାରୁଥିବା କୋହଟି ମାନ ଟପ୍‌ଟାପ୍ ଗଡ଼ି ଆସିବ ପରା ! ବାଟୁଲିଖଡ଼ାରୁ ବାଟୁଲି ପରି ଛିଟିକି ପଡ଼ିଥିବା

ମନଟା ଉପରେ ତାଙ୍କର ଆଉ ଜୋର୍ ରହୁନାଇଁ। କଇଁକଇଁ ହେଇ କାନ୍ଦି ଉଠିଲେ ଶଶୀରେଖା । ଟାଙ୍କି ପାଣି ଆଖି ପାଣିରେ ମିଶି ଯାଇ ଦେହ ଓ ମନକୁ ଘଡ଼ିଏ ପରିଷ୍କାର କରିଦେଲା ।

ଗାଧୁଆ ସାରି ଠାକୁରଙ୍କୁ ଫୁଲ ଦଉଦଉ ଅଟକିଗଲେ ଶଶୀରେଖା । ଆପଣା ଘରକରଣାର ଗହଳି ପରି ନିଜ ହାତରେ ସାଇତା ଠାକୁରମାନଙ୍କ ମୁହଁକୁ ଅନାଇଲେ- ତାଙ୍କର ଛିଣ୍ଡା ଛିଣ୍ଡା ସ୍ୱପ୍ନ ଆଉ ଅନୁଭୂତିର ଝୁଲନ୍ତା ମାଳଟିଏ ଯେମିତି। କେତେବେଳେ ଆଖିରେ ଅନ୍ଧ ପୁଟୁଳି ବାନ୍ଧି ଗୋଟେଇଛନ୍ତି ତ ଆଉ କେତେବେଳେ ପରଳ ଢ଼ଙ୍କା ଆଖିରେ ସୂର୍ଯ୍ୟ ଦର୍ଶନ କଲା ପରି ଦେଖିଛନ୍ତି । ଆଜି ମେଲା ଆଖିରେ ଦେଖିବାକୁ ଚାହିଁଲା ବେଳକୁ ଛାତିରେ ରୁନ୍ଧି ମାରୁଛି ସବୁ ଅନୁଭୂତି। ଗୋଠ ଖଣ୍ଡିଆ ଗୋଟିକିଆ ଗାଈ ପରି ଏ ଦଳରୁ ମନ ତାଙ୍କ ଫିଟି ଗଲାଣି। ରୁନ୍ଧାରୁନ୍ଧି କରି ସାଉଁଟି ଆଣି ଜାକି ଧରି ପାରୁଥିବା ଏ ପ୍ରଚଣ୍ଡ ଗଣ୍ଠି ଭିତରେ ମନଟା ତାଙ୍କର ହୁଗୁଳା ପଡ଼ିଗଲାଣି। ଚ-। ଫୁଲରେ ଚନ୍ଦନ ଛିଟିକା ମାରୁମାରୁ ଶଶୀରେଖା ଆଉଥରେ ଠାକୁରଙ୍କ ମୁହଁକୁ ଚାହିଁଲେ- ପିଲାଦିନେ ଚାଟଶାଳୀ ଯିବା ବାହାନାରେ ସାଙ୍ଗ ମେଳରେ ପଧାନ ଘର ବାଡ଼ିକୁ ପିଜୁଳି ପାରି ଗଲା ପରି ତାଙ୍କ ଜୀବନର ଏ ବିଚିତ୍ର ଚଉମୁହାଁଣୀରେ ସେ ବି ମାଧ୍ୟମଟିଏ ପାଲଟି ଯାଇଛନ୍ତି ନା କଣ ! ତେବେ ବି ଠାକୁରଙ୍କ ପାଖରେ ଛୁଆଁ ଛୁତିକାରେ ନିଜକୁ କେଡ଼ ବଡ଼ ଅପରାଧୀ ପରି ମନେ କରୁଥିବା ଶଶୀରେଖାଙ୍କ ଭିତରେ ଟିକିଏ ସୁଦ୍ଧା ଗ୍ଲାନିବୋଧ ଥିଲା ପରି ମନେ ହେଇ ନଥିଲା । ଆଖି ବୁଜି ଦଣ୍ଡବତ କରୁକରୁ କଣ ମନାସିଲେ କେଜାଣି ବହୁ ଦିନର ଅଫୁଟା ହସଟିଏ ଧୀରେ ଧୀରେ ପାଖୁଡ଼ା ମେଲି ବାହାରିଲା ପରି ଓଠରୁ କପାଳ ଯାଏଁ ଅଦ୍ଭୁତ ଆଭାଟିଏ ଖେଳାଇ ଦେଇଗଲା । ଆଖି ଖୋଲି ଅପଲକ ଆଖିରେ ପୁଣି ଥରେ ଠାକୁରଙ୍କୁ ଚାହିଁଲେ ଶଶୀରେଖା। ଦେହ ଭିତରେ ସବୁ ଅନ୍ଦି ବିକନ୍ଦିରେ ଟାଳି ଦେଇ, କୋଉ କାଳୁ ଚୁଙ୍ଗା ହେଇ କଳଙ୍କି ଲଗା ଫାଙ୍କକୁ ଏକାଥରକେ ଉଖାରି ପକାଇ ସାମ୍ନାର ଦାରୁ ଯେମିତି ତାଙ୍କ ଭିତରକୁ ଚହଲି ଆସୁଛନ୍ତି ! ତାଳୁରୁ ତଳିପା ଯାଏଁ ତାଙ୍କ ଦେହର ଉଦାସୀ ଶିରା ପ୍ରଶିରା ଅପୂର୍ବ ଶିହରଣରେ ଫୁଲି ଉଠୁଛନ୍ତି ଅବା ! ବର୍ଷ ବର୍ଷ ଧରି ବ୍ୟବହାର କରି ଘୋରି ହେଇ ଆସିଥିବା ଅଙ୍ଗ ପ୍ରତ୍ୟଙ୍ଗ ସବୁ ପ୍ରସାରିତ ହେଇ ତାଙ୍କର ସମଗ୍ର ସ୍ଥିତିକୁ ଶିମୁଳି ତୁଳା ପରି ହାଲୁକା କରି ଉଠେଇ ଦଉଛି। ଖାଲି ବେଗ ଓ ବଳରେ

ତାଙ୍କୁ ଜାବୁଡ଼ି ଧରି ପୁଣି ଏକ ବିରାଟ ବିସ୍ମୃତିରେ ଏକାକାର କରି ଦଉଛି । ଆଖି ନାକ କାନ ହାତକୁ ସ୍ତବ୍ଧ ଚକିତ କରିଦେଇ ତାଙ୍କ ଭିତରେ ଚେତନାର ମହାସମୁଦ୍ରଟିଏ ଯେମିତି ଲହଡ଼ି ଭାଙ୍ଗୁଛି ! ଠାକୁର ଘରୁ ଗୋଟେ ପ୍ରକାର ଦମ୍ଭିଲା ପାଦରେ ବାହାରିଲେ ଶଶୀରେଖା । ହଳଦୀ, ଅଗୁରୁ, ଚୁଆ ଚନ୍ଦନର ବାସ୍ନାରେ ମହମହ ବାସୁଛନ୍ତି ସେ ।

ଅବଶପଣ କଟିଯାଇ ସେ ଦିନସାରା ତାଙ୍କ ନିତିଦିନିଆ କାମରେ ଲାଗିଗଲେ । ସ୍ୱାମୀଙ୍କର ପାନ ଭଙ୍ଗା, ନାତି ନାତୁଣୀଙ୍କ ଗାଧୁଆ ପାଧୁଆ, ଲୁଗାପଟା ସାଇତା ପରି ଛୋଟ ଛୋଟ କାମ ସାରି ସବୁଦିନ ପରି ଦୁଇ ବୋହୂଙ୍କ ସାଙ୍ଗରେ ଖାଇ ବସିଲେ । ଆଗ ଦିନର ଘଟଣା ପାଇଁ ଦିହେଁଯାକ ତାଙ୍କ ସାମ୍ନାରେ ସଙ୍କୁଚିତ ହେଇ ପଡୁଥିଲେ । ବଡ଼ ବୋହୂର ଅଣ୍ଟାବିନ୍ଧା କଥା ଆଉ ସାନଟା ବରାଦ ଦେଇଥିବା ଗହଣା ବିଷୟ ପଚାରି ପରିବେଶକୁ ନିଜ ଆଡୁ ସହଜ କରିନେଲେ ସେ । ଛାଇ ଲେଉଟାଣିରେ ବାରିପଟ ବଗିଚାକୁ ଗଲେ । ଗୋଟି ଗୋଟି କରି ପିଜୁଳି, ଆମ୍ବ, ପଣସ, ଡରାଟ, ଗଙ୍ଗଶିଉଳି, ଯାଇ, ଜୁଇ ମଲ୍ଲୀ ସବୁକୁ ନିଖାରି ଚାହୁଁଥିଲେ । ସବୁଠି ତାଙ୍କରି ହାତର ସ୍ପର୍ଶ । ଉପରେ ବଗିଚା ହତା ମାପର ଚିକ୍‌କଣ ନେଳି ଆକାଶ । ତଳେ ବହଳ ସାବୁଜା ଘାସ । ସବୁ କେମିତି ଭରିଲା ପୁରିଲା ଦିଶୁଛି । ଏଇ ସବୁଦିନିଆ ଦୃଶ୍ୟକୁ ଯେମିତି ଆଜି ସେ ନୂଆ କରି ଦେଖୁଛନ୍ତି । ନୂଆ କରି ବୁଝୁଛନ୍ତି ।

“ମାମା, କେତେ ବଡ଼ ପିଜୁଳିଟାଏ ଦେଖ ।” ବଡ଼ ନାତୁଣୀ ପଛରୁ ଚମକାଇ ଦେଇ ଡାକିଲା ।

ସେଦିନ ରାତିରେ ଭିତର ଅଗଣାରେ ଶୋଇଲେ ଶଶୀରେଖା । ତେରଛା ଜହ୍ନ ଆଲୁଅ ତାଙ୍କୁ ଗୋଟାପଣେ ଗାଧୋଇ ଦଉଥାଏ । ଜହ୍ନ ଚାରି କଡ଼େ ଗୋଟିଗୋଟିକା ତାରାର ଆଲୁଅ ତାଙ୍କ ମୁହଁଟାକୁ ଆହୁରି ଉଜଳି ପକାଉଥାଏ । ଆଖି ପତାରେ ଜମି ରହିଥିବା କାହିଁ କେତେ ଦିନର ଅନିଦ୍ରା ତାଙ୍କର ଆଖି ଦିଓଟିକୁ ଭାରି କରିଦେଲା । ତୋଫା ଜହ୍ନ ଆଲୁଅରେ ଭିଜିଭିଜି ଗାଢ଼ ନିଦରେ ଶୋଇଗଲେ ସେ । କଡ଼ ମୋଡୁମୋଡୁ ଜହ୍ନ କାନ୍ଧରେ କାନ୍ଧ ମିଳାଇ ଉଠୁଥିଲେ । କାହା ଛାଇଁରେ ତଉଲି ହେଇ ବଢୁଥିଲେ କେଜାଣି ଜହ୍ନ ଆଲୁଅରେ ଏକବାର ଏକାକାର ହେଇ ପଡୁଥିଲେ । ଆଜି ତାଙ୍କଠି ଖାଲି ଅସରନ୍ତି ବଡ଼ନ୍ତିପଣ ।

ଦୁଇ ଦିନ ଛାଡ଼ି ସୁତପା ଆସିଲା । ଘରକୁ ପଶୁପଶୁ ତାଙ୍କୁ ଜାବୁଡ଼ି ଧରି

ବହେ କାନ୍ଦି ପକାଇଲା । ଟିକିଏ ପରେ ଅଭିଭାବକ ଭଙ୍ଗୀରେ କହିଲା, "ଖାଲି ଦିଅଁ ଦର୍ଶନ କରି ଫେରି ଆସିବା ଅଲଗା କଥା... ଆଉ କେବେ ନ ଫେରିବା କଥା କେମିତି ଭାବି ପାରୁଛୁ ଯେ ।" ଲୁହ ପୋଛୁ ପୋଛୁ ପୁଣି କହିଲା, "ଶେଷରେ ତୁ ଆମକୁ ଛାଡ଼ି..:"

କୌତୁକ କରି ଶଶୀରେଖା କହିଲେ, "ଆଲୋ ତୁ ତ ପୁଣି ଆମର ଏଡ଼େ ଗେଲବସରର ଝିଅ, ତୁ ତ ବାପା ମାଁଙ୍କୁ ଜଗି ରହିଲୁନି । ତୁ କେମିତି ଆମକୁ ଛାଡ଼ି ଆଉ ଗୋଟେ ଘରକୁ ଚାଲିଗଲୁ କହୁନୁ । କିଏ କାହାକୁ ଜଗି ରହେ କିଲୋ ?"

ଏତେ ଦିନ ଧରି ଦିନକ ପାଇଁ ଘର ଛାଡ଼ି ନ ଥିବା ଲୋକଟା କେମିତି ବାହାରେ ବିନା କାରଣରେ ରହି ପାରିବ ଯେ । ବୁଲାବୁଲି କରି ନିଶ୍ଚେ ଫେରି ଆସିବ । ଏଇ ଭାବନା ସହିତ ଟିକିଏ ବିରକ୍ତ ହେଇ ସୁତପା କହିଲା, "ଆଚ୍ଛା ମା, ତୋର କଣଟା ଅଭାବ ଯେ । ବାପାଙ୍କର ଏତେ ଅଛି ଯେ ଜୀବନ ସାରା ପୁଅମାନଙ୍କୁ ହାତ ପତାଇବାକୁ ପଡ଼ିବନି । ଯାଉନୁ ବାପାଙ୍କ ସାଙ୍ଗରେ ଫାଷ୍ଟ କ୍ଲାସ ଏ.ସି.ରେ ସବୁ ଆଡ଼େ ବୁଲି ଆସିବୁ । ସେ ବାରଆଡ଼ ଲୋକ ଗହଳିରେ ଖେଞ୍ଚା ଖେଞ୍ଚି ହେଇ ତତେ କେମିତି ମନ ହଉଛି କେଜାଣି । ତାଛଡ଼ା ଲୋକେ କଣ ଭାବିବେ ?.."

ଝିଅକୁ କଣ ଉତ୍ତର ଦେବେ ଭାବି କଥା ଆଡ଼େଇ ପିଲାଙ୍କ ପଢ଼ାଶୁଣା କଥା ପଚାରିଲେ । କଣ ବା କହିବାର ଥିଲା । ସମୟ ଆସିଲେ ସେ ବଳେ ବୁଝିବ । ବୋହୁମାନେ ବି ବୁଝିବେ ଯେ ସ୍ତ୍ରୀ ଜୀବନରେ ଗୋଟିଏ ସମୟରେ ବିଶ୍ରାମ ହିଁ ଖାଲି ଦରକାର । ଏ ବିଶ୍ରାମର ଅର୍ଥ କେହି କାହାକୁ ବୁଝାଇ ପାରିବ ନାଇଁ । ଯିଏ ଯେଉଁଠି ଯେମିତି ଭାବରେ ଥିଲେ ହେଁ ସ୍ତ୍ରୀ ଜୀବନ ଯେମିତି ଖାଲି ଉଜୁଡ଼ି ଯିବାକୁ । ଯ୍ୟର ନୀରବ ପ୍ରତିବାଦରେ ନା କଣ ଶଶୀରେଖାଙ୍କ ଉଜ୍ଜ୍ୱଳ ମୁହଁରୁ ତଥାପି ଦୀର୍ଘଶ୍ୱାସଟିଏ ବାହାରି ପଡ଼ିଲା । ତେବେ କିଏ କେମିତି ଆଉ କେତେ ଦୂର ଯାଏଁ ମଳି ହେଇଛି, କେତେ ଦଳି ଚକଟି ହେଇ ମାଟିରେ ମିଶିଛି ବା କାଛରେ ପିଠିକୁ ଡ଼ିରା ଦେଇ ମୁହଁ ସଳଖି ଠିଆ ହେଇଛି, ସେକଥା ଖାଲି ନିଜେ ମାନେ ହିଁ ଜାଣିବେ । ସଭିଙ୍କ ଉଜୁଡ଼ା କ୍ଷେତର କାହାଣୀ ଅନ୍ୟଠାରୁ ଅଲଗା । ତେବେ ଏତିକି ବୁଝନ୍ତି ଯେ ଗୋଟେ ମୁହୂର୍ତ୍ତରେ ବିଶ୍ରାମ ପାଇଁ ସମସ୍ତେ ମେଲା ଆକାଶକୁ ଚାହିଁ ରହନ୍ତି । ଗୋଟେ ସମୟରେ ଏକାକୀ ହେଇ ରହିବାଟା

କେତେ ଦରକାର ସେ କଥା ଖାଲି ସେଇ ଜାଗାର ସ୍ତ୍ରୀ ଲୋକ ହିଁ ବୁଝି ପାରିବ। ଶଶୀରେଖା ନିଶ୍ଚିତ ଯେ ଏମିତି ବେଳାଟିଏ ଏମାନଙ୍କ ପାଇଁ ନିଶ୍ଚେ ଆସିବ। ଆଉ ଯଦି ନ ଆସେ ? ଆରମ୍ଭରୁ ଶେଷ ଯାଏଁ ଯଦି ଜୀବନଟା ତାଙ୍କ ପାଇଁ କୁଳୁକୁଳୁ ଝରଣା ହେଇ ବହିଯିବ ? ତାହେଲେ ସେ ଜାଣିବେ ଯେ ଏମାନେ ଏଠି ସ୍ତ୍ରୀ ଜନମ ଜିଇଁ ନାହାନ୍ତି।

ତେବେ ଆଉ କାହାର ବିଶ୍ରାମ କି ବିରାମ ପାଇଁ ସେ ଏତେଟା ଭାବୁ ନ ଥିଲେ। ବରଂ ସେ ହାତ ପାହାନ୍ତାର ବିଶ୍ରାମ ଅପେକ୍ଷାରେ ବେଶ୍ ଉଚ୍ଛାଟିତ ହେଇ ପଡୁଥିଲେ। ଥକା ଦେହ ଉପରେ ପ୍ରଶାନ୍ତିର ପ୍ରଲେପ ବୋଳି ଦେଇ ସେ ଖାଲି ଶୋଇଯିବେ ଜହ୍ନ ରାତିରେ ହଜିଯିବା ଯାଏଁ। ନିଜେ ନିଜକୁ ଫେରି ପାଇବାର ନିଶାରେ ଲୋଟିଯିବା ଯାଏଁ।

ସୁତପା ଦୁଇ ଦିନ ରହି ଚାଲିଯିବା ପରେ ତାଙ୍କର ଯିବାଟା ଗୋଟେ ପ୍ରକାର ନିଶ୍ଚିତ ହେଇଗଲା। ବୋହୂ ନାତି ନାତୁଣୀ ବାଟ ମୁହଁରେ ତାଙ୍କୁ ବିଦା କଲେ। ପିଲାମାନେ ତାଙ୍କ ପାଇଁ ବରାଦ ଜିନିଷର ତାଲିକାଟା ତାଙ୍କୁ ଧରେଇଦେଲେ। ତାଲିକା ନୁହେଁ ଯେ ସେ ପୁନର୍ବାର ଫେରିଆସିବେ ବୋଲି ଘର ଲୋକମାନଙ୍କର ବୃଥା ଆସ୍ଫାଳନର ଚିଠାଟିଏ-ଶଶୀରେଖା ମନେମନେ ଟିକେ ହସିଲେ।

ରବିବାର ସକାଳେ ବସ୍‌ରେ ବସେଇ ଦଉଦଉ ଗତିକୃଷ୍ଣ କହିଲେ- "ଦେହ ପା ଜଗିବ।"

ଟିକିଏ ପରେ କଣ ଟିକିଏ କହିବାର ଅଭାବରେ ନା କଣ ସୁବାସ ଓ ସୁରଞ୍ଜନ ବି ଏକାସାଙ୍ଗରେ କହିଲେ- "ଦେହ ଖରାପ ହେଲେ, ସାଙ୍ଗେ ସାଙ୍ଗେ ଫୋନ୍ କରିବୁ।" ଖୋଲା ହସଟିଏ ହସୁହସୁ ଶଶୀରେଖା ଭାବିଲେ- ସତକଥା, ଦେହଟା ଏଥର ତାଙ୍କ ନିଜର। ସୁବାସ ସୁରଞ୍ଜନ ମଥାକୁ ଆଉଁସି ସେ ବସ୍ ଉପରକୁ ଉଠିଲେ।

ଯାତ୍ରୀମାନଙ୍କ ହୋ ହଲ୍ଲା ଭିତରେ ବସ୍ ଛାଡ଼ିଲା। ଶଶୀରେଖା କାଚ ଫିଟେଇ ଏଇ ମାତ୍ର ଖୋଲିଥିବା କଅଁଳ ସକାଳକୁ ଚାହିଁଲେ। ସକାଳୁଆ ପବନ ମଞ୍ଜକୁ ଗୋଟାପଣେ ଶିରିଶୋରେଇ ଦଉଛି। ତାଙ୍କୁ ଯେମିତି ଚେତେଇ ଦଉଛି। ଶଶୀରେଖା ଆଗକୁ ଚାହିଁଲେ।

■

ବନ ମହୋତ୍ସବ

ସଦାନନ୍ଦ ବାବୁଙ୍କ ସେଇ ଗୋଟିଏ ଜିଦ୍ - ବରଗଛଟା ଜମାରୁ କଟା ହେଇ ପାରିବନି । ସେଥିରେ ଯଦି ଏ ଗାଁର ଉନ୍ନତିର ବାନାଟା ଏକବାର ଖସିପଡୁଛି, ତାହେଲେ ଖସିପଡୁ । କିଂତୁ ସେ ଏଥିରେ ନଛୋଡ଼ ବନ୍ଧା, ସେଥିପାଇଁ କେତେ ମିଟିଂ କରୁଛନ୍ତି କରନ୍ତୁ । ସେ ତାର ଠିକଣା ଜବାବ ଦେବେ ଯେ ।

ଜଣେ ଦିଜଣ ବନ ବିଭାଗ କର୍ମଚାରୀ ଆସି ବେଶ୍ ନମ୍ରତାର ସହିତ ବୁଝେଇଗଲେ, "ବୁଝିଲେ ମଉସା, ଏଇଟା ବା କି କଥାଟିଏ କହିଲେ ? ଗଛଟା ଅବାଗିଆ ଜାଗାରେ ଅଛି ବୋଲି ସିନା କଥା ପଡୁଛି । ଆଉ ଚାରି ଛ'ଦିନ ପରେ ମନ୍ତ୍ରୀ ଆସିବେ, ଗଣ୍ୟମାନ୍ୟ ନେତା ଆଉ ଅଫିସର ଆସିବେ । ବୃକ୍ଷ ରୋପଣ ଦିବସ ପାଳନ କରାଯିବ । ସେସବୁ କାମ ତ ପୁଣି ଠିକ୍‌ରେ ହେବା ଦରକାର । ରାସ୍ତାଟା ପ୍ଲେନ୍ କରାଗଲେ ଦି କଡ଼ରେ ଗଛ ଲଗା ହେବ । ତାପରେ ସେମିତି କିଛି ପ୍ରଡ଼କ୍‌ଟିଭ୍... ମାନେ ମୂଲ୍ୟବାନ ଗଛ ବି ତ ନୁହଁ । ଏଇଟା ଗାଡ଼ି ମଟର ଯୁଗ ହେଲା ମଉସା କୋଉ ବାଟୋଇ ଆଉ ଛାଇ ଦରକାର କରୁଛି ଯେ, ଆପଣ ହେଲେ କହୁନାହାନ୍ତି... ଆପଣ ଆଗ କାଳର ଶିକ୍ଷିତ ଲୋକ, ଏଇ କଥାଟିକୁ ଆଉ କଣ ବୁଝେଇବାକୁ ପଡ଼ିବ... ଆଛା, ମଉସା ନମସ୍କାର ।"

ଇଏ ସତ୍ୟପ୍ରକାଶର ମନ କଥା। ସତ୍ୟପ୍ରକାଶ- ତାଙ୍କର ବଡ଼ ପୁଅ- ପଇଁଚାଳିଶ ବର୍ଷର ବାଧ୍ୟ ସନ୍ତାନ। ବାପ ସାମ୍ନାରେ ମୁହଁ ଖୋଲେ ନାହିଁ। ତେଣୁ ଅନ୍ୟମାନଙ୍କ ଜରିଆରେ କଥା କୁହେଇ ନିଏ। କଥାଟା ତାହେଲେ ଏମାନଙ୍କୁ ସାଧାରଣ ଜଣା ପଡୁଛି। ଫଳ ଦେଇ ପାରିଲାନି ବୋଲି ତାର ମୂଲ୍ୟ କମିଗଲା। କି କଥା କହୁଛନ୍ତି ଏମାନେ... ଆରେ ଗଛଟା ତ ଫେର୍ ଗଛ ନା।

"ଜୁହାର୍ ଆଜ୍ଞା..." ଧାନୁଆ କୁମ୍ଭାର ଭାରରେ ମାଟି ହାଣ୍ଡି ନେଇ ହାଟକୁ ଯାଉଛି।

ସରସ୍ୱତୀ ଗଲା ଦିନଠୁ ଏ ଘରେ ଆଉ ମାଟି ହାଣ୍ଡି ଦରକାର ହଉନି।

ଏମିତି ମଝିରେ ମଝିରେ ଧାନୁଆ କୁମ୍ଭାର ଆସି ହାଣ୍ଡି ଦେଇଯାଏ। ହାଣ୍ଡିଶାଳ ପାଇଁ ରଖି ଦେଲା ପରେ ମଝିଲା ହାଣ୍ଡି ଦୁଇଟା ବାଛି କରି ରଖନ୍ତି ସରସ୍ୱତୀ। ଗୋଟିକରେ ବର, ଆଉ ଗୋଟିକରେ ଅଶ୍ୱତଥ୍ ଲଗେଇ ତୁଳସୀ ଚଉରା କଡ଼କୁ ରଖନ୍ତି। କେତେ ଆଗରୁ ଗଛ ଦିଟା ପାଇଁ ପିଲାଙ୍କ ପରି ଅଝଟିଆ ହେଇ ପଡ଼ନ୍ତି ସଦାନନ୍ଦଙ୍କ ପାଖରେ। କେମିତି ତାଙ୍କର କୌଣସି କଥାକୁ ସେ ଆଉ ହେତୁ କରୁ ନାହାନ୍ତି ସେଇ କଥା ସଭିଙ୍କ ଆଗରେ ସଞ୍ଜ ସକାଳେ ବାରମ୍ବାର ବଖାଣିବେ।

- "ଆରେ ସଦା, ବୋହୂ ତତେ କଣ ଗହଣାଗାଣ୍ଠି ପାଇଁ କହୁଛି ? ଗଛ ଦି'ଟା ପାଇଁ କେତେ ଦିନରୁ କହୁଛି ଯେ କେତେ ହଁ ନାହିଁ ହଉଛୁ ବା। ସେଉଟା ପାଇଁ ତତେ ଭଲା ସମୟ ଅଣ୍ଟୁନି।" ସଦାନନ୍ଦଙ୍କ ମାଁ ତାଗିଦ୍ କରି କହନ୍ତି। ସରସ୍ୱତୀଙ୍କୁ ଚାହିଁ ପରିତୃପ୍ତିର ହସ ହସନ୍ତି।

ବଡ଼ ତମ୍ବା ଢ଼ାଳଟାର ପାଣି ଏଥର ଦି ଭାଗ ହୁଏ। ଅଧା ତୁଳସୀ ଚଉରାରେ ଆଉ ଅଧକ ବର ଓ ଅଶ୍ୱତ୍ଥ ହାଣ୍ଡିରେ। ଦିନ ଆଠଟା ଭିତରେ ଚନ୍ଦନ ସିନ୍ଦୁର ଛିଟାରେ ଗଛ ଦିଟା ଗୋଟାପଣେ ଗାଧେଇ ପଡ଼ନ୍ତି।

"ବୁଝିଲୁ ମା, ମୋ ପୁଅ ଝିଅ ବି ତୋ ବୋହୂଠୁ ଏତେ ଯତ୍ନ ପାଇବେନି।" ସଦାନନ୍ଦ ମୃଦୁ ପରିହାସରେ କହନ୍ତି। ସରସ୍ୱତୀ ଲାଜେଇ ଯାଇ ଥିର୍‌କିନା ରନ୍ଧାଘର ଭିତରକୁ ପଶିଯାନ୍ତି।

ଗଛ ଦିଇଟା ଟିକିଏ ବଢ଼ିଗଲେ ଶାଶୁଙ୍କ ପାଦ ମୋଡ଼ି ଦଉଦଉ ସରସ୍ୱତୀ ପୁଣି ଅଭିଯୋଗ ଆରମ୍ଭ କରନ୍ତି। ସଦାନନ୍ଦ କିପରି ତାଙ୍କର ସବୁ କଥାକୁ ଭୁଲି

ଯାଉଛନ୍ତି। ଗଛ ଦିଟାକୁ ଦୀଘି କୂଳରେ ପୋତି ଦେବାକୁ ଏତେ ଥର କହିଲା ପରେ ବି ସବୁ ଥର କେମିତି ଟାଳି ଦଉଛନ୍ତି। ଗଛ ଦିଟାର ଚେର ହାଣ୍ଡି ଫଟେଇ ବାହାରି ଆସିଲେଣି। ଆଉ କେତୁଟା ଦିନ ପରେ ବଡ଼ ଗଛ ଆଉ ନୂଆ ମାଟିରେ ଉଧେଇ ପାରିବନି। ଦୀଘି କୂଳରେ ନ ପୋତିଲେ ଖରାଦିନ ପାଣି ପାଇବନି। ଗାଁ ମାଇପେ ପାଣି ଢ଼ାଳଟିଏ ଦେଇ ନିତି ଦଣ୍ଡବତ ପକେଇବେ। ଏମିତି ଆହୁରି ଅନେକ। ସଦାନନ୍ଦଙ୍କ ମାଁ ପୁଣି ତାଗିଦ୍ କରନ୍ତି।

ଗଛ ଦୁଇଟା ନେବା ଆଗରୁ ସରସ୍ୱତୀ ଗୋଟିଏ କଥା ଦୋହରାଇ କହୁଥାନ୍ତି- "ଦେଖ ଦୁଇଟା ଯାକ ଗଛ ପାଖେ ପାଖେ ଲଗେଇବ। ଅଲଗା କରିବନି। ପାଖେ ପାଖେ...।"

ସରସ୍ୱତୀଙ୍କ ମୁହଁରୁ କଥା ଛଡ଼େଇ ଦେଇ ସଦାନନ୍ଦ କହନ୍ତି- "ଆରେ ବାବା ହେଲା... ଅଲଗା କରିବନି। ଗୋଟେ ତ ମୁଁ ଆଉ ଗୋଟେ ତମେ।"

ସରସ୍ୱତୀ ଲାଜେଇ ଯାନ୍ତି।

କେତେଦିନ ପରେ ପୁଣି ସେଇ ମାଟି ହାଣ୍ଡି- ସରସ୍ୱତୀଙ୍କ ଅଭିଯୋଗ- ଶାଶୁଙ୍କ ତାଗିଦ୍-ବର ଅଶ୍ୱତ୍ଥ- ସଦାନନ୍ଦଙ୍କ ପରିହାସ- ସରସ୍ୱତୀଙ୍କ ଲାଜ- ପୁଣି ସେଇ ପୁନରାବୃତ୍ତି। ପୁନଶ୍ଚ ମହୋତ୍ସବ।

ଗାଁ ମୁଣ୍ଡ ପାଦ ଚଲା ରାସ୍ତା, ଦୀଘି କୂଳ ବାଟ, ବନ୍ଧବାଡ଼, ମେଳଣ ପଡ଼ିଆ, ସବୁଠି ବର ଗଛର ଛାଇ-ସରସ୍ୱତୀଙ୍କ ଲମ୍ବା ପଣତ କାନିର ଆଡୁଆଳ ପରି। ଚଞ୍ଚଳ ଚୂଲ୍‌ବୁଲି ଓସ୍ତ ପତ୍ରର ରୋଷଣୀ-କର୍ମ ମୁଖର। ସରସ୍ୱତୀଙ୍କ ଚଞ୍ଚଳ ପାହୁଣ୍ଡ ପରି।

"ବାବା ଆଜି ଗାଧେଇ ଯିବନି କି"- ବଡ଼ ନାତୁଣୀ ମିଲି ତେଲ ଡବାଟା ଆଣି ଥୋଇ ଦେଲା। ତା ଯିବା ବାଟକୁ ଅନେଇ ରହିଲେ ସଦାନନ୍ଦ। ଝିଅଟା ଅବିକଳ ତା' ବୁଢ଼ୀମା ପରିକା। ସେଇ ସ୍ଫୁର୍ତ୍ତି, ସେମିତି ତରଂ ତରଂ ପାହୁଣ୍ଡ। ମଥା ଉପରେ ଝା-ଁରି ବାଳ କେରାକ ଆଖି ଉପରକୁ ମାଡ଼ି ଆସୁଛି। ବାଳ କେରାଟାକୁ ସରସ୍ୱତୀ ବେଶ୍ ସନ୍ତର୍ପଣରେ ଓଢ଼ଣା ତଳେ ମୋଡ଼ି ରଖି ଦଉଥିଲେ। ସରସ୍ୱତୀ ଚାଲି ଆସିଲେ କି ଆଉ ଥରେ ! ସଦାନନ୍ଦ ନିଜକୁ ପଚାରନ୍ତି।

ତେଲ ଡବାଟା ଖୋଲି ଆଙ୍ଗୁଠିରେ ତେଲ କାଢ଼ିଲେ ସଦାନନ୍ଦ।

"ଓହୋ ବାବା, ତମ ମୁଣ୍ଡ ବାଳ ମୁଁ ଆରାମରେ ଆଙ୍ଗୁଠିରେ ଗଣି ଦେଇ

ପାରିବି, ବୁଝିଲନା । ସେଇଟାକୁ ଘଣ୍ଟାଏ ହେଲା ତେଲ ଲଗଉଛ, ଯେମିତିକି ବୋଝେ ବାଳ ।" ନାତୁଣୀ ହସି ହସି କହିଲା ।

"ସତୁ ଭାଇ ଘରେ ଅଛ... ଆରେ ମିଲି, ଗଲୁ ତୋ ବାପାକୁ ଟିକେ ଡାକି ଦବୁଟି ।" ପଧାନଘର ବଡ ପୁଅ ହୁରୁଷିଆ ଦାଣ୍ଡ ଘରୁ ବଡ଼ ପାଟିରେ ଡାକି ଡାକି ଘର ଭିତରକୁ ପଶି ଆସିଲା ।

"ଆରେ ବଡ଼'ପା କି... ଗାଧେଇ ଯିବାକୁ ବାହାରିଲଣି... ଆଛା ବଡ଼'ପା ଆଜି ମାଉସୀ ମା' ଦେଉଳ ଚଉତରାରେ ମିଟିଂ ଅଛି । ତମେ ଏମିତି ଅଡ଼ି ବସିଲେ ଚଳିବ କି କହୁନ । ଶୁଣଲଣି ନା ବଡ଼ ବାପା, ସତ୍ୟଭାମାପୁର ନେହେରୁ ଯୁବକ ସଂଘ ବାଲା ଏଇ ଗଲା ସୋମବାରଠୁ ବୃକ୍ଷ ରୋପଣ ସପ୍ତାହ ପାଳନ କରୁଛନ୍ତି । ପନ୍ଦର କୋଡ଼ିଏ ହଜାର ଚାରା ପୋତି ସାରିଲେଣି । କୁଞ୍ଜ ସାହୁ ଏମ୍.ଏଲ୍.ଏ ପରା ଆହୁରି ଗ୍ରାଣ୍ଟ୍ ଦେବ ବୋଲି କହିକି ଯାଇଛି । ମତେ ତ ସନ୍ଦେହ ଲାଗିଲାଣି ଏଥର ସରପଞ୍ଚ ସିଟ୍‌ଟା ସେଇ ସେକ୍ରେଟାରୀ-ଏଇ ଭଜ ପାତ୍ର ପୁଅ ଶଙ୍କରା କାଳେ ମାରିନବ ବୋଲି । ଆଉ ଏଇଟା ତ କ-ିଟେଟିଭ୍ ଯୁଗ ବୁଝିଲ ନା, ତାଙ୍କଠୁ ଯଦି ଆମର ବଳି ନ ଗଲା ତାହେଲେ ଆଉ କଣ, ଏସବୁ ପାଇଁ ତ ସଭିଙ୍କ ସହଯୋଗ ଦରକାର ..ହଉ, ସତୁ ଭାଇ ଆସିଲେ କହିଦବ ।"

ସଦାନନ୍ଦ ବାଡ଼ି ଧରି ଉଠିଲେ । ଗେରୁଆ ରଙ୍ଗର ପତଳା ଗାମୁଛାଟା କାନ୍ଧରେ ପକାଇଲେ । ଗାଁ ଦାଣ୍ଡରେ ପାଦ ପକାଇଲେ ସଦାନନ୍ଦ- ବେଶ୍ ସନ୍ତର୍ପଣରେ ଆଗକୁ ପାଦ କାଢ଼ିଲେ, ଯେମିତି ସେ ପାହୁଣ୍ଡ ଗଣୁଛନ୍ତି । ସଦାନନ୍ଦଙ୍କ ତେଲ ଚିକିଟା ପାଦ ଚାରିପଟେ ଦାଣ୍ଡର ଧୂଳି ପରସ୍ତେ ଜମି ଗଲାଣି । ନୂଆବୋହୁର ଅଳତାମଖା ପାଦରେ ଗାଁ ଦାଣ୍ଡ ଧୂଳି ଜମିଗଲେ ଯେମିତି ଯେ ତରକି ଅନାଏ ପାଦକୁ- ସଦାନନ୍ଦ ସେମିତି ମଝିରେ ମଝିରେ ପାଦକୁ ଅନେଇ ଛାଟୁଛନ୍ତି । ହେଇ, ଦୀଘୀ କୂଳ ରାସ୍ତା ଆସିଲାଣି । ବର ଗଛର ଅଗୀ ପତ୍ର ଏଇଠୁ ଦିଶୁଛି । ଛୁଇଁଲେ ନରମ ଲାଗେ । ସରସ୍ୱତୀଙ୍କ ନରମ ହାତର ସ୍ପର୍ଶ ପରି ।

ବର ଗଛକୁ ଥକା ହେଇ ଅନେଇଲେ ସଦାନନ୍ଦ । ଘନ ତିଆଡ଼ିର ସ୍ତ୍ରୀ ପାଣି ଡାଳି ଦଣ୍ଡବତ ହେଉଛି । ଓଦା ଲୁଗା ଧଡ଼ିରେ ଧୂଳି ଲାଗି ସଡ୍‌ସଡ୍ ହେଉଛି । ସିଆଡକୁ ନଜର ନାହିଁ । ତରତର ହେଇ ପାହୁଣ୍ଡ ପକେଇ

ଚାଲିଗଲା । କଣ ମନାସିଥିବ ଅବା । ସରସ୍ୱତୀଙ୍କ ପରି ଗୁଣୁଗୁଣୁ ହେଇ କହିଥିବ କି- "ମତେ ଅହ୍ୟ ସୁଲକ୍ଷଣୀ କରି ନେଇଯା... ।"

ଖରାଟା ଦିହକୁ ବାଧିଲାଣି ଏଥର । ବାଁ ଗୋଡ଼ଟାକୁ ଲମ୍ବେଇ ଗଛ ମୂଳରେ ବସି ପଡ଼ିଲେ ସଦାନନ୍ଦ । ପତ୍ରଗୁଡ଼ା ମୁକୁଟ ପରି ଦେଖାଯାଉଛି । ପିଟି ହେଇ ପବନ ଆସୁଛି-ସରସ୍ୱତୀଙ୍କ ହାତ ତିଆରି ପଙ୍ଖା ପରି । ଚାରି ପଟେ ଜଡ଼େଇ ଧରୁଛି ସଦାନନ୍ଦଙ୍କ ଶିଥିଳ ଚମକୁ । ବର ଗଛର ପଛ ପଟ ମାଟି କୁଦକୁ ଅନେଇଲେ ସଦାନନ୍ଦ । କେମିତି ଫାଙ୍କା ଫାଙ୍କା ଲାଗୁଛି । ସରସ୍ୱତୀ ଥିଲେ ତାଙ୍କ ସାଥିରେ ବହେ କଳି କରିଥାନ୍ତେ । ଦୋହରାଇ ଦୋହରାଇ କହିଥାନ୍ତେ- "ତମରି ଯୋଗୁ ଗଛଟି ମଲା । କେଉଁଟାଏ ହେଇ ବଢ଼ିଗଲା ଗଛଟା । କାମ ବାହାନାରେ ତମେ ପୋତି ପାରିଲନି । ନୂଆଁ ମାଟିରେ ଉଧେଇ ପାରିଲାନି... ।" ଏମିତି ଆହୁରି କେତେ କାରଣ ବାଢ଼ିଥାନ୍ତେ । ଗଛଟା ତ ମରିଗଲା । ତାର କାରଣ ବା କଣ ହେଇପାରେ । ଅର୍ଥ ବି କଣ ହେଇପାରେ । ରୋଗ, ଦୁଃଖ, ଅବହେଳା- ଯିବାର କଣ କାରଣ ହେଇପାରେ କେବେ । ଗଛଟା ଗଲା । ସଦାନନ୍ଦ ଏତିକି ଜାଣନ୍ତି । ଆଉ ଜାଣନ୍ତି ତାଙ୍କ ଛାତି ତଳର ଶୂନ୍ୟତାକୁ ।

ଓସ୍ତ ପତ୍ରଟିଏ ଘରକୁ ଆଣିଲେ ସଦାନନ୍ଦଙ୍କ ମାଁ ସଭିଙ୍କୁ ବହେ ଶୋଧି ଯାନ୍ତି । ଓସ୍ତ ଗଛରେ ଅଲକ୍ଷ୍ମୀ ରହେ । ସେଇ ପତ୍ର ଛିଣ୍ଡେଇ ଘରକୁ ଆଣିଲେ ଘରେ ଶାଶୁ ବୋହୁ କଳି ହୁଏ । ଘର ଲକ୍ଷ୍ମୀଛଡ଼ା ହୁଏ । "ଯେତେ ନିଉଚ୍ଛୁଣା କାମ ୟା ଆଖିକି ଦେଖାଯାଏ", ସଦାନନ୍ଦଙ୍କ ଉପରକୁ ଚିଡ଼ି ଉଠି କହନ୍ତି । "ଶିଳରୁ ଶିଳପୁଆ, ବର ଆଉ ଓସ୍ତ କେହି ଅଲଗା କରେନି, ୟେ ଭାରି ଅଶୁଭ କଥା । ସେମାନେ ପରା ସବୁ ଦିନେ ଦିହେଁ ଦିହିଁକା"- ସରସ୍ୱତୀ ହସି କହନ୍ତି ।

ସରସ୍ୱତୀ ଦିନେ ଅଲଗା ହେଲେ । ତାର କାରଣ କି ଅର୍ଥ ଖୋଜି ନ ଥିଲେ ସଦାନନ୍ଦ ।

ନଟିଆ କେଉଟର ହିଡ଼ ଉପରେ ବାଉଁଶ ବୁଦାଟା ମେଣ୍ଟେଇ ଧରିଲାଣି । ଗୋଟାକ ଉପରେ ଗୋଟାଏ ଛନ୍ଦି ହେଇ ବଢୁଛି । ସାଇଁସାଇଁ ଡାକୁଛି । ପବନରେ ଲହଡ଼ି ଭାଙ୍ଗୁଛି । ଛନ୍ଦି ହେଇ ରହିଲେ ସହଯୋଗ ଆପେ ଆସିଯିବ । ବଢ଼ିବା ପାଇଁ କଣ ଏ ଧାଁ ଧଉଡ଼ ନିହାତି ଦରକାର- ସଦାନନ୍ଦ ଭାବିଲେ ।

ଗଙ୍ଗେ ଚ ଯମୁନା ଶ୍ଚୈବ ନର୍ମଦେ ସିନ୍ଧୁ....

ସଦାନନ୍ଦ ବୁଡ଼ ପକାଇଲେ ।

ଖରା ଟିକିଏ ଟାଣ ହେଇ ଆସିଲାଣି । ହେଲେ ବି ବନ୍ଧମୂଳ ଗଛରେ ପବନଟା ଟିକେ ଶୀତୁଆ ଲାଗୁଛି ।

"ଜୁହାର୍ ଆଜ୍ଞା... ଏଇ ଯାଇଥିଲି ସମୁଦିଘର ଗାଁ ଗୋଟେ ଶୁଦ୍ଧି ଘରକୁ..."

ସଦାନନ୍ଦ ହାତ ଟେକିବା ଆଗରୁ ନିତ ଭଣ୍ଡାରୀ ଆରମ୍ଭ କରି ଦେଇଥିଲା- "ଏଇ ସାନ ପୁଅଟା କାଲି ରାତିରେ କହୁଥିଲା ଯେ- ଏଇ ମିଟିଂ କଥା । ଯେ୍ ଗାଁଟା ନାଶ ହେଇ ଗଲାଣି । ଦିନ ରାତି ଖାଲି ମିଟିଂ ଚାଲିଛି । କିଏ ବନ୍ଧ ହାଣିଲା ମିଟିଂ ତ କିଏ ଡାଳ ହାଣିଲା ମିଟିଂ । ଅଫିସର୍ ଆସିଲା ମିଟିଂ, ମେଳା ହେଲା ମିଟିଂ, କିଏ କାଶିଲା, କିଏ ରୁଷିଲା ସବୁଥେରେ ଯେ୍ ଟୋକାଏ ଗୋଟେ ନାଟ ଲଗେଇଛନ୍ତି । ଆଜିକାଲି ମାନ୍ତା ମୁଣ୍ଡକୁ ମାନ କାହିଁ ? ଯେ୍ କଳି କାଳ । ଏଇ ତମ ଘର କଥା ଦେଖ । ବର ଗଛଟା ପାଇଁ ବାପ ପୁଅଙ୍କ ମନ ଫଟାଫଟି । ଘରେ ହେଉ କି ବାହାରେ ହେଉ- ପାଚିଲା ମୁଣ୍ଡ ସବୁରି ବୋଝ । ଆଉ ଗୋଟେ କଥା ଆଜି ସମୁଦିଘର ଗାଁରୁ ଶୁଣିକି ଆଇଲି । ଏଇ କୁସୁମୀପଦର ଗାଁ କଥା । କଲବ ଘର ପିଲାଏ ଚାରା କହି ତୁଛା ଡାଳ ତକ ପୋତି ପକାଇଲେ । ମନ୍ତ୍ରୀଙ୍କି ଦେଖେଇ କାମ ଫତେ... ପଞ୍ଚା'ତ ସେକେଷ୍ଟେରୀ ସବୁ ବାଟ ମାରଣାରେ..."

"ଆହେ ଦାସ, କେଡ଼େ ପାହୁଣ୍ଡ ପକେଇ ଚାଲିଛ କିହୋ । ରୁହ ରୁହ ଦଣ୍ଡେ । ତୁ କୁଆଡ଼େରେ ବାରିକପୁଅ ।"

ପଛରୁ ସନାତନ ରଥ ଡାକିଲେ । ରଥେ ସଦାନନ୍ଦଙ୍କ ସମବୟସ୍କ । ଗାଧୁଆ ତୁଠରେ ପ୍ରାୟ୍ ଭେଟ ପଡ଼ନ୍ତି ଦୁହେଁ ।

"ଏଇ ଯାଇଥିଲି ସମୁଦିଘର... ଆଜ୍ଞାଙ୍କୁ କହୁଥିଲି ଏଇ ଆମ ଭେଣ୍ଟିଆଙ୍କ ଗଛ ଲଗା ମଉଛବ କଥା.. ହଉ ମୁଁ ଯାଏ ଏଥର ।"

ତା ଯିବା ବାଟକୁ ଘଡ଼ିଏ କାଳ ଅନେଇ ରହିଲେ ସଦାନନ୍ଦ ।

କଥାଟାକୁ ହଠାତ୍ ବୁଝିଗଲା ପରି ରଥେ କହିଲେ, ହଇହୋ ଦାସେ, ତମେ କଥାଟାକୁ ବୁଝୁନ କିଆଁ ? ଆରେ ବାବା, ଆଉ କଣ ଆମ ଯୁଗ ଅଛି । ଦେଖିଲଟି, ଏ ବାରିକ ପୁଅ କେତେ ବଡ଼ିବଡ଼ି କଥା କହୁଛି । ଏଇ କାଲିକା କଥା, ଆମ ଆଗରେ ମୁହଁ ସିଧା କରି ଛିଡ଼ା ହେଇ ପାରୁ ନ ଥିଲା । ଆଜି ମୁରବି

ପଣିଆଁରେ କଥା ଭଣୁଛି। ଆଉ ତା ପୁଅ ପରା ଏବେ ଗାଁର ଗୋଟେ ବଡ଼ ନେତା। ଶେୟଃ... କଥାରେ କହନ୍ତିନି ଫାଟ ଦେଖି ପାଣି ଗଳେ। ତମେ ଆଉ ଏମିତି କଥାରେ ଅଡ଼ି ବସ ନାଇଁ ଦାସେ। ନ ହେଲେ ଏଇ ଛୋଟ ଲୋକଙ୍କ ମୁହଁ ବଢ଼ିବ।

"ଏଥର ପହିଲି ବର୍ଷାଟା ଆସୁ ଆସୁ ଡେରି ହେବ ନା କଣ"- ସଦାନନ୍ଦ କହିଲେ।

ଆଗକୁ ପାଦ ବଢ଼ାଇଲେ ସଦାନନ୍ଦ।

ମେଲଣ ପଡ଼ିଆ ଝା-ରି ଓସ୍ତ ଗଛଟା ଏଇଠୁ ଦିଶୁଛି। ଓସ୍ତ ଗଛରେ ଏତେ ଛାଇ ଆଉ କେହି କୋଉଠି ଦେଖି ନାହାନ୍ତି- ଗାଁର ପୁରୁଖା ଲୋକେ କହନ୍ତି। ଦୀଘୀ କୂଳ ରାସ୍ତାର ଗଛଟା ସବୁଠୁ ଅଲଗା- ପହିଲି ବର୍ଷା ପାଣିରେ ଓଦା ମାଟି ଗନ୍ଧ ଯେମିତି- ପହିଲି ଛୁଆର ହସ କାନ୍ଦର ଅର୍ଥ ଯେମିତି ଅଲଗା। ସରସ୍ୱତୀଙ୍କ ପହିଲି ସ୍ପର୍ଶ-ନେସି ହେଇଯାଇଛି ପହିଲି ଅନୁଭୂତି। କାହିଁକି ସେମିତି ହୁଏ ସଦାନନ୍ଦ କେବେ କାରଣ ଖୋଜି ନାହାନ୍ତି।

ଦୀପଂ ଜ୍ୟୋତି ପରଂବ୍ରହ୍ମ..

ଘରେ ସନ୍ଧ୍ୟା ଦୀପ ଲାଗିଲାଣି।

"ବାବା, ବାବା, ହେଇଟି ଶୁଣ, କାଲି ଆମ ସ୍କୁଲରେ ବକ୍ତୃତା ପ୍ରତିଯୋଗୀତା ବିଷୟ କଣ ଜାଣିଛନା, "ବୃକ୍ଷ ହିଁ ଜୀବନ"। ତମେ ମତେ ଡାକି ଦିଅ। ମୁଁ ଘୋଷିକି ଯିବି। ଫାଷ୍ଟ ପ୍ରାଇଜ୍‌ରେ ଗୋଟେ ଟିଫିନ୍ ଡବା ଅଛି, ବୁଝିଲଟି।" ନାତୁଣୀ ଖାତା କଲମ ଧରି ବସି ପଡ଼ିଲା।

"ଆରେ, ତମ ସ୍କୁଲରେ କେତେଟା ଗଛ ଲଗା ହେଲାଣି କହିଲୁ ? ମୁଁ ଜାଣେ ପରା, ଗୋଟେ ବି ହେଇ ନ ଥିବ। ଓଲଟି ଯାହା ଥିଲା ସବୁ ଗଲାଣି। ତୁ କାଲି ଯାଇ ତମ ହେଡ୍ ମାଷ୍ଟ୍ରଙ୍କୁ କହ। ପ୍ରଥମେ ତମେ ସବୁ ପିଲା ମିଶି ଗଛ ଲଗେଇବା ଶିଖ। ତାପରେ ଯାଇ ଏ ବକ୍ତୃତା ଆଉ ରଚନା ଲେଖା, ମୁଁ କଣ କହିଲି ବୁଝିଲୁଟି।" ସଦାନନ୍ଦ ମୁରୁକି ହସି ନାତୁଣୀର ପିଠି ଥାପୁଡ଼ାଇ କହିଲେ।

"ବାବା, ଆମେ ଯେମିତି ଲଗାଉନା ?" ନାତି କହିଲା।

"ହଁ, ଠିକ୍ ସେମିତି"- ସଦାନନ୍ଦ ପୁଣି ହସି କହିଲେ।

ପହିଲି ବର୍ଷା ପରେ ପରେ ସଦାନନ୍ଦ ସବୁ ନାତି ନାତୁଣୀଙ୍କୁ ନେଇ ନଈ କୂଳ ଜମି, ହିଡ଼ ମାଟିରେ ଚାରା ପୋତି ଥିଲେ। ଜାମୁକୋଳି, ଆମ୍ବ, କେନ୍ଦୁ,

କୁସୁମ, ଆହୁରି କେତେ ଜାତିର। ଚାରାଗୁଡ଼ା ଅଣ୍ଟାଏ ଉଞ୍ଚର ହେଇ ଆସିଥିଲା। ବାଉରାଣୀ ଟୋକୀଏ ଦିନେ ଡାଳବେଣୀ କରି ଜାଳେଣି ପାଇଁ ନେଇଗଲେ। ଦି'ପଦ କହିଲାରୁ କେତେ ବଡ଼ କାଣ୍ଡ ହେଲା ଗାଁଟାରେ। ଏକୁଟିଆ ଆଉ ସେ ଗଛ ଲଗେଇ ପାରୁ ନାହାନ୍ତି। ଭାରି ଅଖାଡୁଆ ଲାଗୁଛି।

"ଦେଖିଲ, ଏଥିରେ ପିଲାଙ୍କର କି ପଢ଼ା ସ୍ପିରିଟ ଆସିବ କେଜାଣି। ସେମାନେ ତ ପୁଣି ଅନ୍ୟମାନଙ୍କ ସହିତ କ-ିଟ୍ କରିବେ। ଏଣୁ ତେଣୁ ଗୁଡ଼ାଏ କଥା କହି ତାଙ୍କୁ ଡାଇଭର୍ଟ କରିବା କଣ ଦରକାର। ସେଦିନ ସେମିତି ଡାଳ ଦି'ଟା କାଟିଦେଲେ ବୋଲି ବାଉରାଣୀ ଟୋକୀଙ୍କୁ ଗୁଡ଼ାଏ ବକିଗଲେ। ଖବରକାଗଜ ଦେଖିଲଟି। କଣ ବାହାରିଥିଲା ନା- "ହରିଜନଙ୍କ ଉପରେ ଅତ୍ୟାଚାର।" ଅବଶ୍ୟ ମୁଁ ଜାଣେ ଯେ ସେଇଟା ମୋର ବିରୋଧୀ ପାର୍ଟିର କାମ। ହେଲେ ବି ସେସବୁ ଛୋଟ କଥାରେ ବାପାଙ୍କର ମୁହଁ ଖୋଲିବା କଣ ଦରକାର କହିଲ। ଇଜ୍ଜତ ମୋରି ଏକା ଗଲା। ଆଉ କାଲି ମିଟିଂରେ ତ ମୋର ମୁହଁ କଳା ପଡ଼ିଗଲା। ଅଧିକାଟା ଆଉ କଣ ହେଲା, ଆମ ଘର ଫାଟ ଏକା ଗାଁ ଦାଣ୍ଡରେ ପଡ଼ିଲା। ଏସବୁ କଣ ତାଙ୍କୁ ଫେର୍ ବୁଝେଇ କହିବା ଦରକାର। ଗାଁରେ ମୋର ତ ପୁଣି କିଛି ଗୋଟେ ବେସ୍ ରହିବା ଦରକାର।"

ଭିତର ଘରୁ ସତ୍ୟପ୍ରକାଶର ଅନର୍ଗଳ କଥା ଶୁଭୁଥିଲା।

"ବାପା ବି ଟିକେ ବୁଝିବା ଦରକାର। ଏ ବୟସରେ ଗୀତା, ଭାଗବତ, ନାତି ନାତୁଣୀ ଛାଡ଼ି ଏ ଗାଁ ଝାମେଲାରେ ତାଙ୍କର ମୁଣ୍ଡ ପୁରେଇବା କଣ ବା ଦରକାର।"

ବୋହୁ ତାଙ୍କର ବୟସୋଚିତ କର୍ତ୍ତବ୍ୟବୋଧ ବିଷୟରେ ଜଣାଉଥିଲା।

ସଦାନନ୍ଦ ଆଖି ବୁଜିବାକୁ ଚେଷ୍ଟା କଲେ।

ସକାଳୁ ସକାଳୁ କଣ ପାଟିତୁଣ୍ଡ ହେଲା ପରି ଶୁଭିଲା। ଦାଣ୍ଡପଟୁ ବେଲୁନ୍‌ଟାଏ ଧରି ଫୁଙ୍କି ଫୁଙ୍କି ଆସୁଥିବା ନାତିକୁ ସଦାନନ୍ଦ ପଚାରିଲେ- "କିରେ ସକାଳୁ କଣ ପାଇଁ ନଗର କୀର୍ତ୍ତନ ହଉଛି କି ?"

"ନାଇଁ ମ ବାବା, କ୍ଲବଘର ପିଲାମାନେ ଗଛ କାଟିବା ପାଇଁ ପାଟି କରୁଛନ୍ତି। ସମସ୍ତେ ଗୋଟେ ଗୋଟେ ଟାଙ୍ଗିଆ ଧରି କଣ ସବୁ କହୁଛନ୍ତି।"

ସଦାନନ୍ଦ ଗମ୍ଭୀର ହେଲେ। ସତ୍ୟପ୍ରକାଶ ନିଜେ ହାଣି ପାରିଥାନ୍ତା ଗଛଟାକୁ। ଏମିତି ତ ଅନେକ ରେଣୁକା ପର୍ଶୁରାମ କୁରାଢ଼ୀ ଚୋଟରେ

ସ୍ୱର୍ଗପ୍ରାପ୍ତି ହେବାର ଦେଖାଯାଇଛି । ଅବଶ୍ୟ ସେତ ତାଙ୍କର ପଇଁତିରିଶ ବର୍ଷର ବାଧ୍ୟ ପୁଅ । ବାପ ସାମ୍ନାରେ କେବେ ମୁହଁ ଖୋଲିନି । ତେଣୁ କାମଟା କରେଇ ନେବାରେ ନିରାପଦ ମନେ କଲା ବୋଧହୁଏ । ସୁଡ଼ଙ୍ଗ ଶେଷରେ କଣ ଅଛି ନ ଜାଣି ଏମିତି ଅନ୍ଧାଧୁନିଆ ମାଡ଼ିଯିବାର ଦୁଃସାହସ ଦେଖି ସଦାନନ୍ଦ ନିଜେ ବି ସ୍ତବ୍‌ଧ ହେଇଗଲେ ଅବା ।

ଗାଧୁଆ ବେଳ ହେଲାଣି । ସଦାନନ୍ଦ ନିଜକୁ ପ୍ରସ୍ତୁତ କରୁଥିଲେ । ସରସ୍ୱତୀଙ୍କ ମୃତ୍ୟୁ ପାଣ୍ଡୁର ମୁହଁ ପୁଣି ଦେଖିବାକୁ ପଡ଼ିବ । ଏ ମହୋତ୍ସବ ଦେଖିବାକୁ ସାହସ ଲୋଡ଼ା ।

ଅବ୍ୟକ୍ତ

ଅକଲ ମକଲ ଟାକଲ ଠାଇ.. ଗାଁ ଦାଣ୍ଡରେ ଧୂଳିମଖା ସଞ୍ଜରେ ପିଲାଏ କିତିକିତି ଖେଳୁଥିଲେ। ଗୋରୁ ଲେଉଟାଣି ବେଳ ଗଡ଼ି ଯାଇଥିଲା। ଦାଣ୍ଡରେ ଗାଈଗୋରୁଙ୍କ ଶିଂଘ ପାଇଁ ଡର ନାଇଁ। ବାଟରେ କିଏ ଗଲା ଆଇଲା ସେ କଥା ବୁଝିବାକୁ କାହାରି ତର ନାଇଁ। ରାହା ବଢ଼େଇବାକୁ ଏକୁ ଆରେକ ଛକା-ପଞ୍ଝାରେ ମାତିଛନ୍ତି। ଘୋ ଘା ପାଟିତୁଣ୍ଡ ଭିତରେ ନାଥ ଯୋଗୀଟାଏ ବର ଗଛ ପଛରେ ଘେରାଏ ବୁଲିଯାଇ ବାଁ ପଟକୁ ମୁହାଁଇଲା। ସେଇଠି ତା ପାଳିକୁ ଟାକିଥିବା ଦଶ ବାର ବରଷର ପିଲା ନବଘନ କାନ୍ଧରେ ପଛ ପଟୁ ହାତ ପକାଇ ଯୋଗୀଟା କହିଲା, "ଟିକେ ଶୁଣିବୁଟି ପୁଅ, ଗାଁର ଭାଗବତ ଟୁଙ୍ଗୀକୁ ବାଟ କୋଉଟା...।"

ନବଘନ ଚମକିପଡ଼ି ପଛକୁ ଚାହିଁଲା। ଯୋଗୀଟାଏ। କାନ୍ଧରେ ମୋଟା ଲୁଗାର ଭିକ ଝୁଲା ମୁଣି ଝୁଲୁଛି। କେନ୍ଦରାର ମୁଣ୍ଡଟା ପଛକୁ ରହି ଯାଇଛି। ହାତଟା ଛିଞ୍ଚାଡ଼ି ଦେଇ ଖଣ୍ଡେ ଦୂରକୁ ଘୁଞ୍ଚିଗଲା ନବଘନ, "ତୁ ତ ଭିକାରୀଟା, ମୁଁ କାଇଁ ତୋ ପୁଅ ହେବି !" ନବଘନ ମୁହଁ ନେଫେଡ଼ି କହିଲା।

ମାଇ ଅନ୍ଧାରରେ ଯୋଗୀଟାର ମୁହଁରେ କି ଭାବ ହେଲା, ଜଣାପଡ଼ିଲା

ନାହିଁ । ଖେଳ ଭାଙ୍ଗିବା ପରେ ଦି'ଚାରିଟା ପିଲା ତା'ପାଖକୁ ଲାଗି କେନ୍ଦରା ତାର ଉପରେ ଥରେ ଦି' ଥର ହାତ ବୁଲାଇ ସାରି ଦୌଡ଼ିଗଲେ । ନବଘନର ପାଖକୁ ଦି'ପାହୁଣ୍ଡ ଆଗେଇ ଆସି ଯୋଗୀଟା ବେଶ୍ ନରମା ହେଇ କହିଲା, "ହଉ, ହେଲା ଯେ'... ସତ କଥା, ଯୋଗୀର ଗୋଟେ ପୁଅ କ'ଣ ଯେ'... ଟୁଙ୍ଗୀ ଘରକୁ ମତେ ବାଟ କଢ଼େଇ ଦେବୁଟି ?"

ଯୋଗୀ ଭିକାରୀକୁ ଦେଖିଲେ ତା' ମା'ର ନାହି ଡିଏଁ, ଏ ଯୋଗୀଟା ସାଙ୍ଗରେ ତାକୁ ଦେଖିଲେ ତା ମା ତାକୁ କ'ଣ ନା କ'ଣ ନା କ'ଣ ଶୋଧି ପକାଇବ । ହେଲେ, କଣ ପାଇଁ କେଜାଣି, ଯୋଗୀଟା କଥାରେ ସେ ମୁଣ୍ଡ ଟୁଙ୍ଗାରି ଦେଲା । ଦି'ଚାରି ଜଣ ପିଲାଙ୍କ ସାଙ୍ଗରେ ତାକୁ ନେଇ ଟୁଙ୍ଗୀ ମୁହଁକୁ, ଗୋରୁ ଆଢ଼େଇ ଗଲା ପରି ନେଇଗଲା । ଟୁଙ୍ଗୀର କଣକୁ କେନ୍ଦରା ଆଉଜାଇ ଦେଇ ଯୋଗୀଟି ଲୁଗା ବୁଜୁଳିକୁ ତଳେ ରଖି ଲଥ୍‌କିନା ବସି ପଡ଼ିଲା । ବସୁବସୁ ପଚାରିଲା- "ଏଠି କୋଉଠି ଗୁଡ଼ିଆ କି କେଉଟ ଘର ଅଛି କି ?"

- "କାହିଁକି ? କ'ଣ ଖଜା ମୁଡ଼ି ମାଗିବାକୁ ଯିବ ?"

- "ମାଗିବାକୁ ନୁହେଁ, କିଣିବାକୁ ଯିବି ।"

- "ତୋ ପାଖରେ ପଇସା ଅଛି ?"

- "କାହିଁକି ନ ଥିବ ! ଦିନ ସାରା ଖଟି କ'ଣ ମୁଁ ଆଣୁ ନାଇଁ ?"

- "ଖଟୁଛୁ ନା ମାଗୁଛୁ ? ଏଇଟା କି ଦିହ ମିହନ୍ତ !"

- "ଆରେ କା ପାଇଁ କ'ଣନା.. ତୋ ବାପାର କାମ ଯେମିତି ବିଲ ବାରି କରି..."

- "ମୋ ବାପା ନାଇଁ- ମରିଯାଇଛି ।"

- "ଆଉ ମା' ?"

- "ଅଛି । ବିଲକୁ ଯାଏ, ଗୁହାଳ କାମ କରେ ।"

- "ତୁ ଏକୁଟିଆ ।"

- "କାଇଁ, ମୋ ସାଙ୍ଗରେ ମା'ଅଛି ପରା ।"

- "ତୁ ତ ଭାରି ବୁଦ୍ଧିଆ ପିଲାଟା, ଦେଖୁଛି... ତୋ ନାଁ କ'ଣ ?"

- "ନବଘନ- ନବା ଡାକନ୍ତି ।"

- "ତୋ ନାଁ ?"

- "ଯୋଗୀର ଗୋଟେ ନାଁ କ'ଣ ?"

- "ମୋ ମା' ବି ସେଇୟା କହେ- ଯା'ର କିଛି ଠିକଣା ନାଇଁ, ସିଏ ଖାଲି ଯୋଗୀ ଭିକାରୀ ହେଇ ଦାଣ୍ଡରେ ବୁଲେ। ଘର କରେନା।"

ଏତିକିବେଳେ ପିଲାଟାଏ ହନୁମାନ ମନ୍ଦିର ଆରପଟୁ ବଡ଼ ପାଟିରେ ଡାକ ପକାଇଲା- "ଆରେ ହେ ନବା। ସେଠି ସେ ଯୋଗୀଟା ସାଙ୍ଗରେ ଅନ୍ଧାରଟାରେ କଣ ଭଡ଼ଭଡ଼ ହଉଛୁ...। ତେଣେ ତୋ ମା' ସାଇ ସାରା ଖୋଜିଖୋଜି ହାଲିଆ...।"

ନବା ଏକା ଡିଆଁକେ ଧାଇଁ ପଳାଇଲା। ତା ଯିବା ବାଟକୁ ଘଡ଼ିଏ ଯାଏଁ ଅନ୍ଧାରରେ ଚାହିଁ ରହିଥିଲା ଯୋଗୀଟା। ଘରେ ନ ପଶୁଣୁ ମା ରଡ଼ି ଛାଡ଼ିଲା- "ହଇରେ ଛତରଖିଆ, ତୋ ବାପ, ମତେ ହଜାର ଦହଗଞ୍ଜ କରି ମଲା... ତା' ଜାଗାରେ ତୁ ବି ମାଡ଼ି ବସିଛୁ ନା କ'ଣ... ହଜାରେ ଥର କହିଲିଣି, ସେଇ ନିଉଛୁଣା ମାଗିଖିଆଙ୍କ ପାଖ ମାଡ଼ିବୁ ନାଇଁ...।"

- "ମୁଁ ନିଜେ ଯାଇଥିଲି କି... ସେ ଆଗନ୍ତୁରା ମତେ ଟୁଙ୍ଗୀ ଘରକୁ ବାଟ ପଚାରିଲା", ନବା ଟିକେ ବିଗିଡ଼ିଯାଇ କହିଲା।

- "କୋଉ ସାହାବ ଯୋଗୀଟା କି ସିଏ ! କ'ଣନା ବାଟ କଢ଼େଇବାକୁ ଲୋଡ଼ା ଲୋକ। କି ଇୟିତ୍ତା ଏ ମାଗିଖିଆ ଜାତିର... ଘର ନା ଘାଟ... ସେଥିରେ ଫେର୍ ବାଟବଣା ହେଇଯାଉଛି !"

ନବା ଜାଣେ, ଆଉ ପଦେ କିଛି କହିଲେ ତା' ମା' ଗର୍ଜିଲା ମେଘ ପରି ମାଡ଼ି ଆସିବ। ରାତି ସାରା ସେଇ କଥାକୁ ଗାଡୁରୁଗାଡୁରୁ ହେଉଥିବ। ଚାଳ କଣା ପଟେ ଉପରକୁ ଅନେଇ ଦୁନିଆଁ ଲୋକଙ୍କୁ ସାଇପ ଦେବ। ଏଇଖିଣା ତୁନି ରହିଗଲେ ଆପେ ନରମି ଯିବ। ଚୁପ୍‌ଚାପ୍ ଚୁଲି ମୁଣ୍ଡରେ ବସି ପଡ଼ିଲା ନବା। ଉପରେ ପରସ୍ତ ପରସ୍ତ ମାଘୁଆ ଶୀତ, ଛୋଟ ବଡ଼ କଣା ବାଟେ ନିଥିରି ଆସି ଘରଟା ଭିତରେ ଟାଙ୍ଗି ହେଇଛି ଯେମିତି। ଚୁଲିର ଜୁଳୁଜୁଳୁ ଘଷି ନିଆଁ ସମୁଦ୍ରକୁ ଶଙ୍ଖେ ପାଣି ପରି। ତା'ରି ଉପରେ ପାଦ ଦୁଇଟାକୁ ସେକୁଛି। ବାମ୍ଫଉଠା ଭାତ କଂସାଟାକୁ ରଖୁରଖୁ ତା' ମା' କହିଲା, "ପଧାନ ଘର ଖଳାରେ ମୁଣ୍ଡେ ଉଞ୍ଚର ଘଷି ଖରି ହେଲାଣି। ଡଲା ଭାର ନେଇ କାଲି ଅଧାଅଧି ନେଇ ଆସିବୁ। ଘଷି ପାଇଁ ନିତି ପଇସା ନେଇ ସାଇ ଲୋକ ଦୁଆର ମୁହଁରୁ ଫେରୁଛନ୍ତି। ୟେ ଖାଲି ଲକ୍ଷ୍ମୀକୁ ଗୋଡ଼ରେ ଠେଲିବା କଥା। ତେଣେ ଏ ନିଆଁଗିଳି ପାଞ୍ଚ'ମା ନିତି ଆଠ ଦଶ ଫଡ଼ା ଘଷି ସେଥିରୁ ଉଠଉଛି... କହିଲେ, ସେଇଠି ଏକା ରାଣ ଖାଇ ନିୟମ କରିପକାଇବ..."

ରାତିରେ ଛିଣ୍ଡା କନ୍ଥା ଭିତରେ ଘୋରିଘାରି ହେଇ ମା'ପାଖରେ କୁଙ୍କୁରିକାଙ୍କୁରି ଶୋଉଶୋଉ ଥିର୍‌କିନା ପଚାରିଲା ନବା- "ତୁ ଭିକାରୀ ଦେଖିଲେ ଏମିତି କାହିଁକି ରାଗିଯାଉ କିଲୋ ମା' ? ତୁ ତ ନିଜେ କହୁ, ଯେତେ ଦେଇ ସେତେ ପାଇ।" ଏତକ ପଚାରି ଦେଇ ତା' ମା ମୁହଁକୁ ଚାହିଁଲା ନବା।

- "ସେଗୁଡ଼ା ବାରବୁଲା ଅଘରୀଯାକ। ଯିଏ ହାତଫିଙ୍ଗା, ତା ହାତଫୋପଡ଼ାକୁ ଚାହିଁଥିବେ... ନିଜର ଦମ୍ ବୋଇଲେ କିଛି ନାଇଁ... ନା' କଥାର ଠିକଣା... ନା' କାମର। ତୁ ସେଗୁଡ଼ାଙ୍କର ପାଖ ମାଡ଼ିବୁ ନାଇଁଟି।"

ଅନ୍ଧାରରେ ମୁଣ୍ଡ ଟୁଙ୍ଗାରି ମା'ର ପେଟ ତଳେ ଜାକିଜୁକି ହେଇ ନବା ଶୋଇପଡ଼ିଲା। ତା'ପରଦିନ ଜାଣିଶୁଣି ଭାଗବତ ଟୁଙ୍ଗୀ ଆଡ଼େ ଗଲାନାଇଁ, କାଳେ ଯୋଗୀଟା ସାଙ୍ଗରେ ଭେଟ ହେଇଗଲେ କିଏ ଦେଖିନେବ ଆଉ ତା' ମା' କାନରେ ଏଣୁତେଣୁ ଫୋଡ଼ିଦେବ। ସକାଳଓଳି ନବା ପଧାନ ଘର ଗୋରୁଙ୍କୁ ଗୋଠରୁ ଆଡ଼େଇ ଆଣି ଗୁହାଳରେ ବାନ୍ଧିଲା। ଉପର ଓଳି ଡଲା ଭାର ନେଇ ପଧାନଘର ଖଳାକୁ ଘଷି ଆଣିବାକୁ ଗଲାବେଳେ ଗାଁ ମୁଣ୍ଡରେ ପୁଣି ସେଇ ଯୋଗୀଟା ସାଙ୍ଗରେ ଭେଟ ହେଇଗଲା।

- "ନବା କିରେ ?"

ନବା ନ ଶୁଣିଲା ପରି ହୁଁଟିଏ ମାରି ଆଗକୁ ବଢ଼ିଲା।

- "ଆରେ କୁଦି ଯାଉଛୁ କ'ଣ ପାଇଁ, ଟିକେ ରହିଯା।"

- "ବୋଝ ବୋହିଛି, ଦେଖୁନୁ ?"

- "ଓହୋ, ଏଡ଼େ ଟିକେ ପିଲା, ଏଡ଼େ ବଡ଼ ବୋଝ କିଏ ନଦିଲା ତୋ' ମୁଣ୍ଡରେ ?"

- "କିଏ ଚଢ଼େଇବ କ'ଣ, ମୁଁ ନିଜେ ଆଣିଛି ?"

- "ଦଉନୁ, ମୁଁ ଟୁଙ୍ଗୀ ଯାଏଁ ବୋହି ନିଏ।"

- "ହୁଁ, ଭାରି ନେଲାବାଲା !.... ମା କହେ ଯୋଗୀ ଭିକାରୀ ସବୁ ବିଲେଇ ଜାତି।"

- "କେମିତି ?"

- "କିଛି କାମ ନ କରି ଆରାମରେ ଖାଇବେ... ହାତ ମେଲାଇ ଯିଏକୁତାକୁ ମାଗିବେ, ଯିଏଘର ତା' ଘର ବୁଲୁଥିବେ।"

ମୁହଁ ସଞ୍ଜବେଳେ ଯୋଗୀର ମୁହଁଟା ଆମ୍ବିଳା ପଡ଼ିଗଲା, ଏମିତିକି ନବା

ବି ଜାଣିପାରିଲା ନା କ'ଣ, ଆଉ କିଛି ନ କହି, ଭାରଟାକୁ କାନ୍ଧରେ ସଜାଡ଼ି ଘର ଆଡ଼େ ମୁହାଁଇଲା ।

ଦୁଇ ଚାରି ଦିନ ଯାଏଁ ତାର ଆଉ ଯୋଗୀ ସାଙ୍ଗରେ ଦେଖା ହେଲା ନାଇଁ । ଆଖପାଖ ଗାଁକୁ ସେ ମାଗିଯାଏ । ସଂଧ୍ୟାବେଳକୁ ଫେରି ଆସି ସେଇ ଟୁଙ୍ଗୀଟାରେ ରାତିଟା ଆଶ୍ରା ନିଏ । ସେଦିନ ପଧାନ ଘର ଖତକୁଢ଼ ସଫା କରୁକରୁ ସଞ୍ଜ ହେଇଗଲା । ସିଝା ଧାନ ଦି'ଚାରି କୁଲା ଘର ଅଗଣାରେ ସେମିତି ପଡ଼ି ରହିଲା । ରାତିରେ ମା'-ପୁଅ ମୁଢ଼ି ଚୋବେଇ ରହିଯିବେ ଭାବି ତା' ମା' ତାକୁ ବେଲୁରୀ ମା' କେଉଟୁଣୀ ପାଖକୁ ମୁଢ଼ି ପାଇଁ ପଠାଇଲା । ଟୁଙ୍ଗୀ ଘର ପାର୍ ହେଲେ ଯାଇ କେଉଟ ସାଇ । ଯୋଗୀଟା ଲେଉଟି ଆସିଥିବଣି । ନିଶ୍ଚେ ଡାକିବ । ସତକୁ ସତ ଡାକିଲା ଯୋଗୀ । ନବା ଏଥର କଉତୁକିଆ ଢଙ୍ଗରେ ପଛକୁ ଚାହିଁ ମୁଣ୍ଡ ହଲାଇଲା । ପୁଣି ଥରେ ଡାକିଲା ଯୋଗୀ । ନବା ଟୁଙ୍ଗୀ ଘର ପିଣ୍ଡାରେ ପାଦ ଦେଲା ।

- "ମତେ କିଆଁ ସବୁବେଳେ ଡାକୁଛୁ ? ଆଉମାନଙ୍କୁ ଡାକୁନୁ ?"

- "ତୋ ସାଙ୍ଗରେ କଥାଭାଷା ହେଲେ ଭଲ ଲାଗେ । ତୁ ବୁଦ୍ଧିଆ ସରସା ପିଲାଟା... ତୋ' ମା'ର ଦୁଃଖ ଗଲା ଜାଣ ।" ନବା କିଛି ନ କହି କେନ୍ଦରା ଟୁଂଟାଂ କଲା ।

- "ବାପା କେବେଠୁ...?"

- "ମୁଁ ଜାଣି ନାଇଁ କି ଦେଖି ନାଇଁ ।"

- "କ'ଣ ପାଇଁ... ।"

- "ମା' କହେ ଗଞ୍ଜେଇ ଟାଣୁଥିଲା... ବେମାର ହେଲା.... ।"

- "ତୋ ମା'ର ନାଁ କ'ଣରେ ?"

- "କାହିଁକି ?

- "ନାଇଁ, ଏମିତି ପଚାରୁଥିଲି ।"

- "ସେବତୀ ।"

ଚମକିଗଲା ପରି ଯୋଗୀଟା ଘଡ଼ିଏ ନବା ମୁହଁକୁ ଚାହିଁଲା ।

- "ତୋ ମାମୁଁଘର ଗାଁ ?"

- "ଝିର୍‌କାନି ।"

ଯୋଗୀଟା ଆବାକାବା ହୋଇଗଲା ।

- "ଏଠିକି କେମିତି...?"

- "ବା ମରିଗଲା ପରେ ମାମୁଁ ଏଠିକି ନେଇ ଆସିଲା । ମାମୁଁ ଏଇ ଗାଁରେ ଘରଜୁଇଁଆ ଅଛି ।"

- "ଖାଇଲୁଣି ?"

- "ନା, ଆଜି ରାତିକି ଚାଉଳ ନାଇଁ ।"

- "ମୁଆଁ ନବୁ ?"

- "ନା, ମା ବାଡ଼େଇବ ।"

- "କାହିଁକି ?"

- "ଯୋଗୀ ଭିକାରୀ ସବୁ ମାଗିଖିଆ ଅଘରୀ, ମା' କହେ ।"

ଯୋଗୀଟାର ହାତ ଟୁଙ୍ଗୀଘର କୋଣରେ ଆଉଜା କେନ୍ଦରା ଉପରେ ଥିଲା । ହାତଟା ମୁଠେଇ ଯାଉଯାଉ ମୁଣ୍ଡଟା ଝାଇଁଝାଇଁ ହେଲା ଯେମିତି । ଗୋଜେଇ ଯାଉଥିବା ଓଠ ଦୁଇଟାକୁ ଟିକିଏ ଫାଙ୍କେଇ କହିଲା- 'ତୋ ମା ସତ କହିଛିରେ ନବା, ସତ କଥାଟିଏ କହିଛି ।' ତା'ହାତର ଚାପରେ କେନ୍ଦରାର ଗୋଟେ ତାର ଛିଣ୍ଡି ଟୁଙ୍ଗୀ ଘରଟାକୁ ଦୋହଲେଇ ଦେଲା ଯେମିତି । ନବା ହଡ଼ବଡ଼େଇ ଯାଇ ପିଣ୍ଡା ତଳକୁ ଗୋଡ଼ କାଢ଼ିଲା ।

ସେପଟ ସାଇ ମୁଣ୍ଡରୁ ନବା ମା' ଡାକ ଛାଡୁଥିଲା । "ଆରେ ହେ ନବା... ଗଣ୍ଡେ ମୁଢ଼ି ପାଇଁ ଯାଇଛୁ ନା ଏକା ଥରକେ କେଉଟୁଣୀର ହାଣ୍ଡି ଉଠେଇ ଆଣୁଛୁ..ରେ !"

ଆଉ କିଛି ବାକି ରହିଲା ନାହିଁ । ଏତେ ଦିନ ଧରି ପଡ଼ି ଯାଇଥିବା ଶିକୁଳିକୁ କିଏ ଯେମିତି ଝଣଝଣ୍ କରି ଭାଙ୍ଗି ଦେଲା । ଚକରେ ଅଖଟା ସଜାଡ଼ି ସଜାଡ଼ି ଏତେ ଦିନ ଧରି ଚାଲିଥିବା ଜୋର୍‌ଜବରଦସ୍ତିଆ ସୁରଟା ବେସୁରା ହେଇଗଲା ଯେମିତି । ତାକୁ ଗୋଟାପଣେ ଫୁଙ୍ଗୁଳା କରିଦେଇ ଟୁଙ୍ଗୀ ଘର କଣରେ ଜାକି ଦେଲା ଦଲକାଏ ଶୀତୁଆ ପବନ ଦୋହଲେଇ ଦେଲା ତା' ଅଘରୀ ମନକୁ ।

ଝିର୍‌କାନିର ପାହାଡ଼ ଛାଇ ତଳେ ବିଶିଆ ନାହାକର ଝିଅ ସେବର ନାଲିଚା ଧଡ଼ିର ପିନ୍ଧା ଶାଢ଼ି ଆଉ ତର ତର ଚାଲି । ଗାଁ ଦାଣ୍ଡର ଧୂଳି ଖେଳ ଦିନଠୁ ବାନ୍ଧଲୁଗା ପିନ୍ଧା ଦିନ ଯାଏ ନିତି ଚାହାଣୀ ନିତି ଭେଟର ତାତି ମନ ଉପରେ ନିଗିଡ଼ି ପଡୁଛି । ସେଦିନର ଦିକିଦିକି ଖରାବେଳରେ ଆଉଟା ସୁନା ରଙ୍ଗର ଝଲସି ଯାଉଥିବା ଗହୀରିଆ ମନରେ ଆଙ୍କୁଡ଼ି ମାରି ଟିହେଇ ମାରି

ଦଉଛି ଏଇନେ। ନାଥ ଜାତିର ନ ହେଲେ ବି ବିଶିଆ ବଉଁଶ ସାଙ୍ଗରେ ନାଥ ଝିଅ ଦେବା ନେବାଟା ଏବକାର କଥା ନୁହେଁ, କୋଉ କାଳରୁ ଚଳି ଆସୁଛି। ହେଲେ, ବିଶିଆ କୁଳରେ କନ୍ୟାସୁନା ଦେବାଟା ଆଗ। ତେଣେ ଜାତି ଭାଇଙ୍କ ଭୋଜିଟାଏ। ବିଭାଘର କଥା ପଡ଼ିବା ଦିନ ବିଶିଆ କନ୍ୟାସୁନା ହାଙ୍କିଲା ବାରଶ' ଟଙ୍କା।

ପାହାଡ଼ ଛାଇରେ ନିତି ତା'ସାଙ୍ଗରେ ଭେଟ ହୁଏ ସଞ୍ଜବୁଡ଼କୁ।

- "କେନ୍ଦରା ଖଣ୍ଡିକରେ କି ଟଙ୍କା ଯୋଗାଡ଼ିବୁ ଯେ ମତେ ଘରକୁ ନେବୁ ?"

- "ଆଲୋ ସବୁର୍ କର।"

- "ଯାଉନୁ କାମଧନ୍ଦା କରି..."

- "ମୁଁ କ'ଣ ମନା କରୁଛି ? ଘର ଲୋକେ..."

- "ବୋପା ଆଖିକୁ ଏତେ ଡର ! ତେଣେ ବସିଥିବୁ... ଏଥିରେ ମତେ ଯାହା ପୋଷିବୁ... !" କହୁକହୁ ତା'ର ସବୁ ଓରମାନର ବନ୍ଧ ଭୁଷୁଡ଼ି ଗଲା ଯେମିତି, "ମାଗି ଆଣି କୋଉ ହକ୍ ଆଣ୍ଟେଇ ପାରିବୁ, ହାତ ପତେଇ କି ଘର ବସେଇବୁ ଯାଃ... ମାଗିଖିଆର କି ଘର...।" ଆଖି ପାଣିରେ ଲୁତୁପୁତୁ ମୁହଁଟାକୁ ନାଲିଚା ଧଡ଼ି କାନିରେ ଜାକି ଧରି ସେବ ଏକ ମୁହାଁ ଚାଲିଗଲା ଯେ ଆଉ ଫେରି ଚାହିଁଲା ନାଇଁ।

ସେବ ଚାଲିଗଲା ନାଇଁ ଯେ ତା' ଦିହରୁ ଫାଳେ ଚାଲିଗଲା। ତଥାପି କେନ୍ଦରା ଛାଡ଼ି ପାରିଲା ନାଇଁ। ଗାଁ ଛାଡ଼ିଲା।

ତିନି ଚାରି ମାସ ପରେ ଖବର ପାଇଲା, ନିଦରବି ବାପ ବିଶିଆ ଝିଅକୁ ଦରବୁଢ଼ା ଗଞ୍ଜୋଡ଼ ହାତରେ ଟେକି ଦେଲା। ଆଉ ଗାଁ ମାଡ଼ି ନାଇଁ ଯୋଗୀ।

କର ଲେଉଟାଇ ଚାହିଁଲା। ଚାରିଆଡ଼ ଅନ୍ଧାର। ତା'ରି ଭିତରେ ସେ ଆଶ୍ରା ନେଇଛି। ଟୁଙ୍ଗୀ ଘର ଛାତକୁ ଅନେଇଲା। କିଛି ବାରି ପାରିଲା ନାହିଁ। କଣକୁ ଚାହିଁଲା। କଣକୁ ତା ଧଳା ଚାଦରର ଝୁଲାଟି କେନ୍ଦରା ଉପରେ ମଡ଼ା ହେଇଛି। ଦୁନିଆଁଯାକର ହଜାର ହଜାର ଆଖି ସବୁ ଛାତ ଫଟେଇ କାନ୍ଧକୁ ଭେଦି ଯାଇ ତା'ରି ଝୁଲାଟିକୁ ଅନେଇ ରହିଛନ୍ତି। ଟୁଙ୍ଗୀ ଘର ପରସ୍ତ ପରସ୍ତ ଅନ୍ଧାର ଭିତରେ କିଏ ଆଲୁଅ ଧରି ତାକୁ ଝୁଲା ସହିତ ଉଠାଇ ଦଉଛି... ଆଲୁଅରେ ତା'ର ଦିହରେ ବିଷ ଚରି ଯାଉଛି... ଚମରୁ ହାଡ଼ତକ ଅଲଗା

କରି ତାକୁ କୋରିକୋରି ଖାଇଯାଉଛି... ଗୋଡ଼ ହାତ ଘୋଳେଇ ହେଇ ପଡୁଛି।

ତା'ପର ଦିନ ନବା ପାହାନ୍ତା ପହରୁ ଉଠିଲା। ଆଗ ଦିନ ଘଷିଯାକ ସବୁ ଆଣିନି ବୋଲି ମା' ଶୋଧିଲା। ତାଟି ଖୋଲୁଖୋଲୁ ନବା ଡାକ ଛାଡ଼ିଲା, "ଏ ମା', ଜଲ୍‌ଦି ଦେଖିବୁ ଆ'...।"

ଧଡ଼ପଡ଼ ହେଇ ଶୋଇଲା ଖଟରୁ ଉଠିଆସି ତା' ମା' ଦୁଆର ମୁହଁରେ ଛିଡ଼ା ହେଲା। ତୁଳସୀ ଚଉରା ପାଖରେ କେନ୍ଦରାଟିଏ। ତାରଟିଏ ଛିଣ୍ଡି ଯାଇ ତଳେ ଝୁଲୁଛି। ପାଖରେ ନୂଆ ନୋଟ୍ କେଇ ଖଣ୍ଡ ଦପ୍‌ଦପ୍ କରୁଛି...

- "ଇସ୍ ମା' ହେଇଟି କେତେ ଟଙ୍କା।"

- "ବାରଶ'।"

ନବା ଆବାକାବା ହେଇ ତା' ମା'କୁ ଚାହିଁଲା। ମା ଭଲା ଜାଣିଲା କେମିତି !

- "ସେଇ ମାଗିଖିଆ ଯୋଗୀ...।"

ଚମକିଯାଇ ନବା ପାଟିରେ ତା' ମା' ହାତ ଦେଲା।

ୟା' ଆଗରୁ ତା' ମା'କୁ ସେ କେବେ କାନ୍ଦିବାର ଦେଖି ନଥିଲା।

■

ଶବ୍ଦଟୀକା

୧) ଖରି - ଗଦା

୨) କନ୍ୟାସୁନା - ବିବାହ ସମୟରେ ବରପକ୍ଷରୁ କନ୍ୟାପିତାକୁ ଦିଆଯାଉଥିବା ଟଙ୍କା। ବିଶେଷତଃ କଳାହାଣ୍ଡିରେ ଏହା ବେଶୀ ପ୍ରଚଳିତ। କୋରାପୁଟ ଆଦିବାସୀ ସମାଜରେ ଏହା 'ଝୋଲାଟଙ୍କା' ନାମରେ ପରିଚିତ।

ଅଶ୍ୱମେଧ

ଚଇତ ପୁନେଇଁରେ ପୂର୍ଣ୍ଣିମାଠୁ ଅଷ୍ଟମୀ ଯାଏଁ କେଉଟ କୂଳର ବେଉସା ବନ୍ଦ। ଗାଁରେ ଚଇତି ଘୋଡ଼ା ନାଚର ଆସର ଜମେ। ବାଉଁଶ ବତାରେ ତିଆରି ଘୋଡ଼ାର ପାଦ ନ ଥିବା ଦିହ ଆଉ ବେକର ଥାଟ ଉପରେ ରଙ୍ଗ ବେରଙ୍ଗୀ ଗଜ କନା ଢଙ୍କା ହେଇଥାଏ। ବେକ ଉପରେ ରଙ୍ଗମଖା ଘୋଡାମୁହଁର ମୁଖା। ଘୋଡ଼ା ପିଠିରେ ମଣିଷ ଗଳିବା ପରି ବଡ଼ କଣାଟିଏ। ଆଗରୁ ପଛରୁ ଲଟକା ଡୋରି। ଘୋଡ଼ାର ପିଠି କଣା ବାଟେ ଜରି ଟୋପି ଜାମାଯୋଡ଼ ପିନ୍ଧି ନିଏ ନାଏକ ଗଳି ପଡ଼େ। ଘୋଡ଼ା ମୁହଁ ଆଡକୁ ଲଗା ଚିକିମିକି କନା ଡୋରିର ଲଗାମ ଧରି ଗଳା ଖଙ୍କାରେ ଆଉ ଦେଖଣାହାରୀଙ୍କ ଆଡ଼କୁ ଥରେ ଲମ୍ବା ନଜର ଦେଇ ଆରମ୍ଭ କରେ-

ଆରେ ହେ... ବାଟରେ ଯାଇଲି ବୋଡ଼ା
ରାତିରେ ନଚାଏ ଚଇତି ଘୋଡ଼ା ମୁଁ
ଦିନରେ କୁଟଇ ଚୁଡ଼ା...

ଢୋଲ ମହୁରୀ ସାଙ୍ଗରେ ନିଧି ନାଏକ ପାଦ ପକାଏ। ଆଗକୁ ପଛକୁ ଯାଇ ଘୋଡ଼ା ନାଚେ। ଦେଖଣାହାରୀଙ୍କ ଭିଡ଼ ଜମେ। ଖାଲି କାଇପଦର

କାହିଁକି ଆଖ ପାଖର ପାଞ୍ଚ ସାତ ଖଣ୍ଡ ଗାଁରେ ନିଧି ନାଏକର ଘୋଡ଼ା ନାଚର ବେଶ୍ ଆଦର। ବାହା ପୁଆଣି, ଭାତ ଖୁଆଣି, ନାମ କରଣରେ ନିଧିକୁ ଡକରା ପଡ଼େ। ସିନେମା, ଭିଡିଓ, ଟି.ଭି.ର ଧଇଁସଇଁ ଦୌଡ଼ଧାପ ଭିତରେ ବି ଗାଁ କେଇ ଖଣ୍ଟିରେ ନିଧି ନାଏକର ଘୋଡା ନାଚରେ ସେତେଟା ମହଲଣ ପଡ଼ି ନ ଥିଲା।

ଆଖପାଖ ସାତ ଖଣ୍ଡ ଗାଁରେ ଯେତେ ଜାଲିଆ, ନାଉରିଆ, ଚୁଡ଼ାକୁଟା କେଉଟ ସଭିଙ୍କ ଭିତରେ କୁଳପତି ନିଧି ନାଏକ। ତା ଜାତିର ମାନଟେକା ମରଦ ଖଣ୍ଡେ- ମୁରବି। ଏମିତିକି କୁଳବୁଢ଼ା ଶିଉଳି ଧୀବର ସାଇରେ ବି ତାର କଥା ରହେ। ଚଇତ ପୂର୍ଣ୍ଣିମା ଆଠ ଦଶ ଦିନ ଆଗରୁ କେଉଟ ସାଇର ଦଶ ବାର ମାନ୍ତା ଲୋକଙ୍କୁ ନେଇ ବାର ଖଣ୍ଡ ନିଖୁଣ ବାଉଁଶ ଖୋଜେ। ବାଉଁଶ ଗଛ ମୂଳେ ଗୁଡ଼ ଆଉ ଗୋରସ ଟାଳି ସଭିଏଁଯାକ ବାଉଁଶ ହାଣନ୍ତି। ଚିରା ବାଉଁଶରେ ପିଞ୍ଜରା ତିଆରି ହୁଏ ଆଉ ତା ଉପରେ ଘୋଡ଼ା ପିତୁଳା ମୁଣ୍ଡ ତିଆରି କରି କାଇମାଟି ରଙ୍ଗ ବୋଳା ହୁଏ। ଇଶ୍ୱର ପାର୍ବତୀ ଆଉ ବ୍ରହ୍ମାଙ୍କ ନାମ ସୁମରଣା କରି ଚଇତି ଘୋଡ଼ାକୁ ସଜବାଜ କରାନ୍ତି। ନିଧି କେଉଟ ଘୋଡ଼ା ପିତୁଳାରେ ବାଶୁଳୀକୁ ଡାକି ବସାଏ। ଆଙ୍ଗୁଳି କାଟି ଦେବୀଙ୍କୁ ରକ୍ତ ଦିଏ। ଏଇ କାମଟି ଖାସ୍ ନିଧି ନାଏକର। ଘୋଡାମୁହିଁ ବାଶୁଳୀ କେଉଟ କୁଳରେ ତାକୁ ଏକା ସପନ ଦିଏ। ସପନରେ କଥା କୁହେ, ଆଦେଶ ଦିଏ।

ଏଇ ଦିନଟାକୁ ନିଧି ନାଏକ କେତେ ଆଗରୁ ଚାକି ବସିଥାଏ। ସବୁ ବର୍ଷ କେଉଟ ସାଇରେ ସଭା ଡକାଏ। ଭେଣ୍ଡିଆ କେଉଟ ପିଲାଙ୍କୁ ଆଗ ଧାଡ଼ିରେ ବସାଇ ଆପଣା କୁଳ ଜାତିର ମାନ ଟେକ ବୁଝାଏ, "ଆରେ ପିଲେ, ଆପଣା ଜାତିକୁ ଏଣୁତେଣୁ ଧୋବା ଭଣ୍ଡାରୀ ପରି ମଣ ନାଇଁଟି। ଏ ଖୋଦ୍ ଦାସ ରଜାର ବଉଁଶ ପରା, ଭଗବାନଙ୍କ ଜ୍ଞାନ ମନ୍ଦିରୁ ଜାତ। ଆଗେ ନିଜର ପହଚାନ୍ ନ କଲେ ବାକିଆଙ୍କ କଥା କଣ ବୁଝିବ... ଆଉ ଏ ବାଶୁଳୀ ପୂଜା କଣ ପାଇଁ ଜାଣିଛଟି... ଏ ସେଇ ଅଷ୍ଟଭୁଜା ଚଣ୍ଡିକା ଆଉ ମାଆ ମଙ୍ଗଳା।" ଦେବୀଙ୍କୁ ହାତ ଯୋଡ଼ି ନିଧି କୈବର୍ତ୍ତ ପୁରାଣରୁ ଦି ଧାଡ଼ି ଶୁଣାଇଦିଏ-

ଗର୍ବପଣେ ଯେହୁ ଇଷ୍ଟ ନ ମାନିବ
ଶ୍ରୀକୃଷ୍ଣଙ୍କ ପାଦପଦ୍ମେ ଦୋରେହା ହୋଇବ।

ତା କଥା କିଏ ଘେନୁ କି ନାଇଁ, ସେ କଥାକୁ ନିଧିଆର ପରବାୟ ନ

ଥାଏ । ତା ଜାତି ପାଇଁ, କେଉଟ କୂଳର ମାନ ମହତ ପାଇଁ ସେ ଆଗତୁରା ବଳେଇ ପଡ଼େ ।

ଅପର୍ତ୍ତି- ତାର ଗୋଟେ ବୋଲି ପୁଅ । କେତେବେଳେ କେମିତି ତାକୁ ପାଖରେ ବସାଇ ଇଷ୍ଟପୂଜା କଥା କହେ । ତାରି ପରେ ଅପର୍ତ୍ତି ଉପରେ ଏସବୁର ଭାର । କେଉଟ କୁଳର ସବୁ ଭାର ନେଲା ପରି ମତିଗତି ତାର ଥିବା ପରି ନିଧିଆକୁ ଜଣାପଡ଼େ ନାଇଁ । ମନ ବୁଝିଥିଲେ ସବୁକଥା ହୁଁଟି ମାରି ଶୁଣେ । ମନ ଭିତରେ କେତେ ବୁଝେ କେତେ ନାଇଁ କେଜାଣି । ନହେଲେ କଥା ମଝିଟାରେ ଦୋକାନ ପକାଇବା କଥା ଆରମ୍ଭ କରେ । କେତେ ଦିନରୁ ଲଗାଇଛି ଗାଁ ମୁଣ୍ଡରେ ଖଣ୍ଡେ ଦୋକାନ ଖୋଲିବ ବୋଲି । ନିଧିଆର ମୁଣ୍ଡରେ ପିତ୍ତ ଚହଟେ ଏଇ ରକମର କଥା ଶୁଣି । କୁଳ ବେଉସାରେ କୋଉ ପେଟ ଅପୋଷା ରହୁଛି ଯେ । ଆଉ ବା ଯାହା ହେଉ କେଉଟର ଡଙ୍ଗା ଖଣ୍ଡିକ ଏଣୁତେଣୁ କରି ଯୋଡ଼େଇ କାଠ ଦି ଖଣ୍ଡ ନୁହଁ । ସେ ତ ଖୋଦ୍ ବିଶ୍ୱକର୍ମାଙ୍କର ହାତରେ ତିଆରି କେଉଟର ଜୀବନ ନଉକା । ଦୁଇ ମାସ ହେଲା ସେଇ ଗୋଟେ କଥାକୁ ଧରି ବସିଛି ଯେ ବସିଛି । ସାରା ଗାଁ ଖଣ୍ଡିକରେ ଖାଇଲାବାଲା ଯେତିକି ନାହିଁ ଦୋକାନ ସେତିକି । ବେଶୀ ହେଲେ ଗଉଡ଼, ଧୋବା ଆଉ କେଉଟ ସାଇରୁ ଗରାଖ ଜୁଟିବେ । ସଭିଙ୍କର ଅଳ୍ପକିଆ ସଉଦା । ଉଧାରି ନେଲେ ବି ବୁଢ଼େ ନାଇଁ । ଶୁଝୁଥାନ୍ତି, ନଉଥାନ୍ତି । ବଡ଼ବଡ଼ିକିଆ ଗରାଖ ଜୁଟେ ନାଇଁ । ଅକାଳେ ସକାଳେ ସେମିତି ଗରାଖ ଜୁଟିଲେ ବି ଉଧାରି । ସେଇଟା ବି ଶୁଝିବାର ନାଁ ଗନ୍ଧ କେବେ ଉଠିବ ନାଇଁ । କେତେ ଦୋକାନ ଉଜୁଡ଼ି ଗଲାଣି । ଇଏ କି ପେଟ ପୋଷିବ ସେଥିରେ କେଜାଣି । ତାଛଡ଼ା ତାରି ପୁଅ ହେଇ କୁଳ ବେଉସାକୁ ଏ ପିଲାଟାର ମନ କେମିତି ଚଙ୍କୁ ନାଇଁ କେଜାଣି । ନିଧିଆ ଅକ୍ଷର ପଢ଼ି ପାରେ । ଗୁହାଳ ଘରେ ଇଟା ଗୁଣ୍ଡ ଉପରେ ଆଙ୍ଗୁଠି ବୁଲାଇ ଅକ୍ଷର ଶିଖିଲା ଲୋକ ସିଏ । ତାର ଯାବତୀୟ ଝିଞ୍ଜଟ ଭିତରେ ବି ଅକ୍ଷରକୁ ବ୍ୟବହାର କରିବାରେ ହେଳା କରେ ନାଇଁ । ପୁଅର ମନ ଆରେଇବ ବୋଲି କଇବର୍ତ୍ତ ଗୀତାରୁ ବାଶୁଳୀ କେମିତି ଧୀବର କୁଳର ଇଷ୍ଟ ହେଲା । ସାକ୍ଷାତ ଭଗବାନ କିପରି ବିଶ୍ୱକର୍ମାକୁ ଡକାଇ ନୌକା ଗଢ଼ାଇଲେ, ସେଇକଥାକୁ ଦୋହରାଇ ତେହେରାଇ ବୁଝାଏ । ଅପର୍ତ୍ତି ଶୁଣି ନ ଶୁଣିଲା ପରି ରହେ ।

- "ଆଜିକାଲିକା ପିଲା । ସିନିମା ସଉକି । ଏ ଗୀତା ଭାଗବତ ଭଲା କିଏ ଶୁଣୁଛି ଯେ ପିଲାଟାର ପିଛା ପଡ଼ି ଯାଇଛ ।" ଅପର୍ତ୍ତି ମା' କହେ ।

ସତ କଥା । ନିଧି ଥରେ ଥରେ ଚିଡ଼ି ଯାଏ । କଣ ଅଛି ପିଲାଟାର ମନରେ କେଜାଣି ଖାଲି ବାଇ ଟୁଙ୍ଗୁରୀ ପରିକା ଏଠୁ ସେଠିକି ଘୁରି ବୁଲୁଛି । ଯାହାକୁ କହନ୍ତି ବଂଶ ନାଶ ବେଳେ ଘୋଡାମୁହାଁ ପୁଅର ଜନ୍ମ । ଚାଲିଚଳନ, ଆଚାର ବିଚାର କୋଉଥିରେ କିଛି ଠିକଣା ନାହିଁ । ହେଲେ ଜନମ କଲା ପିଲାକୁ ବି ଆଜିକାଲି ଟାଣ କରି ଦି'ପଦ କହିବାଟା ବେଳକାଳକୁ ସୁହାଉନି । ଆଉ ଥରେ ଥରେ ମନକୁ ମନ ବୁଝାଏ । ପିଲା ମନ । କାନ୍ଧରେ ଜୁଆଳି ପଡ଼ିଲେ ଆପେ ଉଡ଼ିବା ଶିଖିଯିବ । ଅପର୍ତ୍ତି ମାଁ ବି ଘର କାମକୁ ଆଉ ସେତେଟା ପାରୁ ନାହିଁ । ଆଜିକାଲି ଗାଁରେ ତ ମିଲ୍ ଚୁଡ଼ାର ଆଦର କାହିଁରେ କଣ । ମିଲ୍‌ରୁ ମୁଢ଼ି ଚାଉଳ ଆଣି ଘରେ ମୁଢ଼ି ଭାଜେ । କେଉଟ ସାଇରୁ କେବେଠୁ ଢ଼ିଙ୍କି ପାହାର ଆଉ ଶୁଣାଯାଉ ନାହିଁ । ଖାଲି ମୁଢ଼ି ଭଜା ଆଉ ଘର କାମକୁ ବି ତାର ଅଣ୍ଟାରେ ଆଉ ବଳ ନାଇଁ । ଅପର୍ତ୍ତିଟାକୁ ବି ହାତରୁ ଦି ହାତ କରିଦେଲେ ଆପେ ଠିକଣାରେ ଲାଗିଯିବ । ହେଲେ କାମ ଛିଣ୍ଡେଇବା ପାଇଁ ଆଇଗବା ବାଇଗବା ଘରୁ ଝିଅଟାଏ ଆଣି ବେକରେ ବାନ୍ଧିଦେଲେ ଚଳିବ ନାଇଁ । କୁଳ କୁଟୁମ୍ବର ମାନ ମହତ ରଖିଲା ପରି ସେମିତି ମାନ୍‌ତା ଘରୁ ଝିଅ ଆଣିବ । ତାରି ହାତକୁ କେଉଟ କୁଳର ଇଷ୍ଟଦେବୀ ଚାହିଁ ବସିବଟି । ଅପର୍ତ୍ତି ମାଁ ଏ ଯାଏଁ ଏସବୁ ଅଣହେଲା କରି ନାହିଁ । କଦଳୀମୁଣ୍ଡା ଗାଁରେ ତା ମଝିଆ ଜୋଇଁ ଝିଅଟାଏ ଠିକଣା କରିଛି । ଲେଖାଯୋଖାରେ ତାର ଭାଣିଜୀ ହେବ । ଚଇତ ପୂର୍ଣ୍ଣିମାଟା ଗଲେ ଏ କାମଟା ଛିଣ୍ଡେଇ ଦେଲେ ଯିବ ।

ମାଟି ଆଟିକାରେ ପଲ୍‌ସା ପତ୍ର ଆଣି ରଢ଼ ନିଆଁରେ ପିଠାପୋଡ଼ କରୁଥିଲା ଅପର୍ତ୍ତି ମା । ସକାଳ ପାଇଁ । ଦେହରେ ବଳ ଥାଉ କି ନଥାଉ ମନର ବଳରେ ସବୁ କାମ କରିଯାଏ । ଘର ଲିପା, ଝୋଟି ଚିତା ଦେବା କାମଟା କେତେ ନିଖୁଣେଇ କରେ । ଯେତେ ଟାଣଟୁଣ ହେଲେ ବି ବାହା ପୁଆଣିରେ ବନ୍ଧୁ ବାନ୍ଧବଙ୍କୁ ନୂଆଁ ଲୁଗା ଖଣ୍ଡେ ପିନ୍ଧାଇବାରେ ହେଳା କରେ ନାହିଁ । ଅତିଥି ଅଭ୍ୟାଗତ ତାରି ହାତରେ ଖୁସି । ବୋଇତକୁ ଧୁଆଧୋଇ କରି ତା ଉପରେ ଚନ୍ଦନ, ସିନ୍ଦୁର, ଫୁଲ ଚଢ଼ାଇ ଧୂପ ଦୀପର ବାସରେ ଅପର୍ତ୍ତି ମା ସାକ୍ଷାତେ ବାଶୁଳୀକୁ ଡାକି ଆଣି ପାରେ । ଶୀତଳ ଭୋଗ ଦେଇ ତୁନିତୁନି କେତେ କଥା

ମନାସେ। ସେ ବି ଏଇ ଦିନଟାରେ ବ୍ରାହ୍ମଣ ଡକାଇ ବିଶ୍ୱକର୍ମାଙ୍କୁ ପୂଜା ଦିଏ। ପୂଜା ପରବ, ଭୋଜିଭାତ, ମାନ ସନମାନରେ ନିଧିଆ ତା କୁଳପତିର ଟେକ ଠିକ୍ ରଖିଛି। ସେମିତିଆ ଘରୁ ଝିଅ ଆଣିଲେ ଯାଇ ଏ ବେଭାର ବୁଝିବ।

ଚଇତ ପୂର୍ଣ୍ଣିମାକୁ ଆଉ ଦିନ କେଇଟା ବାକି। ଏଥର କାହିଁକି ତାକୁ ସବୁକଥା ଭାରି ଭାରି ଲାଗୁଛି। ଅବଶ୍ୟ କୁଳ ସଭା ଡାକି ସେ ସବୁ ବୁଝେଇ ଦେଇଛି ଯେ, ବୋଲହାକରେ କାମଟା ତୁଲେଇବା କଥା। ଗଲା ରାତିର ସପନଟା ତାର ମନଟାକୁ କେମିତି ଦାବି ଦଉଛି। ରାତି ଅଧରେ ଆଖି ଲାଗୁ ଲାଗୁ ଦେଖିଲା ଅଶ୍ୱିନୀ ବାଶୁଳୀ ଢ଼ିଙ୍କି ମୁଣ୍ଡରେ ବିଜେ ଥାଇ ପୂଜା ମାଗୁଛି। ତା ଆଖିରୁ ଲୁହ ବହୁଛି। ନିଧିଆକୁ ତା ପରଠୁ ଆଉ ନିଦ ନାହିଁ। ପୂଜା ବିଧି ତ ଆରମ୍ଭ ହେଇନି। କଣ ଅଘଟଣ ହେଲା କି ଆଉ। ସକାଳୁ ପିଣ୍ଡାରେ ବସି ସେଇ କଥା ଭାବି ହେଉଥାଏ। ରାତିରେ ଅପର୍ତ୍ତି ଫେରି ନାଇଁ। ଯାଇଚି କଟାପାଲି ଆଖଡାକୁ।

"କ'ଣ କିରେ ନିଧିଆ, ଘୋଡ଼ା ନାଚକୁ ତ ବୟସ ଗଲାଣି ଭାରି। ଏଥର ପିଣ୍ଡାରେ ବସି ବିଡ଼ି ଟାଣୁଟାଣୁ ପୋଥି ବୋଲିବୁ। କେଉଟ କୁଳର ଭେଣ୍ଟିଆଙ୍କୁ ସମ୍ଭାଳିବୁ ନାଇଁକି..."

ରାଧୁ ଗୁଡ଼ିଆ। ପସରା ନଉ ନଉ ଟିହେଇ ଦେଇଗଲା। ୟେ ପରା ତାର ଜାତିର ଦୋଷ। କେଉଟ କୁଳକୁ ବାଦ ସାଧିବାଟା ୟାଙ୍କର କୁଳବେଉସା ପରିକା। ଏଇଟା କୋଉ କାଳରୁ ଚଳି ଆସୁଛି। ଏଇ ଗୁଡ଼ିଆ ଜାତିଟା ପରା ବାଶୁଳୀକୁ କେଉଟ କୁଳରୁ ଛଡ଼େଇ ଦେବା ଆଳରେ କବାଟ କିଳି ରଖି ଦେଇଥିଲେ। ହେଲେ କେଉଟ ହାତରୁ ପୂଜା ପିନ୍ଧିବା ପାଇଁ ଦେବୀ ବନ୍ଦ ଘରୁ କାନ୍ଥ ଭେଦି ବାହାରି ଆସିଲାବେଳେ ଗୁଡ଼ିଆ ଜାତି ଖଣ୍ଡାରେ ବାଶୁଳୀର ମୁଣ୍ଡ ହାଣିଲେ। ଗଣ୍ଡିଟା ସେଇଠି ପଡ଼ି ରହିଲା। ମୁଣ୍ଡଟାକୁ ଦାସ ରଜା ଘେନି ଆଣିଲା। ସେଇ ଦିନଠୁ କେଉଟ କୁଳରେ ବାଶୁଳୀର ମୁଣ୍ଡ ପୂଜା ପାଏ। ତା ଲାଙ୍ଗୁଳ ଗୁଡ଼ିଆ କୁଳରେ ପୂଜା ପାଇଲା। ଯେତେ ଲାଗିଲେ କି ଯେତେ କହିଲେ କଣ ହେବ ଗୁଡ଼ିଆଏ କେଉଟର ମାନ ଟେକର ତାଳକୁ ଆସି ପାରିଲେ ହେଲା। ପୂର୍ଣ୍ଣିମାଟା ଆଗକୁ ଅଛି। ଖାଲିଟାରେ ପୁଣି ବାଦ ବିବାଦକୁ ଟାଣି ହେଇଯିବ ଭାବି ନିଧିଆ ତୁନି ରହିଲା।

ସକାଳର ପାଣିଚିଆ ଖରାଟା ଏଥର ଗାଢ଼େଇ ଆସିଲାଣି। ଅପର୍ତ୍ତିଆଟା

ଏଯାଏଁ ଫେରିବା ନାଁ ଗନ୍ଧ ନାଇଁ। ବାଟ ଚାରି କୋଶର ଗାଁ। ସେଥିରେ ଫେର୍ ରାତି ରହଣି। କଣ କହିବ ଏ ଆଜିକାଲିକା ପିଲାଙ୍କ ନବରଙ୍ଗକୁ। ଅଧ ପୋଡ଼ା ବିଡ଼ିଟାକୁ ପିଡ଼ାରେ ଘଷି ଉଠିଲାବେଳକୁ ଗାଁ ଚୌକିଆ ତା ଦୁଆର ସାମ୍ନାରେ ଠିଆ।

କାଶିକାଶିକା ଥତମତ ହେଇ ଚୌକିଆ କହିଲା, "ନାଏକ, ଆଜି ଗାଁ ପଞ୍ଚୁଆତି ବସିବ। ତମକୁ ଡକରା..."

'କାହାର କଣ ହେଲା କିରେ ?' ନିଧିଆ ଉତ୍ସୁକ ହେଇ ପଚାରିଲା।

"ଆଉ ଏତେ ଜାଣି ଅଜାଣିଆ ହେଇ କି ଲାଭ ପାଇବ ହୋ। ଭିତରେ ଭିତରେ କଥାଟାର ଦଫାରଫା କରିଦବ ଭାବିଛ କି ନାଇକ। ପାଞ୍ଚ ଖଣ୍ଡ ଗାଁରେ ହୁରି ପଡ଼ିଲାଣି.. ପୁଅ ତେଣେ ନେତ ଧୋବଣୀର ନାତୁଣୀ ସାଙ୍ଗେରେ..." ଗାଁ ଚୌକିଆର ଉତ୍ତରଟା ତା ପାଖରେ ଠିଆ ହେଇଥିବା ବନ ସାହୁ କାଠ ହାଣିଲା ପରି ଠାଏ ଠାଏ କହିଦେଲା।

ଲାଙ୍ଗୁଡ଼ରେ ଠିଆ ହେଇ ଫଣା ଟେକିଲା ପରି ବେକ ଭାଙ୍ଗି ଦୁଇ ହାତରେ ବନ ସାହୁର ବେକଟାକୁ ମୁଠେଇ ଧରିଲା ନିଧିଆ। ବନ ସାହୁର ଧୋକଡା ଦିହଟା ତଳେ ପଡ଼ିଗଲା। ହାଁ ହାଁ କରି ଚାରି ପାଞ୍ଚ ଜଣ ଧାଇଁ ଆସି ଦିହିଁଙ୍କୁ ସମ୍ଭାଳି ନେଲେ। ସନୁ ମଲିକ ବୋଧ ଦଉ ଦଉ ନିଧିଆକୁ ଘର ଭିତରକୁ ବଳେଇ ଦେଲା- "ତୋରି ଏକା କପାଳ ଦୋଷରେ ନିଧିଆ। ନହେଲେ ଗୋଟେ ବୋଲି ପୁଅ ପୁଣି..."

ସେଦିନ ଗାଁ ପଞ୍ଚୁଆତିକୁ ନିଧିଆ ଗଲା ନାଇଁ। ଅପର୍ତ୍ତି ମା କତରା ଲାଗିଲା ପରି ଖଟିଆ ଧରିଲା। ଅପର୍ତ୍ତିଆଟା ଚାଲି ଆସନ୍ତା କି। ଏ ଗାଁ ଲୋକଙ୍କ ମୁହଁରେ ଚଟକଣି ବସିଲା ପରି ହୁଅନ୍ତା। ବାବନା ଭୂତ ପରି ଏଠି ସେଠି ଦଣ୍ଡପାଟୁଆଙ୍କ ସାଙ୍ଗେରେ ବୁଲୁଥିବ ସିନା। ଚଇତ ମେଳଣକୁ ତାର ମନ ଆଉ କୁ'ଠି ଆଉ ବାନ୍ଧି ରହିବନି। ତାରି ଘରେ ଏତେ ମଉଛବ ଲାଗିଥିବ, ଆଉ ତାରି ପିଲା ପୁଣି ବାହାରେ ମନ ଆଣ୍ଟେଇ ରହିପାରିବ ? ଏ ଗାଁ ଲୋକଙ୍କ ହିଂସୁକୁଟା ପ୍ରକୃତି ତାକୁ ଜଣା। କାହାର ଭଲରେ ମନ୍ଦରେ ନ ଥାଏ ବୋଲି ପଞ୍ଚୁଆତିରେ ତାକୁ ନାକରା କରିବା ପାଇଁ ୟାଙ୍କର ମସୁଧା ଚାଲିଛି। ଏମିତି ଜୋର୍ ଜବରଦସ୍ତିଆ ତାର ଘରର ଶିରୀ ତୁଟେଇ ଦେଇ କଣ ଆଉ ସବୁ ବିଘଟନ କରେଇ ଦେବେ ୟେ ଗୁଡ଼ା ? ଖାଲି ପିଲାଟା ଘରକୁ ଆସିଯାଉ।

ପଞ୍ଚୁଆତିରୁ ଗୋଟେ ଦି'ଟାଙ୍କୁ ଗୋଗଛ ବାଡ଼ିଆ କରି ନ ଦେଇଛି ତ ସେ କି କେଉଟ ମରଦ।

ଚାରି ଦିନ ଗଡ଼ିଗଲା। ଅପର୍ତ୍ତି ଫେରିଲା ନାହିଁ। ନିଧିଆର ଛାତିରେ ଦକ ପଶିଲା। ଅପର୍ତ୍ତି ମାଁ ବନ୍ଧକୁ ଘାଟକୁ ଆଉ ଗଲା ନାହିଁ। ସାଇ ପଡ଼ିଶାଙ୍କ ଫୁସୁର ଫାସର ଶୁଣିବାକୁ ଆଉ ଯେମିତି ତାର ଯୁ' ନାଇଁ। କଣରେ ମାଟିର ସିଂହାସନଟିଏ। ସେଥିରେ ଘୋଡ଼ା ମୁହଁର ଚିତ୍ର ଅଙ୍କା ହେଇଛି। ନାଲି ଛିଟ କନାରେ ତାର ସବୁ ଆଡ଼ ଘୋଡ଼ା ହେଇଛି। ବାହାରକୁ ଖାଲି ଥୋମଣିଟା ଦେଖାଯାଉଛି। ନିଧିଆ ଘଡ଼ିଏ ସିଆଡ଼କୁ ଚାହିଁ ପୁଣି ମନକୁ ଦାମ୍ଭିଲା। ଯେତେହେଲେ ଜାତି ଭାଇ। ଏତେ ଦିନ ହେଲା ସେ ତ ଫେର୍ ସମ୍ଭାଳି ଆସିଛି। ଖାଲି ପୂଜା ପାଠ କି ବାହା ପୁଆଣିରେ ନୁହଁ, ନିତିଦିନିଆ ଦୁଃଖସୁଖରେ ସେ ସାହାପଟ ହେଇଛି। କା'ର ଗାଈ କେତେ ପଟ ମଡ଼କରେ ମରିଗଲେ, ମାଲି ମକଦ୍ଦମାରେ ପଡ଼ି କାହାର ଜମି ବିକିବା ଯାଏଁ କଥା ଗଲା, କା'ର ଭାଇ ଭାଗରେ କଥା ପଡ଼ିଲା, ସବୁ ଦୁର୍ଦ୍ଦଶାରେ ସେ ହାତ ବଢ଼େଇଛି। ହେଲେ କାହା ପଟିଆ ହେଇ କା' ପାଖରେ ଆଉଜି ଯାଇନି। ହଉ ହେଲା, ପୁଅ ଅଜାତିରେ ଗଲା। ଦିହରୁ ହାତ କି ଗୋଡ଼ ଅକାମୀ ହେଇଗଲେ ପୁରା ଦିହଟା ତ ମାରା ହେଇ ଯାଏନି। ଦୁନିଆଁରେ ଏମିତି କେତେ ଝାମେଲା। ସବୁଟାକୁ ତ ଫେର୍ ନେଇ ଚଳିବାକୁ ହେବ।

ଦେଖୁ ଦେଖୁ ଆଉ ଚାରି ଦିନ ଗଡ଼ିଗଲା। ଚେମେଣି ବେହେରା କହିବା ଅନୁସାରେ ବାଉଁଶ ହାଣିବା ପାଇଁ କି ସକାଳୁ କେଉଟ ସାଇରୁ ଗଲେଣି। ନିଧିଆ ପରତେ ଗଲା ନାଇଁ। ସଞ୍ଜରେ ଘଣ୍ଟ କରତାଳ ଶୁଭିଲା ପରି ଲାଗିଲା। ଅପର୍ତ୍ତି ମା ପଖାଳ କଂସାଏ ସାଙ୍ଗରେ ଆମ୍ବୁଲ ଦି ଫଡ଼ା ଆଉ ପିଆଜଟାଏ ତା ପାଖରେ ରଖି ଦେଲା। ଦୋକାନକୁ ବାହାରୁନି। ଯାହା ଥିଲା ସେଥିରେ ଚଳୁଛି। କେତେବେଳେ ହାତ ଯୋଡ଼ି କଣ ମନାସୁଛି ତ ଆଉ କେତେବେଳେ କାହାକୁ ଶାପ ଦେଇ ଆଙ୍ଗୁଠି ଫୁଟାଉଛି। ତା ଅବସ୍ଥା ଆଉ ଦେଖି ହଉନି। ନିଧିଆ ପଖାଳ କଂସାରେ ଜମାରୁ ହାତ ଦେଲାନି। ସେମିତି ରଖି ଦେଇ ଖଟିଆରେ ପଡ଼ିଲା।

ଗାଁରେ ଖାସି ପଡ଼ିଛି। ଅପର୍ତ୍ତି ମୁଣ୍ଡଟା ଧରି ଧୋବା ସାଇ ଗଳିରେ ଯାଉଛି। ତା ପଛରେ ନେତ ଧୋବଣୀର ନାତୁଣୀ ଡଲାଟାରେ ଅଗିରା, ଛେଲି

ଧରି ଟଂଟଂ ଯାଉଛି। ମଶାଣିରୁ ଶେଯ ଖଟ ଉଠାଇ ଅପର୍ତ୍ତି ଘର ମୁହାଁ ହଉଛି। ତୁଠରେ ରାମରାମ ପାଟି କରି ଲୁଗା କାଚୁଛି। ଗଣ୍ଡିରା ଗଣ୍ଡିରା ଲୁଗା ବୋହି ତାରି ବାଟ ଦେଇ ଯାଉଛି। ନିଧିଆ ଝାଡ଼ିଝୁଡ଼ି ହେଇ ବସିଲା। ରାତି କେତେ ଘଡ଼ି ହେବ କେଜାଣି। ଦିହଟା ଝାଳରେ ଭିଜି ଗଲାଣି। ମୁଣ୍ଡଟା ଝାଇଁଝାଇଁ କରୁଛି। ଭିତର ଅଗଣାକୁ ଅନାଇଲା ନିଧିଆ। ଡିଙ୍କି ମୁଣ୍ଡରେ ଛାଇଟାଏ... ନାଇଁ ନାଇଁ ଘୋଡ଼ା ମୁହଁଟାଏ। ତାକୁ ଅନେଇଛି। ହାତ ଠାରି ଡାକୁଛି। ସେ ଖୋଦ୍ ଦାସ ରଜା। ରାଇଜଯାକ ବାଣ୍ଟୁଳୀ ବାହନ ଉପରେ ବସି ସେ ସାତ ସମୁଦ୍ର ପାରି ହଉଛି...। ଧୀରେ ଉଠିଲା ନିଧିଆ। ଘୋଡ଼ା ଥାଟ ଉପରକୁ ଭୁଷ୍‌କିନା ଲମ୍ଫ ଦେଲା ଯେମିତିକି ସେ ସମୁଦ୍ର ଲଙ୍ଘୁଛି। ରାତିଟା ତା ପାଦର ଘୋଡା ଟାପୁରେ ଖାଲି ଉଠିଲା ଆଉ ପଡ଼ିଲା। ଚାରି ଆଡ଼େ ରାତିଅଧିଆ ହଇଚଇ। ନିଧିଆ ନାଚୁନାଚୁ ଭୂଇଁ ଛାଡ଼ିଲା। ତା ଚାରି ପଟେ ଘୋଡ଼ା ମୁହଁଟିମାନ ଜୁଳୁଜୁଳୁ ହେଇ ଅନାଇଥାନ୍ତି। ଆହୁରି ଦମ୍‌ରେ ଘୋଡ଼ାର ଟାପୁ ଉଠେଇଲା। ମାଡ଼ିଗଲା କାହିଁ କେତେଦୂର- ସମୁଦ୍ର ଯୋଉଠି ଆକାଶ ସାଙ୍ଗରେ ଭେଟ ପଡ଼େ। ଖାଲି ଉଡ଼ିଲା ଆଉ ଉଡ଼ିଲା। ଉଡୁଉଡୁ ଦୁଲ୍‌କିନା କଚାଡ଼ି ହେଇ ପଡ଼ିଲା।

ମେଲା ଆଖିଟା ଆକାଶ ଉପରକୁ ଅନାଇ ସ୍ଥିର ହେଇ ଯାଇଥିଲା। କେତେବେଳୁ ସେ ଡେଣା ମେଲାଇ ପକ୍ଷୀରାଜ ଘୋଡ଼ାରେ ଉଡ଼ିଗଲା, ନିଧିଆ ନିଜେ ବି ଜାଣି ପାରିଲାନି।

■

ମୋନାଲିସା

- ଫୋନ୍ ଧରିଲା ?

- ନାଇଁ।

- 'ମତେ ଦେଲୁ। ସତ କି ମିଛ ମୁଁ ଟିକେ ଦେଖେ।' ହାବିଲ୍‌ଦାର ଜଣକ ତା ହାତରୁ ଫୋନ୍‌ଟା ସେ ଦେବା ଆଗରୁ ଝିଙ୍କି ନେଲେ। ସେଇ ଗୋଟେ ନମ୍ବରରେ ତିନି ଚାରି ଥର ଚେଷ୍ଟା କଲାପରେ କହିଲେ- 'ସୁଇଚ୍ ଅଫ୍ ବତାଉଛି ସାର୍। ସିଏ କଣ ଆଉ ଧରାଛୁଆଁ ଦେବ ?'

- 'ମୋବାଇଲ୍‌ର ସବୁ ନମ୍ବର ନୋଟ୍ କର। ସେ ଯିବ କୁଆଡ଼େ ଦେଖିବା।' ଥାନା ଇନ୍‌ଚାର୍ଜ ସୁବାସ ସିଂ କହିଲେ।

ପୋଲିସ୍ ମହଲରେ ସୁବାସ ସିଂଙ୍କର ନାଁଟା ବେଶ୍ ଜଣାଶୁଣା। ସେ ବି ଗୋଟେ ବିଶେଷ କାରଣରୁ। ପଳାତକ ପ୍ରେମିକ ପ୍ରେମିକା ମାନଙ୍କୁ ଉଭୟ ପରିବାରର ସହ ବା ସହମତିରେ ଥାନା ପରିସରରେ ବିବାହ କରାଇ ତାଙ୍କୁ ସାମାଜିକ ସ୍ୱୀକୃତି ଦେବାରେ ତାଙ୍କର ସୁନାମ ରହିଛି। କେତେକ କ୍ଷେତ୍ରରେ କନ୍ୟାପିତାର ଭୂମିକା ନେଇ କନ୍ୟାଦାନ କରିଥାନ୍ତି। ଫାଇଲ୍ ଖୋଳତାଡ଼, କେସ୍ ଇନ୍‌କ୍ୱାରି, ଧରପଗଡ଼, ଜେଲ୍ ଜୋରିମାନାର ଇଲାକା ବାହାରେ

ତାଙ୍କର ଏଇଟା ଗୋଟେ ବ୍ୟକ୍ତିଗତ ରୁଚି ହେଇ ଗଲାଣି କହିଲେ ଚଳେ। କୋଉ ଥାନାରେ ତାଙ୍କର ଧର୍ମ ଝିଅଙ୍କ ସଂଖ୍ୟା କେତେ ବଢ଼ିଲା ସେ ନେଇ ସହକର୍ମୀଙ୍କ ଭିତରେ ଚର୍ଚ୍ଚା ଚାଲେ। କିଛି ମାସ ତଳେ ଆତ୍ମ ସମର୍ପଣ କରିଥିବା ଜଣେ ମହିଳା ମାଓବାଦୀ ଓ ରେଡ୍ କରିଡ଼ରର ଜଣେ କର୍ମୀ ସହିତ ବିବାହ କରାଇ ତାଙ୍କୁ ମୁଖ୍ୟ ସ୍ରୋତରେ ଫେରାଇ ଆଣିବାଟା ତାଙ୍କର ଅନ୍ୟତମ ସଫଳତା। ଖୋଲାମେଲା ସ୍ୱଭାବ। ସେଥିପାଇଁ ତଳିଆ କର୍ମଚାରୀଙ୍କ ସହିତ ଦୂରତାଟା ଆପଣାଛାଏଁ କମିଯାଏ।

- ଆରେ ସେଠୀ, ବୁଝ ଲାଗି ଟିକେ ଖାଇବା ବ୍ୟବସ୍ଥା କର। କାଲିଠୁ ଖାଇନି। 'ଭବାନୀ' କେଣ୍ଟିନ୍ ଆଡ଼େ କାହାକୁ ପଠା।

- 'ହଁ ଯେ ସାର୍। ବାକି ୟା ପାଇଁ ଖାଇବାକୁ ଆଣିବାକୁ ଯିଏ ଯାଉଛି, ସିଏ ଆଉ ଫେରୁ ନାଇଁ। ୟାର ପାର୍ଟନର ବି ଯାଇଛିଟି ତା ପାଇଁ ଖାଇବାଟା ଆଣି। ମୋର ବି ସେଇ ଦଶା ହେଲେ ଆପଣ ତେଣିକି ଖୋଜୁଥିବେ।' ହାବିଲ୍‌ଦାର ସେଠୀ ଯାଉ ଯାଉ ହସି କହିଲେ।

ଓ.ଆଇ.ସି ସୁବାସ ସିଂ ଏଥର ବସିଥିବା ଚୌକିଟାକୁ ଘୁରାଇ ତାକୁ ଅନାଇଲେ। ଟେବୁଲ ଉପରେ ଥୁଆ ବୋତଲରୁ ପାଣି ପିଇ ବୋତଲଟାକୁ ରଖୁ ରଖୁ ପଚାରିଲେ- ବାହା ହେଇଛୁ ?

- 'ହୁଁ'। ସଫଲ୍ ପୁଡ଼ିଆଟାକୁ ଖୋଲୁ ଖୋଲୁ ନ ଶୁଣିଲା ପରି ସେ ଉତ୍ତର ଦେଲା।

- ମନ୍ଦିରରେ ?

- ନାଇଁ, ଘରେ।

- ଆରେ ! ଘରେ ବାହା ହେଇଛୁ। ଫେର୍ ତା ଘର ଲୋକେ ତୋ ନାଁରେ ଏତଲା କେମିତି ଦେଲେ ?

- ତାକୁ ହେଇ ନାଇଁ।

- ଫେର୍ କାହାକୁ ?

- ଦୁସ୍‌ରା ଜଣକୁ।

- କୋଉଠି ?

- କର୍ଲାମୁଣ୍ଡା।

- ସେ ମରିଗଲା ?

- ନାଇଁ ।

- ଛାଡ଼ିଦେଲା ?

- ନାଇଁ, ବେକି ଦେଲା । ଶାଲା ଗିଧଡ୍...

- କାହାକୁ ?

- ସରାଇପାଲିର ମିସ୍ତିରୀକୁ ।

- ଫେର୍ ?

- 'ହାଏ ଦୋସ୍ତ, ଗୁଡ୍ ମର୍ନିଂ ।' ହଠାତ୍ ରୁମ୍ ଭିତରକୁ ପଶି ଆସୁ ଆସୁ ଖପ୍ରାଖୋଲ ଓ.ଆଇ.ସି ସୁଶାନ୍ତ ବଢ଼େଇ ସୁବାସ ସିଂଙ୍କ ଆଡ଼କୁ ହାତ ବଢ଼ାଇ କହିଲେ । ଦୁହେଁ ବ୍ୟାଚମେଟ୍ । ଭଲ ବନ୍ଧୁ ବି ।

- ଆରେ ତମେ କୁଆଡୁ ଖସି ପଡ଼ିଲ ହୋ ।

- ବୁଝିଲ, ଖବରକାଗଜରେ ତମର ସୋସିଆଲ୍ ରିଫର୍ମେସନ ପଢ଼ି ପଢ଼ି ଚିଟା ଧରିଲା । ଫି ମାସରେ ସେଇ ଗୋଟାଏ ନିଉଜ୍- ଥାନା ପରିସରରେ ଫେରାର୍ ପ୍ରେମୀଯୁଗଳଙ୍କ ବିବାହ । ଥାନାବାବୁଙ୍କ ବ୍ୟକ୍ତିଗତ ତଦାରଖରେ କାର୍ଯ୍ୟସ-ନ୍ନ... ଇତ୍ୟାଦି ଇତ୍ୟାଦି । ଭାବିଲି ଦୋସ୍ତକୁ ଟିକେ ଚର୍ମ ଚକ୍ଷୁରେ ଦେଖି ଆସେ । ବୁଝିଲ ୟାର୍ ତମେ ଏଥର ଚାକିରୀ ଛାଡ଼ି ଗୋଟେ ଏନ୍.ଜି.ଓ ଖୋଲିପକା ସତରେ । କଥା ଯାଇ ଆଇ.ଜି ଆଉ ହୋମ୍ ସେକ୍ରେଟେରୀ ପାଖରେ ପହଞ୍ଚିଗଲାଣିଟି । ଏଥର ପ୍ରେସିଡେଣ୍ଟ ମେଡ଼ାଲ୍‌ଟି ଥୁଆ ଜାଣ ।

- ଛାଡ଼ ଛାଡ଼ । ଆଉ ଖବର କଣ କହ ।

- ଖବର ବିଶେଷ କିଛି ନାହିଁ ଭାୟା । ହେଡ୍‌କ୍ୱାର୍ଟର୍ସକୁ ବୋଝେ ଫାଇଲପତ୍ର କାମରେ ଆସିଥିଲି । ଭାବିଲି ଟିକେ ମୁହଁ ମାରି ଯାଏ ।

ବେହେରା ଦୁହିଁଙ୍କୁ ଚା' ଧରାଇଲା । ସୁବାସ ସିଂ ଆଉ କପେ ଚା ଦେବା ପାଇଁ ବେହେରାକୁ ରୁମ୍‌ର କଣକୁ ଆଙ୍ଗୁଠି ଦେଖାଇଲେ । ସୁଶାନ୍ତ ସିଆଡ଼େ ମୁହଁ ବୁଲାଉ ବୁଲାଉ କହିଲେ- ଆରେ, ଇଏ ଏଠି କଣ ଫେର୍ କରୁଛି !

- ଜାଣିଛ ତା ହେଲେ ।

- ଜାଣିଛି ମାନେ, ସୋହେଲା ଥାନାରେ ଥିଲାବେଳେ ଗୋଟେ ଇଲୋପ୍‌ମେଣ୍ଟ କେସ୍‌ର । କଣ ଏଠି ବି ସେଇ ଝାମେଲା ?

- ହଁ-

- ତାହେଲେ ୟାର ରେଗୁଲାର ଫିଚର ।

- ସାର୍ ଡ୍ରାଇଭର ଖାଇକି ଆସିଲାଣି। ଏଥର ଯିବା ସାର୍...
କନେଷ୍ଟବଳ ଜଣେ ଆସି, ଓ.ଆଇ.ସି ସୁଶାନ୍ତ ବଡ଼େଇଙ୍କୁ କହୁକହୁ କଡ଼କୁ ଚାହିଁଲେ। ଚାହୁଁ ଚାହୁଁ ଚମକି ପଡ଼ିଲା ମରି କହିଲେ- ତୁ ଏଠି ବି ଆସି ହାଜର !

- ତମେ ବି ଚିହ୍ନିଛ କିହୋ।

- ସାର୍ କହନ୍ତୁନି। ମୁଣ୍ଡାରୀ ପିଲାଟା ସାଙ୍ଗରେ ଉଦୁଲିଆ ପଳେଇ ବାରକୋଟ ଥାନାକୁ ଧରା ହେଇ ଆସିଥିଲା। ଆରେ ବାପ୍‌ରେ ନାକେଦମ କରି ପକାଇଛି। ସେଇ ପିଲାଟାର ହାତ କାମୁଡ଼ି ପକାଇଲା ସାର୍ ! ଆଉ ଟିକକରେ ଶିରା ଛିଣ୍ଡି ମରିଥାନ୍ତା। ସାକ୍ଷାତେ ମାଁ ରକ୍ତମୁଖା କାଳୀ ! ଏଠି ପୁଣି ସେଇ କାରନାମା ନା କଣ...

- ଚାଲ ଚାଲ ଯିବା। ଏଇ ସବୁ କାରନାମା ସମ୍ଭାଳିବାକୁ ଆମର ଦୋସ୍ତ ଟାକି ବସିଛନ୍ତି। ଆମର ଆଉ ଚିନ୍ତା କଣ। ଓ.ଆଇ.ସି ସୁଶାନ୍ତ ବଡ଼େଇ ହସିହସି କହି ଯିବାକୁ ବାହାରିଲେ।

ଥାନା ଫାଟକ ପାଖରେ ସେମାନଙ୍କୁ ହାତ ହଲାଇ ସୁବାସ ସିଂ ଫେରି ଆସିଲେ। ସେ ଖାଇ ସାରି ଗୋଟେ ସଫଲ ଗୁଟ୍‌ଖା ପାଟିରେ ପକାଇଲା। ଧବଳ କୁଷ୍ଠରେ ଆକ୍ରାନ୍ତ ଥାନାର ଚୂନଛଡ଼ା କାନ୍ଥକୁ ଆଉଜି ସେ ବେଧଡ଼କ ଗୋଡ଼ ଲମ୍ବାଇ ବସିଲା ଆଉ ପରବର୍ତ୍ତୀ ପ୍ରଶ୍ନୋତ୍ତରୀକୁ ଅପେକ୍ଷା କଲା।

- କଣରେ, ସେମାନେ ଯାହା କହିଲେ ସତ ?

- ହୁଁ।

- ମୁଣ୍ଡାରି ପିଲାଟା ସାଙ୍ଗରେ କଣ ପାଇଁ ଅପଡ଼ ହେଲୁ ଯେ। ତୋରି ଜାତିର...

- "କାହିଁର ଜାତ୍‌ପାତ୍। ସବୁ ଏକା ଭାଡ଼ିର ପରୁଆ..." ଓ.ଆଇ.ସିଙ୍କୁ ଗୋଟେ ରକମ ଚମକାଇ ଦେଲା ପରି ସେ କହିଲା। ଟିକିଏ ରହିଯାଇ ପୁଣି ସହଜ ଅଥଚ ଉଚ୍ଚା ସ୍ୱରରେ କହିଲା- ମୋଠୁ ଯାହା ଥିଲା ସବୁ ଛଡ଼େଇ ନେଲା। କୁଲି ମଜଦୁରୀ କରାଇଲା। ଗଧ ଲେଖେଁ କାମ କରାଇଲା। ମୋରି ଦାନା ଖାଇ ଜିଇଁଲା। ଫିର୍ ବରମସିଆ ଦାରୁ ପିଇ କରି ମତେ ମାର୍‌ପିଟ୍ କଲା। ଶାଲା କୁତ୍ତା...

- ହାତଟାକୁ ସତରେ କାମୁଡ଼ି ଦେଲୁ ?

- ଆଉ ନାଇଁ ତ କଣ । ଶାଲା ଗିଧଡ୍ ଭାବୁଥିଲା ଖାଲି ତାକୁ ଇ ଶୀକାର ବନାଇ ଆସେ । ପୁଲିସ୍ ଧରିଦେଲା । ନାଇଁ ତ ସିଧା ଚାକୁ ପେଲି ଦେଇଥାନ୍ତି ।

- ନିଶା ଖାଉ ?

ସେ ମୁଣ୍ଡ ଟୁଙ୍ଗାରିଲା । ପୁଣି କହିଲା- ହର୍‌ଦିନ ନାଇଁ । କେଭେଁ କେଭେଁ ।

ଝାଡୁ ମାରିବା ପାଇଁ ଉକିଆ ମେହେନ୍ତରାଣି ଝାଡୁଟାଏ ଧରି ଆସିଲା । ସୁବାସ ସିଂକୁ ନମସ୍କାର ହେଇ ତା ଆଡ଼କୁ ଚାହିଁଲା । ସେ ସେମିତି ବସିଥାଏ ।

- ହେଇ, ମହାରାଣୀ ପରି ଗୋଡ଼ ଫରକଟେଇ ବଇଚୁ କଣ ? ଉଠ୍, ଝାଡୁ ମାରିବି । ସାର୍‌ଙ୍କ ସାମ୍ନାରେ ବି ୟାକୁ ଲାଜ ସରମ ଟିକେ ନାଇଁ । ଚାଲ ଉଠ୍ ଭାରି ।

- ବୁଝିଲୁ ଉକିଆ, ଇଏ ମହାରାଣୀ ନୁହେଁ ଗୋଟେ ମହାରାଜୀ । ଆଗେ ରାଜା ମହାରାଜା ମାନେ ରାଇଜ ସାରା ରାଣୀ ଠୁଳ କରୁଥିଲେ । ଇଏ ରାଇଜ ବୁଲି ରଜା ଗୋଟାଉଛି । ସେଇ କନେଷ୍ଟବଲଟା କହୁଥିଲା ତା ଜାଣିବାରେ ଏଇ ଆଠ ନମ୍ବର... । ବେହେରା କହିଲା ।

ସୁବାସ ସିଂ ହାତ ଠାରି ବେହେରାକୁ ଚୁପ୍ ହେବାକୁ କହିଲେ । ସେ ଉଠି ପଡ଼ି ଥାନା ବାରଣ୍ଡାକୁ ଆସିଲା । ଉକିଆ ଝାଡୁ ମାରି ସାରି ବାରଣ୍ଡାରେ ବସି ଟିକେ ଥକା ମାରିଲା । ବାରଣ୍ଡାର ଖରାଟା ତା ଗାଲରେ ପଡୁଥାଏ । କାହିଁ କେତେ ଦିନର ଚିହ୍ନା ପରିଚିତ ମାଉସୀ ପିଉସୀ ପରି ମୁରବିପଣିଆ ଜାହିର କରି ଉକିଆ ତାକୁ କହିଲା- 'ସରାଇପାଲିର ମିସ୍ତ୍ରୀଟା ଖାନାପିନା ଦେଇ ସୁଖରେ ରଖିଥିଲା । ବାରକୋଟ୍ କନେଷ୍ଟବଲ କହୁଥିଲା କି ସେ କୁଆଡ଼େ ରାୟପୁରରେ ତୋ ଲାଗି ଘର ଖଞ୍ଜିଦେବା ଉପରେ ଥିଲା । ଫେର୍ କଣ ତୋର ଅସୁବିଧା ହେଲା ଯେ...'

- 'ମୁଠେ ଅରନ୍ ଦଉଥିଲା । ହେଲେ ଫି ରାତି ମରନ୍ ମୁହେଁ ଠେଲୁଥିଲା । ଶାଲା ଗିଧଡ୍ । ତୋରଡ୍ ମୋରଡ୍ କରି ମତେ ବେଜାନ୍ କରି ଦଉଥିଲା । କୁକୁର ଲଙ୍ଗୁର ସାଙ୍ଗେ ବିସ୍ତର୍‌କୁ ଗଲେ ବି ମାନ ମହତ ରହିବ । ହେଲେ ଏଇ ରକମର ଘଟିଆ ମରଦ... ଛିଃ... ଥୁକିବାର ବି ଲାୟକ୍ ନାଇଁ ।'

- ତୋ ପାଇଁ କିଏ ଫୁଲ ଚାଙ୍ଗୁଡ଼ି ବିଛେଇବ କିଲୋ ଅଲକ୍ଷଣୀ କୋଉଠିକାର । ହାଟରେ ପରିବା ବାଛିଲା ପରି ବାଟରେ ମରଦ ବାଛୁଛି । ଶେୟଃ...

- ନାଇଁ ହେଲେ ନୋହିଲା । ହାଓ୍ୱା ପାନିରେ ଉଡ୍‌ଲା ବୁଡ୍‌ଲା ତିର୍ଲା ମୁଇଁ । ଫନ୍ଦି ଫିସାଦ ଆଉ ସନ୍ଧି ଅରକଲି ଭିତରେ ଘଣ୍ଟାସନା ଜିନ୍ଦଗୀ ମୋର ଦରକାର ନାଇଁ ।

ତା ପାଟିର ଦମ୍ ଓ ଶବ୍ଦର ଚମକରେ ସୁବାସ ସିଂ ଚେୟାରରୁ ଉଠି ବାଟ ମୁହଁକୁ ଚାଲି ଆସିଲେ । ତା ଭିତରୁ ଉଗାରି ହେଉଥିବା ଉତ୍ତେଜନାକୁ ପ୍ରଶମିତ କରିବା ପାଇଁ ନା କଣ କଅଁଳ କରି ଡାକିଲେ- ବୁଇ, ଭିତରକୁ ଆ ।

- 'ବୁଝିଲେ ସାର୍ । ଇଏ ବୁଝିଲା ପରି ବୁଇ ନୁହଁ । ଏଟା ତୁଚ୍ଛା ଅଘରୀଟା । ଆଜି ୟା ସାଙ୍ଗରେ ତ କାଲି ତା ସାଙ୍ଗରେ...' ଉକିଆ ମେହେନ୍ତରାଣୀ ଭଟର ଭଟର ହେଇ ଝାଡୁଟା ଉଠାଇ ସେଠୁ ଚାଲିଗଲା ।

- 'ତୁ ଜମାରୁ ବ୍ୟସ୍ତ ହ'ନା ବୁଇ । ସେ ଯୋଉଠି ଥିଲେ ବି ମୁଁ ଖୋଜି ଆଣିବି ।' ସୁବାସ ସିଂ ବୁଝାଇ କହିଲେ ।

- ଆଉ ଖୋଜା ଲୋଡ଼ା ଦରକାର ନାଇଁ ।

- ମାନେ ?

- ମାନେ ଆଉ କଣ । ଯେ ଗଲା ସେ ମଲା ।

- ନାଇଁ ନାଇଁ । ସେମିତି ହ'ନା । ତାକୁ ବୁଝାବୁଝି କରି ନେଇ ଆସିବା ଯେ ।

- କିଛି ଜରୁରତ ନାଇଁ । ଟେକା ପାନିରେ ଶୋଷ ମରେ ନାଇଁ । ମୋଠି ତାର ମନ ଭରିଗଲା, ନାଇଁ ତ ମନ ମରିଗଲା । ଯାଉ । ଶାଲା ଡରପୋକ । କାୟର୍ କାହିଁକା ।

ଝରକା ପାଖରେ ସେ ଗୁମ୍ ହେଇ ବସିଲା । ଝିଅଟା ଅଦ୍ଭୁତ ଜିଦ୍ଧି । ତା ଘରକୁ ଯିବାକୁ ବି ମଙ୍ଗୁନି । କଥା କହୁନି ଯେ ପାଟିରୁ ଖଣ୍ଡି ବତାସ ପିଟୁଛି । ଅବଶ୍ୟ ଭିତରର ଭଡ଼ାସ୍‌ଟା ବାହାରୁଛି । ଆପଣାଛାଏଁ ନରମି ଯିବ ଯେ । କେସ୍‌ଟାକୁ ଠିକ୍‌ରେ ହେଣ୍ଡେଲ୍ କରିବାକୁ ହେଲେ ତାର ମିଜାଜ୍‌ଟାକୁ ଟଲରେଟ୍ କରିବାକୁ ପଡ଼ିବ । ସୁବାସ ସିଂ ମନେ ମନେ ଭାବିଲେ । ଏତିକିବେଳେ ହାବିଲଦାର ସେଠୀ କଣ ଗୋଟେ ବିଶେଷ ଖବର ନେଇକି ଆସିବାର ମୁଦ୍ରାରେ ରୁମ ଭିତରକୁ ପଶିଲେ । ପଚାରିଲେ- ବଇଣ୍ଡାର ସେଇ ଲୁଗା ଦୋକାନୀ ସାଙ୍ଗରେ ତିନି ମାସ ରହିଥିଲୁ ଶୁଣିଲି । ତାକୁ ଛାଡ଼ି...

- 'ଶାଲା ହୀନମନିଆ ଗାଡ଼ଭାଲୁ । ଗୋଟେ ତିର୍ଲାକୁ ଧୋକା ଦେଇ ମତେ

ନେଲା । ଗାଡ଼େ ଗାଡ଼େ ଚୋରି ଛିପା ନାଟ ତାମସା ଲଗାଇ ଥିଲା । ମୁଇଁ ନିଡର୍ ତିର୍‌ଲା । ମତେ ଲୁକ୍‌ଲୁକାନି ପସନ୍ଦ ନାଇଁ ।' ହାବିଲଦାର ସେଠୀଙ୍କ ମୁହଁରୁ କଥା ଛଡ଼େଇ ସେ ସେମିତି ଠାଏ ଠାଏ କହିଲା ।

- ହଇରେ, ଏମିତି ବାର ଘାଟର ପାଣି ପିଇ...

- 'ଶୋଷର ଲାଗି ନାଇଁ । ସଫା ପାନିର୍ ଲାଗି ଘାଟ ଘାଟ ଘୁରି ବୁଲୁଛି । ଯହିଁ ଦେଖ, କଚ୍‌ଡା ଗଦା ।' ପୁଣି କଥା ଛଡ଼େଇ କହିଲା ।

- ଏ ପିଲାଟା ଆଉ ଆସିବ ନାଇଁ ବୁଝିଲୁ । ସେ ଗଲାଣି ତା ଘରକୁ ।

- ଶାଲା ଚିପ୍‌କଲୀ । ଲଟ୍‌କିବାର ଲାଗି ତାକୁ ଘର ଦୁଆର ଦରକାର ।

- ତୋର ଏ ନୌଟଙ୍କି...

ସୁବାସ ସିଂ ହାତ ଠାରି ଆଉ କିଛି ନ କହିବାକୁ ହାବିଲଦାରଙ୍କୁ ମନା କଲେ ।

ସେଦିନ ସାରା ଦିପହର ଓ.ଆଇ.ସି. ସୁବାସ ସିଂ କାମ ଭିଡ଼ରେ ବ୍ୟସ୍ତ ରହିଲେ । ସହରକୁ ନୂଆଁ ସବ୍ କଲେକ୍‌ଟର ଆସିଛନ୍ତି । ରାସ୍ତା ଚଉଡ଼ା ପାଇଁ ଉଠା ଦୋକାନ ସବୁକୁ ହଟାଯିବ । ସେଥିପାଇଁ ବିକ୍ଷୋଭ, ଗଣ୍ଡଗୋଳ ଆଉ ଲ ଅର୍ଡର ସମସ୍ୟା । ଛୋଟ ସହର । ଏଠାର ରହଣି ଭିତରେ ସମସ୍ତେ ପ୍ରାୟ ମୁହଁ ଚିହ୍ନା । ଭାରି ଅଖାଡୁଆ ପରିସ୍ଥିତି । ଏଇ ଚେୟାରକୁ ଯିଏ ଆସିଲେ ଏଇ ନାଟକଟି ପ୍ରତିଥର ରିହର୍ସାଲ ହୁଏ । ପୁଣି ମାସ କେଇଟା ଭିତରେ ରାସ୍ତାର ସେଇ ଅବସ୍ଥା ଫେରି ଆସେ । ଏମିତି ଘର ଭଙ୍ଗା, ନାରୀ ସଶକ୍ତିକରଣ ଓ ଶିଶୁ କଲ୍ୟାଣ ଆଦି ବିକାଶର ସହଜ ରାସ୍ତାରେ ଟିକେ ହାଲ୍‌କା ଫୁଲ୍‌କା ପଦ ଚାରଣ କରି ବାବୁମାନେ ନିଜ ପିରଅଡ୍‌ଟା କଟେଇ ଦିଅନ୍ତି । ଯୋଉଟା ଅସଲ ସିରୟସ ଇସ୍ୟୁ ତାକୁ କୋଉ ଅଫିସର ଛୁଇଁବାକୁ ଚେଷ୍ଟା ମଧ୍ୟ କରିବାର ସେ କେବେ ଦେଖି ନାହାନ୍ତି । ଆଉ ତା ଭିତରେ ପୁଣି ଏ ଲ ଅର୍ଡର ଦାୟିତ୍ୱ । ସୁଶାନ୍ତ ଠିକ୍ କହୁଥିଲା, ଏସବୁ ଛାଡ଼ି ବରଂ ଏନ.ଜି.ଓ ରେ କାମ କଲେ ଭଲ । ଭୋକ ହେଲାଣି । ଏ ଯାଏଁ ଖାଇ ପାରି ନାହାନ୍ତି । ଭୋକ ସହିତ ଝିଅଟା କଥା ମନେ ପଡ଼ିଗଲା । ଥାନାକୁ ଫେରିଲା ବେଳକୁ ସୂର୍ଯ୍ୟ ବୁଡିବ଼ ଶେଷ ଆଲୁଅ ରେଖାଟା ଝିଅଟାର ଗାଲ ଉପରେ ପାରି ହେଉଥାଏ । ବାରଣ୍ଡାରେ ବେହେରା, ଚପରାଶୀ, ରାଇଟର ଆଉ ଜଣେ ମହିଳା କନେଷ୍ଟବଲ ତାକୁ ପଛ କରି କଥାବାର୍ତ୍ତାରେ ଲାଗିଥାନ୍ତି । ଓ.ଆଇ.ସି ଙ୍କୁ ଆସିବାର ଦେଖି ସମସ୍ତେ ଟିକେ ସଚେତନ

ହେଇଗଲେ। ଅଳ୍ପ ଟିକେ ଖାଇ ଦେଇ ସୁବାସ ସିଂ ଥକା ହେଇ ବସିଲେ। ଟିକିଏ ପରେ ତାକୁ ଭିତରକୁ ଡାକିଲେ। ସେଇ ଝରକା ତଳେ ସେମିତି ଗୁମ୍ ହେଇ ବସିଲା।

- ଖାଇଲୁ ?

- ହୁଁ।

- ଏଥର ବୁଝ କହ, ତୋ କଥା କଣ କରିବା ?

- କିଛି ନାଇଁ।

- ଫେର୍ ଯିବୁ କୋଉଠିକି ?

- କାହିଁ ବି।

- ଆରେ ଏମିତି କେତେ ଦିନ ବେଘର ବେଗାନା ହେଇ ବୁଲୁଥିବୁ ? କାହା ସାଙ୍ଗରେ ଦିନେ ଘର ବସେଇବୁ ତ ?

- ମନ ମାଫିକ୍ ମରଦ ହେଲେ ସିନା।

- ତୋ ପାଇଁ ଖୋଜି ଆଣିବା ବୁଝିଲୁ।

- ମରଦ କାହିଁ ? ବେମରଦିଆ ଜମାନା..

କହୁ କହୁ ଝିଅର ଓଠରେ ଧୀରେ ହସ ଲାଖି ଗଲା। ସୁବାସ ସିଂ ଅପ୍ରତିଭ ହେଇ ତାକୁ ଚାହିଁଲେ। ଥାନା ମଝିର ବଉଳ ଗଛରେ ବସା ଫେରା ପକ୍ଷୀ ଝରକା ଫାଙ୍କରୁ ତା ଦୃଷ୍ଟିକୁ ଆହୁରି ଆହୁରି ଲମ୍ବେଇ ଟାଣୁଥାଏ। ସୂର୍ଯ୍ୟ ଡୁବିର ଅଧା ଛାଇ-ଆଲୁଅର ଇଲାକାରେ କ୍ରମଶଃ ସିଲହଟ୍ ପାଲଟି ଯାଉଥିବା ମୂର୍ତ୍ତିଟାରେ ହସଟା ସେମିତି ଲାଖି ରହିଥାଏ। ଯେମିତି କି ସେମିତି। ଓ.ଆଇ.ସି ସୁବାସ ସିଂ ତାର ଅର୍ଥ ଖୋଜୁଥିଲେ।

■

ଘର ବାହୁଡ଼ା

ଚିଠି ଖଣ୍ଡିକ ଆସିଲା ପରଠୁ ଘର ବାତାବରଣରେ ଗୋଟେ ପ୍ରକାର ମୃଦୁ ଭୂକ-ଅନୁଭବ କରି ହେଉଛି। ଖବରଟା ଫୋନ୍‌ରେ ଆସିଥିଲେ କିଛି ଗୋଟେ ଖୋଳତାଡ଼ କରି ହେଇଥାନ୍ତା। କଥାଟା କଣ ଅନ୍ତତଃ ଜାଣି ହେଇଥାନ୍ତା। ବେନାମୀ ପୋଷ୍ଟକାର୍ଡଟିଏ। କୋଉଠୁ ଆସିଛି ଠିକ୍‌ରେ ଜଣା ପଡୁନି। ଷ୍ଟା-ଟା ପରିଷ୍କାର ପଢ଼ି ହେଉନି।

- "ଏମିତି ଖବର କେତେଥର ଆସିଛି ତ। କିଏ ବଦମାସୀ ବି କରି ଥାଇପାରେ। ଏମିତି ନେଗେଟିଭ୍ ମାଇଣ୍ଡ୍‌ସେଟ୍ ଲୋକ ବି ଅଛନ୍ତି। ଖାଲିଟାରେ ଲୋକଙ୍କୁ ଦହଗଞ୍ଜ କରି ପାରିଲେ ଗୋଟେ ସାଡ଼ିଷ୍ଟିକ୍ ପ୍ଲେଜର ମିଳୁଛି ତ।" ଅଜଣା ଶତ୍ରୁ ଉପରେ ଗାଳି ଦଉଦଉ ବଡ଼ ପୁଅ ପ୍ରଶାନ୍ତ ଗୋଟେ ପ୍ରକାର ନିଜ ମନର ଅରମାନ ମେଣ୍ଟାଉଥିଲା।

- "ସେ ଚିଠିଟା ନେଇ ଆସିଲେ ଭଲ ହୁଅନ୍ତା। ପୋଷ୍ଟମେନ୍‌ଟା ଚିଠିଟା ପଢ଼ିଥିଲା ନା କଣ, ଭଲଲୋକୀ ଦେଖାଇ ସିଧା ମାଁଙ୍କ ହାତରେ ଧରାଇ ଦେଲା। ବାରଣ୍ଡାରେ ମାଁ ହ୍ୱିଲ୍ ଚେୟାର୍‌ରେ ବସିଥିଲେ। ମୁଁ ଥିଲି। ବାପା ବି ଥିଲେ। କାହାକୁ ଦେଲାନି। ମାଁ ବି ସେଇ ଦିନଠୁ ଖିଆପିଆ କିଛି କଥାର

ଠିକଣା ନାହିଁ। ଯାହା ହେଲେ ବି ମାଁ ମନ ତ। ଖାଲିଟାରେ ଦିନ ଗଣୁଛନ୍ତି ବିଚାରୀ।" ବଡ଼ ବୋହୁ କହିଲା।

- ଖାଲିଟାରେ ନ ହେଇ ବି ପାରେ।

- କଥା ତ ସତ ହେଇଥିଲେ ଆହୁରି ଭଲ। ଘର ମଣିଷ ପୁଣି ଘରକୁ ଫେରି ଆସିବ। ମଲା ଆଗରୁ ଏତେ ଖୋଜିଲା ମୁହଁ ଦେଖି ମାଁ ଶାନ୍ତିରେ ମରି ପାରିବେ।

- ସେତିକିରେ କଥା ଛିଣ୍ଡି ଯିବନି। ଆମର ଭାଗ ବଣ୍ଟା ପୁଣି ଥରେ ରି ସେଟଲ୍ କରିବାକୁ ପଡ଼ିବ ଯେ।

- ତା ତ ସତ। ହେଲେ ଆଉ କଣଟା ଅଛି ଯେ ଛାଡ଼ିବ। ବାକି ତମର ପାରିଲାପଣ ତ ମତେ ଜଣା।

- ହଃ, ଯାହା ହେବ ଦେଖାଯିବ। ସେତ ଆଗ ଘରକୁ ଫେରୁ। ଯାହା ହେଲେ ବାଟ ଫିଟିବନି।

କହି ଦେଇ ପ୍ରଶାନ୍ତ ଚୁପ୍ ରହିଲେ। ସତ କଥା ବି। ଇଞ୍ଜିନିୟରିଂରେ ପୁଅର ନାଁ ଲେଖା ସମୟରେ ତାଙ୍କ ଭାଗର ଖଣ୍ଡେ ଜମି ଯାଇଛି। ଝିଅ ବାହାଘର ବେଳେ ଗାଁ ଜମି ଯାଇଛି। ଏକ ଫସଲି ଜମି। ନିହାତି କମ୍ ଦାମ୍‌ରେ ସବୁ ଗଲା। ଜି.ପି.ଏଫ୍. ରେ ସେମିତି କିଛି ବିଶେଷ ନାହିଁ। ଯାହାବି ଅଛି, ଭାଗ ବାହାରିଗଲେ, ପୁଅର ପାଠ ପଢ଼ା ଠପ୍ ହେଇଯିବ। ଚାକିରୀ ବି ଆଉ ବେଶୀ ଦିନ ନାହିଁ।

- ହେଲେ ଜାଣି ରଖ, ଘର ତିଆରି ପାଇଁ ତମେ ଦୁଇ ଭାଇ କରିଥିବା ଖର୍ଚ୍ଚରୁ ଗୋଟେ ଭାଗ ଆଗ ତାଠୁ କାଟି ରଖିବ। ମୋର ଖାଲି ମନେ ପକେଇଦେବା କଥା। ନ ହେଲେ ମୋର କଣ ଅଛି। ଏଇ ଘରକୁ ଆସିଲା ଦିନଠୁ ଶାଢ଼ୀ ଖଣ୍ଡେ କିଣିବା ଆଗରୁ ମତେ ଦଶ ଥର ଆଗ ପଛ ଭାବିବାକୁ ପଡୁଛି।

ପ୍ରଶାନ୍ତ କଥା ଅଧା ଶୁଣି ଘରୁ ବାହାରି ଗଲେ।

- "ଆଚ୍ଛା, ଭାଇଙ୍କ ଚେହେରା ତମର ମନେ ଅଛି ?" ସାନ ପୁଅ ସୁକାନ୍ତକୁ ସାନ ବୋହୁ ପଚାରିଲା।

- ଆଗ ଟିକେ ଝାପ୍‌ସା ମନେ ପଡୁଥିଲା। ଆଜିକାଲି ଜମାରୁ ମନେ ପକାଇ ପାରୁନି। ଗୋଟେ କଥା ମୋର ମଝିରେ ମଝିରେ ଖାଲି

ମନେପଡ଼େ। ସ୍କୁଲ ପଡ଼ିଆରେ ଆମେ ସବୁ ଖେଳୁଥିଲୁ। ମୋର ସାଙ୍ଗଜଣେ ମୋଠୁ ମୋ ବଲ୍‌ଟା ଛଡ଼େଇ ନେଲା। ମୁଁ ଭେଁ ଭେଁ ହେଇ କାନ୍ଦିଲି। ମୋ କାନ୍ଦିବା ଦେଖି ଭାଇ ସେଇ ପିଲାକୁ ଗୋଡ଼ାଇ ଗୋଡ଼ାଇ ମାରିଲା... ମୋର ଯାହା ମନେ ପଡୁଛି, ଭାଇ ଗୋଟେ ମେରୁନ୍ ରଙ୍ଗର ସାର୍ଟ ପିନ୍ଧିଥିଲା। ଆଉ ସେମିତି କିଛି ବିଶେଷ ମନେ ପଡୁନି। ପିଲାଦିନର ଫଟୋ ଗୋଟେ ଦିଇଟା ଥିଲା ଯେ। ହେଲେ ବି ସେଥିରୁ ବିଶେଷ ଏବର ଚେହେରା ଆଉ କଣ ମିଶିବ ?

- ତା ହେଲେ ତ ବାପା ମାଁଙ୍କ ପରେ କୋଉ ବାହାର ଲୋକଟେ ତାଙ୍କ ଜାଗାରେ ବସିଗଲେ ବି ତମେ ଜାଣି ପାରି ନଥାନ୍ତ। ଭଲରେ ବଡ଼ ଭାଇ ଅଛନ୍ତି। ନୁହଁ ?

- ଫାଲ୍‌ତୁ କଥା କହନା। ସେସବୁ ଖାଲି ହିନ୍ଦୀ ସିନେମାରେ ହୁଏ, ବୁଝିଲ। ନିରୁଦ୍ଦିଷ୍ଟ ଚରିତ୍ରରେ ଡବଲ୍ ରୋଲ୍‌ଟା ନିତିଦିନିଆ ଜିନ୍ଦେଗୀରେ ଘଟେ ନାହିଁ। ଏମିତି ତ କେତେ ଥର ଶୁଣା ଗଲାଣି। ଦେଖାଯାଉ।

- ବାକି ଆସିଲେ ତ ଭାଇଙ୍କ ପାଇଁ ଗୋଟେ ରୁମ୍ ଦରକାର। ପୁଅର ଟିଉସନ ରୁମ୍‌ଟା ଆପେ ଅକ୍ତିଆର ହେଇଯିବ। ଏଇଟା ଜଣାଶୁଣା କଥା। କାରଣ ବଡ଼ ଅପା ଝିଅ ଜୋଇଁ ଆଉ କୁଣିଆଁ ବାହାନାରେ ଯୋଉ ରୁମ୍‌ଟା ଆବୋରି ରଖିଛନ୍ତି, ସେଇଟା କେବେ ହାତଛଡ଼ା କରିବେନି। ଝିଅ ବାହାଘର, ପୁଅର ପାଠ ପଢ଼ା କଥା କହି ସି-ାଥି ତ୍ର କରିବାଟା ତାଙ୍କର ଗୋଟେ ନିତିଦିନିଆ ଅଭ୍ୟାସ ହେଇଗଲାଣି। ଯେମିତିକି ଦୁନିଆଁରେ ଆଉ କେହି କାହାର ପୁଅକୁ ପାଠ ପଢ଼ଉନି କି ଆଉ କେହି ଝିଅ ବାହାଘର କରୁ ନାଇଁ।

- ସେ କଥା ଏବେଠୁ କାହିଁକି।

- କିଛି ତ ଗୋଟେ ବ୍ୟବସ୍ଥା କରିବାକୁ ପଡ଼ିବ। ପିଲାର ପଢ଼ା ରୁମ୍ ଏଥିରେ ବଳି ପଡ଼ିବ ମୁଁ ଜାଣେ। ଅବଶ୍ୟ ଭାଇ ଆସିଲେ ଅପାଙ୍କର ଏ ଯୋଉ ଘମଣ୍ଡ ସେଇଟା ବାହାରି ଯିବ। ବାପା ମାଁଙ୍କୁ ପଟେଇ ଘରେ ଯୋଉ ମନୋପୋଲି ଚଲେଇଛନ୍ତି, ତାର ମଜା ବାହାରି ଯିବ।

ସୁକାନ୍ତ ଆଉ କିଛି ମନ୍ତବ୍ୟ ନ ଦେଇ ଖବର କାଗଜ ମେଲାଇଲେ।

ଘରର ଗୁମ୍‌ସୁମ୍ ଅବହାୱାଟା ବୁଝିବାକୁ ଆଉ ସଦାଶିବଙ୍କର ବାକି ନାହିଁ। ଅନ୍ୟ ଥର ପରି ମିଛ ହେଇଥିଲେ, ଲୁ ଆପେ ଆପେ ଚାଲିଯିବ। ଯଦି

କଥାଟା ସତ ହେଇଯାଏ ତ କି ମୋଡ଼ ନେବ ଯେ ତାର ଦିଗ ଜାଣିବାର ତାଙ୍କର ଆଉ ଦରକାର ନାହିଁ। ପିଲାଟା କେତେ ଅବୁଝା ହେଇଗଲା ସତରେ। ସଦାଶିବ ଭାବିଲେ। ବାପା ହେଇ ଆକଟରେ ତା ଦିହରେ ହାତ ଲଗାଇ ଦେଲେ ବୋଲି ସେଇ ବୟସରେ ଘର ଛାଡ଼ି ଚାଲିଯିବ ! ଚାଲିଗଲା ନାହିଁ ଯେ ତାଙ୍କଠୁ ବାପାର ଅଧିକାର ଛଡ଼େଇ ନେଇଗଲା। ଜୀବନସାରା ଏଇ ଯାକେ ପ୍ରତିଦିନ ତାର ଅନୁପସ୍ଥିତିର ଓଲଟା ଚଟକଣି ଖାଉଛନ୍ତି ସେ। ତାରି ମାଁ ପାଖରେ ଅପରାଧୀ ହେବାର ସଜା ଭୋଗୁଛନ୍ତି।

ଅବଶ୍ୟ ଛୋଟବେଳୁ ପିଲାଟା ଟିକେ ଅବାଗିଆ ଥିଲା। ସବୁ କଥାରେ 'ନା' କହିବାଟା ଯେମିତି ତାର ଗୋଟେ ସହଜାତ କଳା। ଟିକେ ବିଦ୍ରୋହୀ ସ୍ୱଭାବର। ଛୋଟିଆ କଥାରେ ବି ଭଡ଼୍କି ଯାଏ। ସାଇ ପଡ଼ିଶାରେ ଥଟ୍ଟାରେ କିଏ ଚିଡ଼େଇ କହି ଦିଅନ୍ତି- ବଡ଼ ବାପାର, ସାନ ମାଁର, ମଝିଆଁ ନୁହେଁ କାହାର। ଦୁମ୍‌ଦୁମ୍ ହେଇ ସେଠୁ ଉଠିଯାଏ। ମୁହଁ ଫଣଫଣ କରି କରେ- ହଁ ତ, ମଝିଆଁ, ମୁଁ କାହାର ନୁହେଁ। ତା ମାଁ ତାକୁ ବୁଝାଇଦିଏ- "କିଏ କହିଲା ମଝିଆଁ କାହାର ନୁହେଁ ବୋଲି ? ମଝିଆଁ ସମସ୍ତିଙ୍କର। ସଂସାର ସାରା ଲୋକ ତୋର, ବୁଝିଲୁ।" ବାଇଆ ମନ ବୁଝିଯାଏ। ତା ମାଁ କଥା ସତ ହେଇଗଲା। ସାରା ସଂସାରକୁ ଆଦରି ନେଲା। ଖାଲି ତାଙ୍କୁ ଛାଡ଼ି।

- ବାପା, ଜଳଖିଆ ରଖି ଦେଲିଣି, ଖାଇବ ଆସ।
- ମାଁ କୁ ଦେଇ ସାରିଲୁଣି ?
- ନା, ଦେବି ଯେ।
- ଆଗ ତାକୁ ଦେଇସାର, ମୁଁ ପରେ ଖାଇବି।

ଅସନ୍ତୁଷ୍ଟ ମୁଦ୍ରାରେ ବଡ଼ବୋହୁ ଜଳଖିଆ ପ୍ଲେଟ୍‌ଟା ଟେବୁଲରୁ ଉଠାଇ ନେଲା ରନ୍ଧାଘରକୁ ପଶୁ ପଶୁ ସାନ ଯା' ସାମ୍ନାରେ ଭଡ଼ଭଡ଼େଇ ହେଇ କହିଲା- "ବୁଝିଲୁ, ବାପା ଭାବୁଛନ୍ତି ମାଁଙ୍କର କାମଟା ତାଙ୍କରି ଦାୟିତ୍ୱ। ପାର୍‌କିନ୍‌ସନ୍ ପେସେଣ୍ଟ ସମ୍ଭାଳିବାଟା କଣ ସହଜ କଥା। ସର'ମା ତାଙ୍କର ସବୁ କାମଦାମ କରୁଛି, ଏକଥା ମୁଁ ମାନୁଛି। ହେଲେ ଖାଇବା ପିଇବା ଔଷଧପତ୍ର ଆଉ ଯେତେ ଦାୟିତ୍ୱ ତ ଆମରି ମୁଣ୍ଡରେ ନା। ନିଜେ ଆଗେ ଖାଇ ଦେଇଥିଲେ କାମଟାଏ ଛିଣ୍ଡିଯାଇ ନ ଥାନ୍ତା। ପେନ୍‌ସନ୍‌ଟା ଘରେ ଖର୍ଚ୍ଚ କରୁଛନ୍ତି ବୋଲି ବାପାଙ୍କର କମ୍ ଆଣ୍ଟ ନାହିଁ ଦେଖୁଛି।"

- ଯଦି ଚିଠି ଖଣ୍ଡିକ ସତ ବାହାରେ, ତା ହେଲେ ତ ଅପା, ବାପାଙ୍କର ଆଉ ଗୋଟେ ଦାୟିତ୍ୱ ବି ବଢ଼ିଯିବ। ତାପରେ ତାଙ୍କ କଥା ବୁଝିବାକୁ ପଚାଶ ଥର ତାଗିଦ୍ କରିବେ।

- କେଜାଣିରେ ବାବା, ଏ ଘରର ଦାୟିତ୍ୱ ମୁଣ୍ଡାଇ ମୁଣ୍ଡାଇ ତ ମୁଁ ଏକବାର ଥୈଯ୍ୟ ହେଇ ଗଲିଣି।

- ଭାଇଙ୍କୁ ବୁଝାସୁଝା କରି ବାହା କରିଦେଲେ ସବୁଆଡୁ ଭଲ, ନହେଲେ ଜୀବନଯାକ ଜଣକର ଦାୟିତ୍ୱ ନେବାଟା ବି ମହାମୁସ୍କିଲ କାମ।

- ତୋ ମୁଣ୍ଡ ଖରାପ ନା କଣ। ଜାଣିଛୁ ତ ତୋ ବଡ଼ ଭାଇଙ୍କଠୁ ସେ ମାତ୍ର ଦୁଇ ବର୍ଷର ସାନ। ଏଇ ବୟସରେ ତାଙ୍କ ପାଇଁ ତୁ କୋଉଠୁ ଷୋଡ଼ଶୀ ଖୋଜି ଆଣିବୁ ଶୁଣେ। ତାଛଡ଼ା ସେ ବାହା ହେଇ ନଥିବେ ବୋଲି କଣ ମାନେ ଅଛି ?

ଦୁଇ ବୋହୂ ରନ୍ଧାଘରେ ଚାପା ହସିଲେ।

ଜଳଖିଆ ଖାଇସାରି ପେପର୍ ମେଲାଇ ବସିଲେ ସଦାଶିବ। ପଢ଼ିଲା ଭଳି ସେମିତି ବିଶେଷ ଖବର ନ ଥିଲା। ସେଇ ସବୁଦିନିଆ ଖବର-ମନ୍ତ୍ରୀଙ୍କ ସଭା ଉଦ୍‌ଘାଟନ, ବିଧାନସଭାରେ ହଟ୍ଟଗୋଳ, ଧର୍ମଘଟ, ଦରବୃଦ୍ଧି, ଆତ୍ମହତ୍ୟା ଆଉ ଏମିତି କେତେ କଣ। ତେବେ ପ୍ରତିଦିନ 'ସମାଜ' ଖଣ୍ଡିକ ମେଲାଉ ମେଲାଉ ସେ 'ନିରୁଦ୍ଦିଷ୍ଟ ବ୍ୟକ୍ତି' ଖବରଟି ଶାରଦାକୁ ପଢ଼ି ଶୁଣାନ୍ତି। କିଏ, କାହା ପୁଅ, କେମିତି ରଙ୍ଗ, କେତେ ଉଚ୍ଚତା ସବୁ ଗୋଟି ଗୋଟି କରି ପଢ଼ନ୍ତି। ପ୍ରକାରାନ୍ତରେ ବୁଝାନ୍ତି- 'ଇଏ ଖାଲି ଆମ ଦୁଃଖ ନୁହେଁ। ପ୍ରତିଦିନ ଆମ ପରି କେତେ ବାପା ମାଁ କୋଉ ଅପଦେବତାର ଶାପରେ ସଢ଼ି ମରୁଛନ୍ତି।' ଆଜି ଆଉ 'ନିରୁଦ୍ଦିଷ୍ଟ ଖବର' ପଢ଼ିଲେ ନାହିଁ। ଅପଦେବତାର ଶାପରୁ ମୁକ୍ତି ପାଇଯିବେ ବୋଲି ମନେମନେ ନିଶ୍ଚିତ ହେଇଗଲେ ନା କଣ।

ଖବର କାଗଜ ଉପରେ ଆଖି ବୁଲାଉ ବୁଲାଉ କେତେବେଳେ ସଦାଶିବଙ୍କର ଆଖି ଲାଗି ଗଲା। ତାରି ଭିତରେ ସେ ପୁଣି ଚାରି ବର୍ଷର ଛୁଆଟିଏ ହେଇ ଫେରି ଆସିଲା। ଖିଅର ହେଲାବେଳେ ତାଙ୍କ ମୁହଁରୁ ସାବୁନ ଫେଣ ନେଇ ତା ମୁହଁରେ ଲଗାଇଲା। ତାଙ୍କ ହାତରୁ ସେଭିଂ ବ୍ଲେଡ୍‌ଟା ହାଁ ହାଁ କରୁକରୁ ଛଡ଼େଇ ନେଇ ମୁହଁରେ ଲଗାଇ ଦେଲା। ଡାହାଣ ପଟ ଗାଲଟା ରକ୍ତ ସରସର ହେଇଗଲା। ଶାରଦା ରନ୍ଧାଘରୁ ଦୌଡ଼ି ଆସିଲେ। ତାଙ୍କ ଉପରେ ବହେ ବକି ଗଲେ। ଘା'ଟା ଶୁଖିଲା। ହେଲେ ଗାଲ ମଝିରେ କଟା ଦାଗର

ଚିହ୍ନଟିଏ ରହିଗଲା । ତା ଗାଲରେ ସେଇ ଦାଗଟା ଉପରେ ସାଉଁଳି ଆଣୁ ଆଣୁ ହାତରୁ ଖବରକାଗଜଟା ଖସିଗଲା ! ସଦାଶିବ ଚମକି ଉଠି ପଡ଼ିଲେ ।

ଚୌକିରେ ଅଣ୍ଟା ସଳଖି ବସିଲେ ସଦାଶିବ । ଟିକିଏ ପରେ ଗ୍ଲାସେ ପାଣି ଆଣି ପିଇଲେ । ଶାରଦାଙ୍କୁ ପାଣି ପାଇଁ ପଚାରିଲେ । ଶାରଦା ମୁଣ୍ଡ ହଲାଇ ମନା କଲେ । ଶାରଦାଙ୍କୁ ଘଡ଼ିଏ ନିରେଖି ଚାହିଁଲେ ସଦାଶିବ । ଏଇ କେତେଦିନ ଭିତରେ ଚେହେରାଟା ଆହୁରି ମଳିନ ପଡ଼ିଗଲାଣି । ରାତିରେ ନିଦ ଔଷଧ ଖାଇକି ଶୋଇଥିଲେ ବି ରାତି ଅଧରୁ ନିଦ ଭାଙ୍ଗି ୟାଡ଼େ ସ୍ୟାଡ଼େ ଅନଉଥାନ୍ତି । ଟିକେ କଣ ଖଡ୍ କରି ଶବ୍ଦ ହେଲେ ଦୁଆର ମୁହଁକୁ ଅନେଇ ରହନ୍ତି । କବାଟ ଖୋଲି ଦେଖିବାକୁ ସଦାଶିବଙ୍କୁ ବାରବାର କହି ଗୋଟେ ପ୍ରକାର ବିରକ୍ତ କରିପକାନ୍ତି । ବୟସ ଆଉ ରୋଗ ସହିତ ଅନିଦ୍ରା, ଦୁଶ୍ଚିନ୍ତା, ସ୍ୱପ୍ନ ପୁଣି ସ୍ୱପ୍ନଭଙ୍ଗର ବର୍ଷ ବର୍ଷ ଧରି ଅହରହ ଲୀଳା ଖେଳାରେ ଶାରଦା ଆଉ ଶାରଦା ହେଇ ରହିପାରି ନାହିଁ । ରହିଛି କହିଲେ ଖାଲି ଶାରଦାର ଖୋଳପା । ଉପାସ ଅଧିଆ, କୋଉ ଠାକୁରାଣୀଙ୍କ କଳାଶାଢ଼ୀ ତ ଆଉ କାହାକୁ ସୁନା ଆଖି, ମାନସିକ, ପୂଜାପାଠ, ଯନ୍ତ୍ରମନ୍ତ୍ର, ଜାତକ, ଜ୍ୟୋତିଷ କରି କରି ନୟାନ୍ତ ହେଇ ପଡ଼ିଥିବା ଶାରଦା ଏବେ ଏବେ ପ୍ରାରବ୍ଧ କଟି ଯିବାର ଉଲ୍ଲାସରେ ନିଜ ଅଜାଣତରେ ଉଚ୍ଚାଟିତ ହେଇଗଲା ପରି ଲାଗନ୍ତି । ଦାଣ୍ଡ ପଟ ଝରକାକୁ ବାର ବାର ଚାହାଁନ୍ତି ।

ସନ୍ଧ୍ୟାରେ ସାନ ବୋହୁ ଆସି ଝରକା ମାନ ବନ୍ଦ କରି ଦେଲା । ଦାଣ୍ଡ ପଟ ଝରକା ବନ୍ଦ କରିବାକୁ ଯାଉଯାଉ ଶାରଦା ମନା କଲେ- 'ନା, ସେଇଟା ଥାଉ ।'

- "ବାହାରେ ଭୀଷଣ ଥଣ୍ଡା ପଡ଼ିଲାଣି । ମେଲା ରହିଲେ ଶୀତ ପଶି ଆସିବ ଯେ ।" ବୋହୁ ପୁଣି ଝରକାଟା ବନ୍ଦ କରିବାକୁ ବସିଲା ।

- 'ମନା କଲି ପରା ।' ଶାରଦା ଟିକେ ଥଙ୍ଗେଇ ଅଥଚ ଜୋର୍ କରି କହିଲେ ।

- "ହଉ, ଦେଖ, ତମ ଇଚ୍ଛା । ଥଣ୍ଡା ଧରିବ ବୋଲି କହୁଥିଲି ।" ବିରକ୍ତିକୁ ପାରୁପର୍ଯ୍ୟନ୍ତ ଚାପି ରଖି ବୋହୁ କହିଲା । ଆଉ ଝରକାଟା ବାଧ୍ୟ ହେଇ ମେଲା ଛାଡ଼ି ଦେଇ ସେଠୁ ଚାଲିଗଲା ।

ଶାରଦାଙ୍କୁ ତାଗିଦ୍ କରି ସଦାଶିବ କଣ କହିବି କହିବି ହେଲେ । ପୁଣି

ଚୁପ୍ ରହିଲେ। ବାହାର ଶୀତ ଶାରଦାକୁ ଆଉ ଘାଇଲା କରିବାର ମୁର୍ଖାମୀ କରିବନି। ତାରି ଆତ୍ମା ଭିତରେ ଏତେଦିନ ଯାଏଁ ଶୀତକୁ ବୋହି ବୋହି ସେ ଯେ କେବେଠୁ ନିର୍ବେଦ ହେଇଗଲାଣି, ଏକଥା କଣ ଖୋଦ୍ ଶୀତକୁ ଅଜଣା ଥିବ ? ଆଉ କିଛି କହିବାର ଦରକାର ମଣିଲେ ନାଇଁ ସଦାଶିବ।

ଶୋଇବା ଆଗରୁ ଡାହାଣ ହାତ ଟେକି ଶାରଦା ବିଡ୍ ବିଡ୍ ହେଇ ପ୍ରଭୁଙ୍କୁ ଡାକିଲେ। ଆଗ ଦୁଇ ହାତ ଟେକି ଡାକୁଥିଲେ। ବାଁ ହାତ ଏବେ ଆଉ ମୁଣ୍ଡ ଯାଏଁ ଉଠି ପାରୁନି। ଦୁଇ ହାତ ନ ଉଠିଲେ ବି ଏ ପ୍ରାର୍ଥନା ଜାରି ରହିବ। ସ୍ତ୍ରୀର ପ୍ରାର୍ଥନା ପରିବାରର ସରହଦ ଡେଇଁ ପାରେ ନାଇଁ କି ପରିବାର ସୀମାରୁ ନିଜକୁ ବାହାର କରି ସ୍ତ୍ରୀ ନିଜ ପାଇଁ ଡାକି ପାରେ ନାଇଁ। ତାର ଚେତନା ବିଲୁପ୍ତି ଯାଏଁ ପ୍ରାର୍ଥନାର ଏଇ ଧାରା ଅବ୍ୟାହତ ରହେ। ସେଇ ଧାରାରେ ଶାରଦା ପରିବାରର ମଙ୍ଗଳ ମନାସି ପ୍ରଭୁଙ୍କୁ ଡାକୁଥିଲେ ନିଶ୍ଚୟ। ତେବେ ଆଜି କଥା ଟିକେ ସଦାଶିବଙ୍କୁ ଅଲଗା ଲାଗିଲା। ଆଜି ଖାଲି ତା ପାଇଁ ହାତ ବଢ଼ାଇ ମାଗୁଥିଲେ। ମୁଣ୍ଡରୁ ହାତଟା ଖସାଇ ଶାରଦା ଥାକରେ ଥୁଆ ମାଟି କୁ-ିଟାକୁ ଗୋଟେ ଲୟରେ ଚାହିଁ ରହିଲେ। ପିଲାଦିନେ ତିନି ପୁଅଙ୍କ ପାଇଁ ବାଲିଯାତ୍ରାରୁ ତିନିଟା ମାଟିର କୁ-ି ଶାରଦା କିଣି ଆଣିଥିଲେ। ତିନି ଜଣ ଯାକ କାହାର କୁ-ି ଆଗ ଭରିବ ପ୍ରତିଯୋଗୀତାରେ ରେଜା ପଇସା ପାଇଁ ଝଗଡ଼ା ହେଇ ଯାଆନ୍ତି। ବଡ଼ ଆଉ ସାନର ତ ଭରିଗଲା। ତାର କୁ-ିଟା ଅଧାରୁ ରହିଗଲା। ଶାରଦା ନିଜେ ତାରି ଭିତରେ ପଇସା ଗଳେଇ ପୁରା କରିଦେଲେ। ଭର୍ତ୍ତି କୁ-ିଟାକୁ ଏ ଯାଏଁ ନାତି ନାତୁଣୀଙ୍କ ଆଢୁଆଳରେ କେତେ ଯତ୍ନରେ ସାଇତି ରଖିଛନ୍ତି। ଯେମିତି ଆସୁ ଆସୁ ସେ ଧରାଇ ଦେବେ। ଆଉ ପ୍ରତିଯୋଗୀତାରେ ପ୍ରଥମ ହେବାର ଖୁସିରେ ସେ ଫାଟି ପଡ଼ିବ। ସମୟଟା ଅଟକି ଯାଇଛି ତାଙ୍କ ପାଇଁ।

- "ବହୁତ ରାତି ହେଲାଣି, ଶୋଇପଡ଼ ଏଥର", କହି ସଦାଶିବ ଲାଇଟ୍ ଲିଭାଇ ଦେଲେ।

ପରଦିନ ସକାଳୁ ଘର'ମା ଅନ୍ୟ ଦିନ ଅପେକ୍ଷା ଟିକେ ଶୀଘ୍ର ଆସିଗଲା। ଶାରଦାଙ୍କ ଦୈନନ୍ଦିନ କାମ ସାରି ଦେଲା। ସଦାଶିବ ଚା ପିଇ ସାରି ଗାଧୋଇ ଯିବାକୁ ବାହାରିଲେ। ରାସ୍ତାରୁ ସଂକୀର୍ତ୍ତନ ଶୁଣାଗଲା।

"ଭଜ ଶ୍ରୀକୃଷ୍ଣ ଚୈତନ୍ୟ ପ୍ରଭୁ ନିତ୍ୟାନନ୍ଦ
ହରେ କୃଷ୍ଣ ହରେ ରାମ ଶ୍ରୀ ରାଧେ ଗୋବିନ୍ଦ"

ଗାଡ଼ି ମଟର ପେଁ ପାଁ ଭିତରେ ଗିନି ମୃଦଙ୍ଗର ସ୍ୱର ପାଖେଇଲା । ସର'ମା ଦାଣ୍ଡକୁ ବାହାରି ସଙ୍ଗେ ସଙ୍ଗେ ଖବର ସଂଗ୍ରହ କରି ଆଣିଲା । ନଦୀୟାରୁ ବାବାଜୀମାନେ ଆସିଛନ୍ତି । ସେଠି କଣ ଆଶ୍ରମ ତିଆରି ହେବ । ସେଥିପାଇଁ ମୁଷ୍ଟି ଭିକ୍ଷା ମାଗୁଛନ୍ତି ।

ସଂକିର୍ତ୍ତନ ତାଙ୍କରି ବାଟ ମୁହଁରେ ଅଟକିଲା । ସର'ମା ଚାଉଳ ମୁଠିଏ ନେଇ ଦାଣ୍ଡକୁ ଗଲା । ତାରି ପଛେ ପଛେ ସଦାଶିବ ବାହାରିଲେ । ଭିକ୍ଷା ମୁଠି ଦେଇ ସର'ମା ଲେଉଟି ଆସିଲା । ସଦାଶିବ ସେଠି ଠିଆ ହେଇ ରହିଗଲେ । କାଠ ପଥର ପରି ଘଡ଼ିଏ ନିଷ୍ଚଳ ହେଇଗଲେ । ଗାଲ ମଝିର କଟା ଦାଗ ଏ ଯାଏଁ ଦପ୍‌ଦପ୍ କରୁଛି । ବୈରାଗ୍ୟର କଷଟି ପଥରରେ ବର୍ଷ ବର୍ଷ ଧରି ଠୋକ୍‌କର ଖାଇ ଖାଇ ଉଜ୍ଜ୍ୱଳ ଆଖି ଦିଓଟି କେମିତି ମଳିନ ନିଷ୍ପ୍ରଭ ଦେଖାଯାଉଛି । ବୟସ୍କ ମୁଣ୍ଡିତ ଚେହେରାରେ କେତେ କାକୁସ୍ଥ ଦେଖା ଯାଉଛି । ସଦାଶିବଙ୍କ ଆଖିକି ସବୁ ଜାଲୁଜାଲୁଆ ଦେଖାଗଲା । ସେ ସ୍ଥିର ଚାହାଁଣୀରେ ଆଖି ମିଳାଇଲେ । ଅକସ୍ମାତ୍ କିଛି ଗୋଟେ ଘଟିଯିବାର ଆଶା ଓ ଆଶଙ୍କାରେ ଘଡ଼ିକ ପାଇଁ ତାଙ୍କର ଗୋଟେ ପ୍ରକାର ଆତ୍ମ ବିସ୍ମରଣ ହେଇଗଲା ନା କଣ ସେ ସେଇ ଭଙ୍ଗୀରେ ଠିଆ ହେଇ ରହିଲେ । ସେମିତି କିଛି ଘଟିଲା ନାହିଁ । ସଂକୀର୍ତ୍ତନ ଦୁଆର ମୁହଁରୁ ଯିବାକୁ ବାହାରିଲା । ହଠାତ୍ ନିଜ ଭିତରକୁ ଫେରି ଆସି ସଂକୀର୍ତ୍ତନକୁ ହାତ ଠାରି ଟିକେ ରହିଯିବାକୁ କହିଲେ । ତରତର ହେଇ ଥାକଟା ଉପରୁ କୁ-ଟାକୁ ନେଇ ଆସି ସଂକୀର୍ତ୍ତନ ପାଖକୁ ବଢ଼ାଇ ଦେଲେ । ଏଥର ବିସ୍ଫୋରଣ ଅବଶ୍ୟ ଘଟିବ । ସଦାଶିବ ନିଷ୍ଚିତ ହେଲେ ।

- "ନାଇଁ ବାବା, ଆମେ କେବଳ ମୁଷ୍ଟି ଭିକ୍ଷା ନେଉ । ଗୋବିନ୍ଦ ତମର ସହାୟ ହେଉ" । ଜଣେ ଅଳ୍ପବୟସ୍କ ସନ୍ନ୍ୟାସୀ ହାତ ଯୋଡ଼ି ନମ୍ରତାର ସହିତ ମନା କଲେ ।

ତାଙ୍କ ସାମ୍ନାରୁ ସଂକୀର୍ତ୍ତନ ପଡ଼ିଶା ଘରକୁ ଉଠିଗଲା । କେହି ପଛକୁ ଓଲଟି ଚାହିଁବକି, ସଦାଶିବ ସେମିତି ସେଠି ଠିଆ ହେଇ ରହିଲେ । ଆଶା, ନିରାଶା, ସନ୍ଦେହ ଓ ବିଶ୍ୱାସର ମିଶାମିଶି ସତ୍ୟ ଆଉ ଅର୍ଦ୍ଧସତ୍ୟର ଧାସରେ ଆଉଟୁ ପାଉଟୁ ହେଇ ସଦାଶିବ ଆପଣାଛାଏଁ ପଙ୍ଗୁ ପାଲଟି ଗଲେ ଯେମିତି ।

- "ସେଇଟା ଥାକରୁ କାଇଁ ନେଇ ଆସିଲ ? ସେଇଟା ମୋ ପୁଅର !" ପଛ ପଟୁ ଶାରଦା ହ୍ୱିଲ୍ ଚେୟାରରୁ ତାଙ୍କର ସବୁ ଦମ୍ ଲଗାଇ ପାଟି କଲେ ।

ସଦାଶିବଙ୍କ ହାତରୁ କୁ-ଟା ଖସି ପଡ଼ିଲା !

ଖୁଚୁରା ପଇସାତକ ଚାରି ଆଡ଼େ ବିଛୁଡି ପଡ଼ିଲା ।

ଝଣ୍‌ଝାଣ୍ ଝଡ଼ !

ପଡ଼ିଶା ଘରୁ ସଂକୀର୍ତ୍ତନ ବାହାରୁଛି । ଶାରଦାଙ୍କ ଥଙ୍ଗା ପାଟି ଆଉ କାନ୍ଦର ବେଗ ବଢୁଛି । ସଦାଶିବଙ୍କ ଚାରି ପଟେ ଖାଲି ଶବ୍ଦର ବୋମା ମାଡ଼ !

■

ସୁରକ୍ଷା

ଏଇ ସହରକୁ ବଦଳି ହେଇ ଆସିଲା ଦିନଠୁ କେମିତି ତା ଭିତରେ ଗୋଟେ ଅସ୍ଥିରତା ଲାଗି ରହିଛି କହିଲେ ଚଳେ। ଏଇଟା ଯେ ପ୍ରଥମ କରି ସେ ରାଜ୍ୟ ବାହାରକୁ ବଦଳି ହେଇ ଆସିଛି ତା ନୁହେଁ। ଏଥର ପ୍ରଥମ କରି ଏକୁଟିଆ ଆସିଛି। ଝିଅର ପରୀକ୍ଷା ନ ସରିବା ଯାଏଁ ଫେମିଲି ସିଫ୍‌ଟ କରି ହେବନି। ଅନ୍ତତଃ ତିନି ଚାରି ମାସ ଏମିତି ବାରବୁଲା ଜୀବନ କଟେଇବାକୁ ପଡ଼ିବ। ଏମିତିରେ ସେ ଟିକେ ହୋମ୍‌ସିକ୍। ବାହାରେ ଗୁଲି ଖଟି ଅପେକ୍ଷା ଘରେ ସୁତପା ସାଙ୍ଗରେ ଗପସପ କରିବା କିମ୍ବା ଝିଅ ଆନି ସାଙ୍ଗରେ ଏକସନ୍ ଫିଲ୍ମ ଦେଖିବାଟା ତାକୁ ବେଶୀ ଭଲ ଲାଗେ। ବାହାଘର ଆଗରୁ ମାଁର ପଛେ ପଛେ ରନ୍ଧାଘରୁ ଅଗଣା ଆଉ ଅଗଣାରୁ ରନ୍ଧାଘର ହେଇ ତାର ଛୁଟି କଟିଯାଏ। ସାଙ୍ଗମାନେ ଚିଡାନ୍ତି- 'ମାମାଜ୍ ଗାଏ'। ସେଥିରେ ପୁଣି ସ୍ତ୍ରୀ ଛୁଆର ଚିନ୍ତା ବି ମନକୁ ବେଶୀ ଅସ୍ଥିର କରି ପକାଉଛି। ସେ ବେଶୀ ସମୟ ଘରେ ରହିବା ଯୋଗୁଁ ନା କଣ ସୁତପାଟା ବି ଗୋଟେ ରକମ ତା ଉପରେ ଡିପେଣ୍ଡାଣ୍ଟ୍ ହେଇଗଲା। ବାହାରକୁ ସ୍ମାର୍ଟ ହେଇ ପାରିଲାନି। ଆନିର ପାଠ ପଢ଼ା ଆଉ ମାର୍କର ପିଛା ଲାଗି ଲାଗି ସେ ଗୋଟେ ରକମ ଅବସେସ୍‌ଡ୍। ନିଜ ପ୍ରତି ଟିକିଏ

ବି ଧ୍ୟାନ ନାଇଁ। ଅବଶ୍ୟ ଦୋକାନ ବଜାର ସବୁ ପାଖରେ ଯେ। ସାଇ ପଡ଼ିଶା ବେଶ୍ ଭଲ। ତଥାପି ବି ତାକୁ କେମିତି ବ୍ୟସ୍ତ ଲାଗୁଛି। ଘରଟା ଭିତରେ ବେଶୀ ମନ ଭାରି ଲାଗିବ ଭାବି ସେ ବେଶ୍ କିଛି ସମୟ୍ ଆଗରୁ ଅଫିସ୍ ବାହାରି ଗଲା।

'କ୍ୟା ସାବ୍ ଆଜ୍ ଜଲ୍‌ଦି ଆଗୟେ। ଘର୍ ମେଁ ଭି ଅକେଲା ବୋର୍ ଲଗା ହୋଗା'। ଖଇନି ଖାଉ ଖାଉ ନମସ୍କାର ପକାଇ ଚପରାଶୀ କହିଲା। ତାର ଏକେଲାପଣକୁ ଏମିତି ଅଫିସ୍‌ରେ ପ୍ରତି ଦିନ ଦୁଇ ଚାରି ଜଣ ମନେ ପକାଇ ଦିଅନ୍ତି। ସେଇ କଥାରେ କିଛି ନୂତନତା ନ ଥାଉ ପଛକେ କହିବାକୁ ଜମାରୁ ହେଳା କରନ୍ତିନି। ବୋଧହୁଏ ତା ସହିତ ଆଉ କିଛି କଥାବାର୍ତ୍ତା କରିବାର ସୁଯୋଗ ପାଉ ନ ଥିବାରୁ ନା କଣ କେଜାଣି। ଅଫିସ୍‌ରେ ଚାରିଆଡ଼େ ଧୂଳି। ସଫା କରିବାର କିଛି ଅର୍ଥ ନାହିଁ। ଲୋକଙ୍କର ପର୍ସନାଲ୍ ସେନସ୍ ଅଫ୍ ହାଇଜିନ୍‌ର ଘୋର ଅଭାବ। ସେ ଆସିଲା ଦିନଠୁ ଟିକେ ଅଫିସଟା ସଫାସୁତୁରା ଦେଖାଯାଉଛି। ନିଜେ ମେହେନ୍ତରକୁ ବାରବାର କହି କାମ କରାଏ। ନିଜେ ତଦାରଖ କରେ। ତା ପଛରେ ସହକର୍ମୀ କମେଣ୍ଟ୍ କରନ୍ତି- 'ୟେ ହମାରା ବେଙ୍କ୍ ମେନେଜର ୟା ମ୍ୟୁନିସିପାଲ୍‌ଟି ସୁପରଭାଇଜର, ୟେ ତୋ ହମେ ପତା ଲଗାନା ହୋଗା।' କଥାଟା ତା କାନରେ ପଡ଼େ। ହେଲେ ବି ସେ କିଛି ପ୍ରତିକ୍ରିୟା ଦେଖାଏନି। ଏମିତିରେ ତ ଏଠି ଲୋକାଲ୍ ଆଉଟସାଇଡର୍ ଫିଲିଙ୍ଗ୍ ବେଶ୍ ରହିଛି। ଏମିତି ଛୋଟ ଛୋଟ କଥା ଧରିଲେ ଏମାନଙ୍କୁ କାମ କରେଇ ହେବନି। ଯେଉଁ କାମ ପାଇଁ ଅଥରିଟି ତାକୁ ଏଠିକି ପଠେଇଛି, ତାର କିଛି ମହତ୍ତ୍ୱ ବି ରହିବ ନାହିଁ। ସେ ଅଗତ୍ୟା ଚୁପ୍ ରହେ।

- 'ଗୁଡ୍ ମର୍ନିଂ ସାର୍'। ମିଃ ସହାୟ୍ ରୁମ୍‌କୁ ପଶୁ ପଶୁ କହିଲେ। ସେ ଘଣ୍ଟା ଦେଖିଲା। ମିଃ ସହାୟ୍ ସଙ୍ଗେ ସଙ୍ଗେ ସେଇ ଚିରାଚରିତ ଢଙ୍ଗରେ କହିଲେ, 'ସରି ସାର୍, ଦେର୍ ହୋ ଗୟା। ଆପ୍‌କା କ୍ୟା ସାର୍, ଟାଇମ୍ ହି ଟାଇମ୍। ଅଭି ତୋ ଆପ୍ ସିଙ୍ଗଲ୍, ଏଣ୍ଡ୍ ରେଡ଼ି ଟୁ ମିଙ୍ଗଲ୍।' ହୋ ହୋ ହେଇ ହସି ଚାଲିଗଲେ।

ଲଞ୍ଚ୍ ବ୍ରେକ୍‌ରେ କେଣ୍ଟିନ୍‌ରେ ଖାଇବାବେଳେ ତାର ଟ୍ରେକୁ ଦେଖି ସନ୍ତୋଷ ସିଂ କହିଲେ, 'ଆରେ ସାବ୍ ଆପ୍ ଭେଜ୍ ହୈଁ ମୁଝେ ପତା ନେହିଁ ଥା। ଲେକିନ୍ ଇଧରକା ମାହୋଲ ଥୋଡା ନନ୍-ଭେଜ୍ ହେ ସାବ୍।' ଟ୍ରେରୁ ଚିକେନ୍ ଖଣ୍ଡେ

ଚୋବାଉ ଚୋବାଉ ବେସିନ୍ ପାଖରେ ହାତ ଧୋଉଥିବା ଲେଡ଼ି ଟାଇପିଷ୍ଟ୍ ଆଡକୁ ଦେଖି କହିଲେ। ଅଫିସ୍‌ରେ କଥାବାର୍ତ୍ତାରେ ସାଧାରଣ ଡେକୋରମ୍ ବି ନ ଥାଏ। ଏଠିକି ଆସିବାର ଗୋଟେ ସପ୍ତାହ ଭିତରେ ସେ ଜାଣିଗଲା। ହେଲେ ବି ଉପରିସ୍ଥ ଅଫିସର ସାଙ୍ଗରେ କଥାବାର୍ତ୍ତା ହେଲା ବେଳକୁ ଟିକେ ଅଫିସିଆଲ୍ ଡିସେନ୍‌ସି ରହିବ ବୋଲି ସେ ମନେମନେ ଆଶା କରିଥିଲା। ଏବେ ଦେଖୁଛି ସେତକ ବି ନାହିଁ। ଛାଡ଼, କଣ ଆଉ କରାଯାଏ।

ସହରଟାର ହାବଭାବ ବି ତାକୁ ଅଜବ ଲାଗେ। ଆଗେ ଇତିହାସ ବହିରେ ଏଇ ସହରର ନାଁଟା ପଢ଼ି ଗୋଟେ ଐତିହାସିକ ପୀଠର ଛବି ଆଖି ଆଗରେ ଭାସି ଉଠୁଥିଲା। ଏବେ କିନ୍ତୁ ସେମିତି କିଛି ବିଶେଷତ୍ୱ ଥିଲା ପରି ମନେ ହେଉନି। ତେବେ ଅଫିସରେ ଦୋକାନ ବଜାରରେ କଥାବାର୍ତ୍ତାର ଢଙ୍ଗଢାଙ୍ଗ ଟିକେ ଲୁଜ୍। ଏଇଟା ଆସିଲା ଦିନଠୁ ସେ ଲକ୍ଷ୍ୟ କରିଛି ଆଉ ଭାରି ଅଖାଡୁଆ ବି ଲାଗୁଛି। ଲୋକ ଚରିତ୍ର ତ ସବୁଠି ସମାନ। ତେଣୁ ତାର ଚଳିବାରେ ସେମିତି କିଛି ଅସୁବିଧା ହୁଏ ନାଇଁ।

କୋଉ ଲୋକ କଥା ସଙ୍କଳନ କିମ୍ବା କୋଉ ପତ୍ରିକାର ଦେହ-ବ୍ୟବସାୟ ବିଶେଷାଙ୍କରେ କେବେ ଥରେ ଏଇ ସହରଟା ବିଷୟରେ ପଢ଼ିଥିବାର ତାର ମନେ ପଡ଼ିଲା। ଏକଦା ଏଠାର ରାଜକୁମାରୀ କେମିତି ଘଟଣା ଚକ୍ରରେ ବେଶ୍ୟା ହୋଇଯାଇଥିଲେ ତାର ଅଦ୍ଭୁତ କାହାଣୀଟେ। ରାଜକୁମାରୀ ଥିଲେ ଅନିନ୍ଦ୍ୟ ସୁନ୍ଦରୀ। ଏଠାର ପ୍ରଜାବତ୍ସଳ ଓ ଦୟାଳୁ ରାଜାଙ୍କ ନଗର ଉପରେ ଥରେ ଦସ୍ୟୁମାନେ ଅତର୍କିତ ଆକ୍ରମଣ କଲେ। ସୈନିକଠୁ ସେନାପତି ଯାଏଁ ସମସ୍ତେ ରାତ୍ରୀର ଅଭିସାରରେ ମସଗୁଲ୍। ଦୁର୍ଗ ରକ୍ଷା ପାଇଁ ସେଠି କେହି ନ ଥିଲେ। ରାଜ ସିଂହାସନ ହାତରୁ ଖସିଯିବା ଉପରେ। ରାଜା ବ୍ୟସ୍ତ ବିବ୍ରତ ହୋଇ ମନ୍ତ୍ରୀଙ୍କ ସହିତ ପରାମର୍ଶ କଲେ। ଦୁହିଁଙ୍କୁ କିଛି ବୁଦ୍ଧି ଜୁଟିଲା ନାହିଁ। କିଛି ସମୟ ପରେ ମନ୍ତ୍ରୀ ରାଜକୁମାରୀଙ୍କ ଦେଶ ପ୍ରତି କିଛି କର୍ତ୍ତବ୍ୟ ବିଷୟରେ କଣ ସୂଚନା ଦେଲେ। ରାଜା ଥରେ ସିଂହାସନ ଓ ଥରେ ମନ୍ତ୍ରୀଙ୍କ ଆଡ଼କୁ ଦୃଷ୍ଟି ଦେଇ ରାଜକୁମାରୀଙ୍କ ମହଲ ଆଡ଼କୁ ଅଗ୍ରସର ହେଲେ।

ଦସ୍ୟୁମାନଙ୍କୁ ଖୁସି କରିବା ପାଇଁ ରାଜକୁମାରୀଙ୍କୁ ପଠାଇ ଦିଆଗଲା। ରାଜ ସିଂହାସନ ସୁରକ୍ଷିତ ରହିଲା। ତେବେ କଥାଟା ସେତିକିରେ ଶେଷ

ହେଲା ନାହିଁ। ଥରେ ରାଜକୁମାରୀଙ୍କ ସ୍ୱାଦ ଚାଖିଲା ପରେ ଦସ୍ୟୁମାନେ ବାରମ୍ବାର ଆସିବାକୁ ଲାଗିଲେ ଓ ରାଜକୁମାରୀଙ୍କୁ ସମ୍ଭୋଗ କରି ଚାଲିଲେ।

ଏମିତି ହେଇ ଶେଷରେ ରାଜକୁମାରୀ ବେଶ୍ୟାରୁ ଗୋଟେ ଖେଳଣା ପାଲଟି ଗଲେ ଆଉ ତାଙ୍କର ପିତା ରାଜାରୁ ଦଲାଲ୍ ପାଲଟି ଗଲେ। କ୍ରମଶଃ ସାରା ରାଜ୍ୟରେ ଏହାର ପ୍ରଭାବ ପଡ଼ିଲା। ପ୍ରତ୍ୟେକ ବାପା ନିଜ ଝିଅର ଦୋକାନ ଖୋଲି ବସିଲେ।

ସତ୍ୟତାରୁ ଲୋକକଥା ନା ଲୋକକଥାରୁ ସତ୍ୟତା- ସେ ଗୁଡ଼ାଏ ବେଳ ଗୁଡ଼େଇ ତୁଡ଼େଇ ଭାବିଲା। ସେଦିନ କାମ ସରୁସରୁ ସନ୍ଧ୍ୟା ଗଡ଼ିଗଲା। ଦେହ ଭିଡ଼ିମୋଡ଼ି ହେଇ ଚେୟାର୍‌ରୁ ଉଠିଲା। ଦିନ ସାରା ଆଜି ଘରୁ ଫୋନ୍ ଆସିନି। ସେ ବି ଏମିତିରେ କେତେ ସମୟ ଅନ୍ୟମନସ୍କ ରହିଗଲା ପଛକେ, ଫୋନ୍‌ଟାଏ କରିବାକୁ ଭୁଲିଗଲା। ଘରକୁ ଗଲେ ସୁତପାକୁ ଫୋନ୍ କରିବ ଭାବିଲା। ଫୋନ୍‌ରେ କୋଉ ଅଧିକା କଥା ଯେ। ତାର ଖାଇବା ପିଇବା ପଚାରିବ ଆଉ ଦେହପା ଜଗି ଚଳିବାକୁ କହିବ। ତାପରେ ଆନିର ପାଠ ପଢ଼ାର ଅଛିଣ୍ଡା ଡୋର ଲମ୍ବିଥିବ। ସେ ଖାଇବାରେ କେମିତି ଦିନକୁ ଦିନ କେମିତି ଫେଚକାମୀ କରୁଛି ସେଇ କଥାକୁ ଦୋହରାଇ ତେହେରାଇ କହୁଥିବ। ତାର ନିଜ ଦେହ ସହିତ ତାର ସ୍ୱାମୀର ଦେହଟାକୁ ବି ଯ୍ୱା ଭିତରେ ସେ ଭୁଲି ଗଲାଣି। ଏବେବି ସୁତପାର ଛାତି ଉପରେ ହାତ ନ ରଖିଲେ ତାର ଭଲ ନିଦ ହୁଏ ନାଇଁ। ବେଳେବେଳେ ବିରକ୍ତରେ ହାତ ଛିଂଆଡ଼ି ଦିଏ। ମାଁ ରୂପଟା ସୁତପାର ସାରା ଅସ୍ତିତ୍ୱ ଉପରେ ଏମିତି କାୟା ବିସ୍ତାର କରି ଦେଲାଣି ଯେ ସେ ତା' ଭିତରେ ଗୋଟେ ରକମ ଆଡ଼େଇ ହେଇ ଯାଉଛି। ଥରେ ଥରେ ତାକୁ କେମିତି ଉଦାସ ଲାଗେ।

ଅଫିସରୁ ବାହାରି ଷ୍ଟେସନ୍ ସ୍କୋୟାର୍ ପାରି ହେଲାବେଳକୁ ପଛରୁ କାହାର ପାଟି ଶୁଭିଲା। ତିରିଶ୍-ବତିଶ୍ ବର୍ଷର ସ୍ତ୍ରୀଲୋକ ଜଣେ ବେଶ୍ ଭଦ୍ରାମୀର ସହିତ ହାତ ଠାରି ତାକୁ ଅଟକାଇଲା !

- 'ସାବ୍ ! ଆପ୍ କିସ୍ ତରଫ ଯାଏଙ୍ଗେ ?'

ସେ ଟିକେ ହଡ଼ବଡ଼େଇ ଗଲା। କଣ ଉତ୍ତର ଦେବ ନ ଦେବ ହେଉ ହେଉ ତାର ଅବଚେତନରୁ ବାହାରି ଆସିଲା ପରି ସେ ଓଲଟି ପଚାରିଲା, 'ଆପ୍‌କୋ କିଧର ଜାନା ହୈ ?'

- 'ମହାଲକ୍ଷ୍ମୀ ନଗର।'

- 'ଠିକ୍ ହୈ, ମୈ ଛୋଡ଼ ଦେତା ହୁଁ।'

ସ୍ତ୍ରୀଲୋକଟି ବେଶ୍ ସମ୍ଭ୍ରମତାର ସହିତ ଆବଶ୍ୟକୀୟ ଦୂରତା ରଖି ବାଇକ୍‌ରେ ତା ପଛରେ ବସିଲା। ବାଟ ସାରା ଦୁହେଁ ଚୁପ୍‌ଚାପ୍। ଏମିତିରେ ବି ଗାଡ଼ି ଚଲାଉଥିଲାବେଳେ ତାକୁ କଥାବାର୍ତ୍ତା କରିବାକୁ ଭଲ ଲାଗେନି। ଆଇ.ଜି. ପାର୍କ ପାଖେଇ ଆସିଲାରୁ ସ୍ତ୍ରୀଲୋକଟି କହିଲା- 'ସାବ୍, ଅଗର ଆପ୍ ବୁରା ନ ମାନେ ତୋ ୟେହି ଥୋଡ଼ି ଦେର୍ ରୁକ୍‌ଯାଏଁ ? ମୁଝେ ବହୁତ ଭୁକ୍ ଲଗି ହୈ।'

ସେ କିଛି ଭାବିବା ଆଗରୁ ଗାଡ଼ି ଅଟକାଇଲା। ଏମିତିରେ ତାକୁ ବି ଭାରି ଭୋକ ହଉଥିଲା। କେଣ୍ଟିନ୍‌ରେ ଅଯଥା ମୁଡ୍ ଅପ୍ ହେଇଯିବାରୁ ସେ ଭଲରେ ଖାଇ ପାରି ନ ଥିଲା। ପାର୍କ ହତା ବାହାରେ ଗରମ ବରା ଖାଉ ଖାଉ ଭାବିଲା, ନା କଥାଟା ଠିକ୍ ହେଲାନି। ଏମିତି ଜଣେ ଅଜଣା ସ୍ତ୍ରୀଲୋକକୁ ନେଇ ଏଇ ଜାଗାକୁ ଆସିବାଟା ଠିକ୍ ହେଲାନି। ତେବେ ଆସି ତ ଗଲାଣି। ଆଉ କଣ କରାଯାଏ। ଅବଶ୍ୟ, ତାକୁ ଏଠି କିଏ ଚିହ୍ନେ ଯେ। ଚା' ଶେଷ କରି ଦୁହେଁ ଗୋଟେ ବଡ଼ ଆକାଶିଆ ଗଛ ତଳେ ସିମେଣ୍ଟ ବେନଚ୍‌ରେ ବସିଲେ। ସ୍ତ୍ରୀ ଲୋକଟି ତାର ଜଙ୍ଘ ଉପରେ ହାତ ରଖିଲା। ମାଂସଳ ଗୋଲିଆ ଆଙ୍ଗୁଠି। ସେ ତା' ଆଡ଼କୁ ଟାଣି ନେଇ ତା' ମୁହଁରେ ଦୁଇ ତିନି ଥର ଓଠର ଉଷୁମ ସ୍ପର୍ଶ ଦେଲା। ସ୍ତ୍ରୀ ଲୋକଟି ଆଦୌ ଅପ୍ରସ୍ତୁତ ହେଲା ନାହିଁ। ବେଶ୍ ସହଜ ହେଇ ସେ ଆହୁରି ପାଖକୁ ଲାଗି ଆସିଲା। ସେ ତା'ର ମୁଣ୍ଡ ବାଳରେ ଆଙ୍ଗୁଠି ଖେଳାଇଲା। ତାକୁ ଆଉଜାଇ ଆଣି ବେକ ପାଖରେ ମୁହଁ ରଖୁରଖୁ କାହାର କାଶିବା ଶବ୍ଦରେ ସେ ଅଟକି ଗଲା। ଛାଇ ଛାଇଆ ଆଲୁଅରେ ଦେବଦାରୁ ଗଛ ମୂଳେ ବସିଥିବା ଗୋଟେ ଫେମିଲିର ଦୁଇ ଜଣ ତା ଆଡ଼କୁ ଅନେଇଲେ। ସେ ଝାଳେଇ ଗଲା। କଣ କହିବ ନ କହିବ ହେଇ ସେ ପଚାରି ଦେଲା- ତୁମ୍ କବ୍‌ସେ ୟେ ଲାଇନ୍...?

- ଲଗ୍‌ଭଗ୍ ତିନ୍ ସାଲ୍ ହୋଗା। ଜବ୍ ସେ ମେରା ହଜ୍‌ବେଣ୍ଡ୍ ଏକ୍ ରୋଡ୍ ଏକସିଡେଣ୍ଟ ମେ ଗୁଜରଗୟେ। ଉନକା ଛୋଟା ସା ଦୁକାନ୍ ଥା। ବାସ୍। ମାଇକେ ମେ ଭି ଦେନେ ଲାୟକ୍ କୋଇ ନେହିଁ ହେ।

- ବାଲ୍‌ବଚ୍ଚା ?

- ଏକ୍ ବଚ୍ଚୀ ହୈ। ସ୍କୁଲ ଯାତି ହୈ।

- ଫିର୍ ?

- ଔର୍ କ୍ୟା ସାବ୍। ଜାନେ ଅନ୍‌ଜାନେ ଯିସ୍‌କେ ପାସ୍ ଭି ହାତ ଫୈଲାୟା, ୟେହି... ଏକ୍ ହି ବାର୍‌ଗେନ୍। ହର୍ ମରଦ୍‌କା ମଦତ୍‌କେ ପିଛେ ଏକ୍ ହି ମତଲବ୍। କୁଛ୍ ଲିୟେ ବିନା ମରଦ୍ କଭି ଏକ ଜୱାନ୍ ଔରତ କୋ କୁଛ୍ ଦେ ନହିଁ ସକ୍‌ତା। ଆପ୍ ତୋ ଜାନ୍‌ତେ ହୈଁ ସାବ୍। ବାସ୍। ଇସି ତରହ ଇସ୍ ଲାଇନ୍ ପର ଉତର୍ ଗୟି। ଔର କ୍ୟା...।

ଟିକିଏ ଚୁପ୍ ରହି ପୁଣି କହିଲା- ଲେକିନ୍, ଅଚ୍ଛା ଜିନ୍ଦଗୀ ଗୁଜର୍ ରହାଥା ସାବ୍। କଭି ଏକ ଦିନ୍ କେ ଲିୟେ ଭି ମେ ବାହାର ପାଓଁ ନେହିଁ ରଖି ଥୀ। ମେରୀ ହର୍ ଛୋଟୀ ଛୋଟୀ ଜରୁରତେଁ...।

ସେ ଭାବୁଥିଲା ଏମିତି କହୁ କହୁ ସ୍ତ୍ରୀ ଲୋକଟାର ଆଖି ପାଣି ଗଛ ସନ୍ଧିରୁ ଝାପ୍‌ସା ଆଲୁଅରେ ଚିକମିକ୍ କରିବ ଅଥବା ଗଳା ଓଦା ହୋଇଯିବ। ସେମିତି କିଛି ହେଲା ନାହିଁ। ତାର ଜଙ୍ଘରେ ତାର ଆଙ୍ଗୁଠି ସ୍ପର୍ଶ ପରି କଥାଟା କେତେଟା ଶବ୍ଦ ମାତ୍ର ପରି ଲାଗିଲା। କିଛି ବି ଭାବାନ୍ତର ସେ ଲକ୍ଷ୍ୟ କରି ପାରୁ ନଥାଏ। ସ୍ତ୍ରୀ ଲୋକଟିର ପାଟିରୁ କଥା ପୁରା ହେଇ ନ ଥାଏ ଆହୁରି। ତାର ମୋବାଇଲ୍‌ଟା ତାକୁ ଚମକାଇ ଦେଇ ବାଜି ଉଠିଲା। ସୁତପାର ବ୍ୟସ୍ତ ବିକଳ ହେଇ କହୁଥିଲା, "ତମେ କୋଉଠି ?... (ଏଇ ଅଜାଗାରେ ସେ ଅଛି ବୋଲି ସୁତପା ଜାଣିଲା କେମିତି ? ସେ ଫୋନ୍‌ଟା ଧରି କ୍ଷଣିକ ପାଇଁ ଅନ୍ୟମନସ୍କ ହେଇଗଲା) ଏବେ ନେସ୍‌ନାଲ୍ ନିଉଜ୍‌ରେ ସେଠି ବମ୍ ବ୍ଲାଷ୍ଟ ହେଇଥିବାର ଖବର କହିଲା। ଭାରି କଷ୍ଟରେ ତମର ଫୋନ୍..।" ଫୋନ୍‌ଟା କଟିଗଲା।

- ଫୋନ୍ କାହାଁ ସେ..?

- ସୁତପା...। ସେ ହଡବଡ଼େଇ ଯାଇ ଆଉ ଅନ୍ୟମନସ୍କ ହେଇ କହିଲା।

- ଆରେ ସାବ୍ ! ଆପ୍‌କୋ କୈସେ ପତା ଚଲା ମେରା ନାମ୍ ? ମେ ତୋ ଅଭି ତକ୍ ବତାଇ ନେହିଁ।

- ସହର ମେ ବ୍ଲାଷ୍ଟ ହୁଆ ହୈ।

- ତୋ ଫିର୍ ସବ୍ ଲୋକାଲ୍ ଲଜ୍ ଔର୍ ହୋଟେଲ ମେ ଘୁଷ୍‌ନା ମୁସ୍କିଲ ହୋଗା। ମେରା ଘର୍ ଚଲ୍‌ତେ ହେଁ ସାବ୍। କୋଇ ପ୍ରୋବ୍ଲେମ୍ ନେହିଁ ହୋଗା। ବଚ୍ଚୀ ସୋଇ ହୋଗି।

ବ୍ଲାଷ୍ଟ୍ ଏରିଆଟା ଜାଣି ହେଲାନି। ମୁହଁ ବୁଲାଇ ଦେଖିଲାରୁ ପାର୍କ ପାଖାପାଖି ଜନଶୂନ୍ୟ ହେଇ ଯାଇଥିଲା। ଯେଉଁ କେତେ ଜଣ ଥିଲେ ସମସ୍ତେ ବ୍ୟସ୍ତ ବିବ୍ରତ ହେଇ ଧାଇଁ ଧପାଲି ବାହାରି ଯାଉଥିଲେ। କେହି କାହାର ପ୍ରଶ୍ନର ଉତ୍ତର ଦେବା ଅବସ୍ଥାରେ ନଥିଲେ। ଆଉ କିଛି ଭାବିବା ପାଇଁ ବେଳ ନାହିଁ। ସେ ସ୍ତ୍ରୀ ଲୋକଟି ସାଙ୍ଗରେ ପାର୍କର ବାହାରକୁ ଆସିଲା। ରାସ୍ତାରେ ବି ସେଇ ଅବସ୍ଥା। ଖାଲି ପାଟିତୁଣ୍ଡ, ହୋ ହଲ୍ଲା ଅନ୍ଧାଧୁନିଆ ଧାଁ ଧଉଡ଼।

ସେ ବାଇକ୍‌ରେ ଷ୍ଟାର୍ଟ ଦେଲା। ଯାଉ ଯାଉ ବ୍ଲାଷ୍ଟ୍‌ରେ ତାର ନିଜର ରକ୍ତାକ୍ତ ଶବ ଦେଖିଲା। ବାଇକ୍ ପଛରେ ସୁତପା। ଘରେ ଆନି ଶୋଇଥିଲା। ବାହାରୁ ତାଲା ପଡ଼ିଥିଲା।

ମହାଲକ୍ଷ୍ମୀ ନଗରର ରାଣୀ ସତୀ ମନ୍ଦିର ପଛ ଗଳି ମୁହଁରେ ବାଇକ୍ ଅଟକିଲା। ସ୍ତ୍ରୀଲୋକଟି ତାଲା ଖୋଲିଲା। ତାକୁ ଭିତରକୁ ଡାକିଲା। ଚଉଡ଼ା ପଟା ଖଟ ଉପରେ ଦଶ ବର୍ଷର ଝିଅଟା କୁକୁର କୁଣ୍ଡଳୀ ମାରି ଶୋଇଥିଲା। ସ୍ତ୍ରୀଲୋକଟି ତାକୁ ଗ୍ଲାସେ ପାଣି ଆଣି ଧରାଇଲା। ସେ ଆଖି ବୁଜି ପାଣିତକ ଶେଷ କରିଦେଲା। ପାଖରେ ପଡ଼ିଥିବା ପ୍ଲାଷ୍ଟିକ୍ ଚୌକିଟାରେ ବସି ପଡ଼ିଲା।

- ଆପ ଘବରାଇୟେ ମତ୍ ସାବ୍। ବଚ୍ଚୀ ଗହରୀ ନିଦ୍ ମେଁ ଶୋ ଗଇ ହୈ। ଇକ୍‌ଜାମ୍ ଥା ନା ଥକ୍ ଗୟି ହୈ। ପଢ଼ାଇ ମେ ବହୁତ ତେଜ୍ ହୈ ସାବ୍। ଇଂଲିଶ ଔର୍ ସାଇନ୍‌ସ ମେ ତୋ ନାଇଣ୍ଟି ତକ ପହୁଁଚଗୟି, ହିନ୍ଦୀ ଔର୍ ମେଥ୍...

ସେ ଟିକେ ହସି ପକାଇଲା। (ସେ ନର୍କକୁ ଗଲେ ବି ଏଇ ମାର୍କ ସିଟ୍‌ର ବାଇବେଲ୍ ଶୁଣିବାକୁ ପଡ଼ିବ ନା କଣ) ଟିକେ ଚୁପ୍ ରହି ସେ ତାକୁ ଟି.ଭି.ଟା ଅନ୍ କରିବାକୁ କହିଲା। ସ୍ଲୋ ସାଉଣ୍ଡରେ ସ୍ତ୍ରୀ ଲୋକଟି ଟି.ଭି ଖୋଲିଲା। ଶାନ୍ତି ନଗରର ଧରମ୍ ମଣ୍ଡିରେ ବ୍ଲାଷ୍ଟ ହେଇଛି। ତାର ବସାଠୁ ସେଇ ଜାଗାଟା କାହିଁ କେତେ ଦୂର। ପାଖାପାଖି ପନ୍ଦର କିଲୋମିଟର ଖଣ୍ଡେ ହେବ। ସହରରେ ହାଇ ଆଲର୍ଟ, ପୋଲିସ୍ ପେଟ୍ରୋଲିଂ, ଇନ୍‌ଭେଷ୍ଟିଗେଟିଂ ସ୍କ୍ୱାର୍ଡ, ଲୋକଙ୍କର ଯିବା ଆସିବାରେ ସୁରକ୍ଷା ପାଇଁ ଉପଲବ୍ଧ ସାହାଯ୍ୟର ଖବର ବାରମ୍ବାର ଗୋଟେ ରକମ ଯୁଦ୍ଧକାଳୀନ ଭିତ୍ତିରେ ପ୍ରସାରିତ ହେଉଥିଲା। ସେ ନିଜେ ଟି.ଭିଟାକୁ ବନ୍ଦ କରି ଦେଲା। ସ୍ତ୍ରୀଲୋକଟା ଅସ୍ଥିର ମୁଦ୍ରାରେ ତାକୁ ପଛ ପଟୁ ଜଡ଼ାଇ ଧରିଲା। ତାର କାନ ମୂଳରେ ଗରମ ନିଶ୍ୱାସ ଖେଳାଇ କହିଲା- ଆପ କହେ ତୋ କିଚେନ୍ ମେ ଚଲ୍‌ତେ ହୈଁ....

ସେ ସ୍ତ୍ରୀଲୋକଟାର ମାଂସଳ ଛାତିରୁ ତା ପିଠିଟାକୁ ମୁକୁଳାଇ ଯିବାକୁ ଉଠିଲା ।

- "ମତ ଯାଇୟେ ପ୍ଲିଜ୍ । ମୁଝେ ସଖ୍‌ତ୍ ଜରୁରତ୍ ହୈ..."

ୟା ଭିତରେ ସେ ବାଟ ମୁହଁକୁ ଆସି ସାରିଥିଲା । ପକେଟରେ ହାତ ମାରି ନୋଟ କେତେ ଖଣ୍ଡି କାଢ଼ି ତା ହାତରେ ଧରାଇ ଦେଲା । ଏଇ ମାସର କେଣ୍ଟିନ ଚାର୍ଜ ଦେବା ପାଇଁ ଆଣିଥିଲା । ଦେବାକୁ ଭୁଲି ଯାଇଥିଲା ।

- "ସାବ୍ ! ଆପ୍ ବିନା କୁଛ୍ ଲିୟେ..."

ପଛରୁ ସ୍ତ୍ରୀଲୋକଟାର ସ୍ୱର ଶୁଭୁଥିଲା । ସେଇ ସ୍ୱରର ଭାବ ତରଙ୍ଗ ବୁଝିବା ଆଗରୁ ତାର ବସା ସାମ୍ନାରେ ବାଇକ୍ ଅଟକିଲା । ଭିତରକୁ ଯାଇ ଘରକୁ ଫୋନ୍ ଲଗାଇଲା । ନେଟ୍‌ୱାର୍କ ପ୍ରୋବ୍ଲେମ୍ । ସେ ଆଉ ଚେଷ୍ଟା କଲା ନାହିଁ । ତାକୁ ଲାଗିଲା ସୁତପା, ଆନି ବେଶ୍ ସୁରକ୍ଷିତ । ସେ ନିଶ୍ଚିନ୍ତରେ ଶୋଇବାକୁ ଗଲା ।

■

BLACK EAGLE BOOKS

www.blackeaglebooks.org
info@blackeaglebooks.org

Black Eagle Books, an independent publisher, was founded as a nonprofit organization in April, 2019. It is our mission to connect and engage the Indian diaspora and the world at large with the best of works of world literature published on a collaborative platform, with special emphasis on foregrounding Contemporary Classics and New Writing.